講談社文庫

海底の道化師

新東京水上警察

吉川英梨

講談社

目次

主な登場人物

碇《いかり》 拓真《たくま》　五港臨時署刑事防犯課強行犯係・係長、警部補。離婚歴二回、娘三人

日下部《くさかべ》 峻《しゅん》　五港臨時署刑事防犯課強行犯係・主任、巡査部長

高橋《たかはし》 宗司《そうじ》　五港臨時署刑事防犯課・課長、警部

藤沢《ふじさわ》 充《みつる》　五港臨時署刑事防犯課強行犯係、巡査部長

太田《おおた》（細野《ほその》）由起子《ゆきこ》　五港臨時署刑事防犯課強行犯係、巡査部長

遠藤《えんどう》 康孝《やすたか》　五港臨時署刑事防犯課強行犯係、巡査

玉虫《たまむし》 肇《はじめ》　五港臨時署・署長、警視

和田《わだ》 毅《たけし》　東京湾岸警察署刑事課強行犯係・係長、警部補

高嶺《たかみね》 東子《とうこ》　警視庁警備部第二機動隊第一水難救助隊、巡査

有馬《ありま》 礼子《れいこ》　元五港臨時署舟艇課配船第二係。警察学校、五臨署を経て、第二機動隊第一水難救助隊に異動、巡査

鷲尾《わしお》 賢一郎《けんいちろう》　東京都知事

海底の道化師
新東京水上警察

プロローグ

地震が来る、と思って目が覚めた。

オレンジの豆電球が、柱の掛け時計をぼんやりと浮かび上がらせている。十時十七分を指したところだった。

予知能力とまではいかないまでも、私は地震の直感がある。だいたい、あ、来るなと思った直後にグラっと来る。寝ていれば、地震の数秒前にパチっと目が覚める。小学校に入るまで、これは普通のことだと思っていた。特別なことだと知ったのは、つい最近のことだ。

「十年前の日本海中部地震のときにお前が生まれとったら、うちの島で二人も津波に持っていかれることもなかったっけ」

あの地震では秋田県のほうでたくさんの人が死んだと、パパはよく言っていた。

私は隣の布団で寝ているママを揺り起こそうとして——自分のほうが揺さぶられて

いることに気が付いた。横に。細かく。猛烈に。

裸足《はだし》の足の裏が小石を踏み、痛む。それでも走る。逃げる。海岸沿いにある自宅を慌てて出たとき、確かサンダルを足につっかけていたはずだ。札幌《さっぽろ》にいる叔父さんを訪ねたときにでっかい駅ビルで買った、クリアサンダル。青苗《あおなえ》の商店街ではラメの入ったクリアサンダルは売っていないから、宝物だった。

「津波が来るぞー！　高台へ逃げろ!!」

誰かの叫び声が背中を押す。大事なサンダルだけど拾いに戻る暇はなかった。

港のスピーカーから流れるサイレンの音は、いつもの防災無線から聞こえてくる音と全く同じで、訓練みたいだった。何かが嘘《うそ》っぽい。けれど、高台に向かって逃げていく人々の息遣いと、ママが私を握る手――その性急さと湿っぽさはリアルだった。

三叉路《さんさろ》に出た。

住宅街に続く、東側の道。

青苗岬灯台へと続く、真ん中の道。

車で大混雑している、西側の大通り。

ママは最初、青苗岬灯台へ逃げようと言った。けれど、さっきの大きな揺れで、青苗岬灯台は根元からぽきりと折れ、横倒しになっていた。亀裂や地割れがあちこちに走っている。灯台のほうへ先に逃げた人々から、こんな声が聞こえてきた。

「崖崩れだ！　ひどいことになっとる」

「地割れがひどいっけ、この高台も崩れるべ」

灯台はだめだ。住宅街へと続く東側の道の先では、火の手が上がっているように見えた。

「こっち！」

私はママの手を引いて西側の大通りを駆け上った。高台へ避難する車で大渋滞を起こしている。車の隙間を縫い、私がママをリードする形で舗装されたなだらかな傾斜を走る。専業主婦のママはパートで海辺の民宿の手伝いをしているくらいで、おっとりした性格だ。潜水夫のパパは海に大きな道路を通す仕事をするとかで、春から島にいない。「川崎《かわさき》と木更津《きさらづ》を結ぶんだ、すごいだろ」とパパは誇らしげに言う。休日はパパと一緒に海に潜っている私は、パパの仕事の話を聞くのが大好きだけど、ママはカワサキもキサラヅもどこの国の話、という感じでいつも適当に聞き流している。潜水どころか、泳ぎもできない。私がママを守らなきゃ。

転んだ。ママが、いつもは一つにまとめている髪を振り乱して戻ってきた。自宅のシャンプーのにおいがした。つい二時間くらい前に、ママと一緒にお風呂に入ったばかりだった。ママが「立って！」と私の腕を強く引く。腕がピンと張って、肩が鳴る。地面についた手と膝をぬるりと舐《な》める何かがあった。

水がもう来ている。

後ろを振り返った。

いま来た道がもう、黒い海に呑《の》まれていた。車から次々と人が降りて、東側の灯台へ逃れようと壁のような急斜面に必死にへばりついている。

黒いうねりが次々と、車の屋根に乗った人を呑みこみ、電柱に摑《つか》まっている人を頭から覆い隠した。私は知らないうちに斜面の草を摑んでいた。夏真っ盛りで、青臭い草がちぎれて、いいにおいがする。それなのに、下半身はもう津波に浸《つ》かって潮臭い。上のほうにへばりついていたおじさんがズズッと滑って黒い水に呑まれた。

私の体は気が付くと水から引き上げられていた。私はママにおんぶされていた。ママが斜面に爪を立てて必死に上へ上がろうとしている。尻が上下してポンポンと跳ねる。十歳にもなって。小四にもなって。木更津にいるパパに怒られちゃう。「ママは怖がりだっけ、パパがいない間はお前がママを守るんだぞ」とパパは出稼ぎに行くたびにそう言った。私を娘というより、息子みたいに育てた。

ママが悲鳴を上げた。ママの膝下ももう、黒い水で見えなくなっていた。ざーっという大波の音が聞こえて、斜面をよじ登っていたはずなのに潮のにおいに包まれた。私の記憶はここまでだ。

九月一日をもって、すべての行方不明者の捜索が打ち切られることになった。北海道南西沖地震、と名付けられた災害の合同慰霊祭で、パパは私の肩を抱き「自分を責めンな」と何度も慰めてくれた。ママの棺《ひつぎ》は空っぽだった。

波に呑まれた瞬間から、木更津から飛んで帰ってきたパパにやっと再会できるまでの記憶が、すっぽりと抜け落ちている。私は青苗小の体育館にぽつりと座っていて、パパに開口一番こう言ったらしい、人魚がいた、と。

パパが戻るまでの間、ずっと世話を焼いてくれた近所のおばさんも「トーコちゃんはずっと人魚の話をしていたっけ。波に呑まれたママが人魚に見えたかねぇ。きれいな長い髪してたっけねぇ」とほろほろ涙を流しながら話していた。

合同慰霊祭の帰り道、私は一人、あの三叉路に立った。

東側の、住宅街へと続く道——ここに逃げた人はほとんど助かった。不思議と、この道の先にある住宅地のみが、津波からも火災からも難を逃れた。いまでも人々が普通の暮らしを営んでいる。

まだ青苗岬灯台は根元から折れたきりだ。地割れが起きていたこの高台に逃げた人たちも、大部分が助かった。

津波に呑まれたのは、西側の大通りを逃げていった人々ばかりだ。

運命の三叉路に立って、焼け野原の向こうの海を望んだ。岬の先端に、津波を耐え抜いた徳洋《とくよう》記念碑が、申し訳なさそうに佇《たたず》んでいる。

海は青く凪《な》いで、空も雲一つなく晴れ渡っていた。七月十二日のことなんて何もなかったかのように、海も空も知らんぷりで、三叉路に立つ私に背を向けている。

第一章　辞令

私はたぶん、選択を間違えたのだ。

二〇一八年、六月。江戸川区臨海町の新左近《さこん》川沿いの遊歩道を、有馬《ありま》礼子《れいこ》はランニングしていた。一歩、足を出すたびに「間違えた」と思う。次の足を出すたびに「最悪だ」と思う。そして次々とランニングの足を出しながら思うのだ「もうこのまま逃げたい」と――。

船の警笛の音が、逃げ出そうとする礼子を引き留めるように、鳴り響く。

顔を上げ、新左近川のほうを見た。川沿いの小さな桟橋は地元の漁業組合のもので、小型の遊漁船が整然と並んでいる。この界隈《かいわい》は葛西臨海《かさいりんかい》公園からそう遠くはない場所だが、周囲は高層団地群が連なる。シンボルの大観覧車は見えない。

八メートル艇の小型ボートが着桟《ちゃくさん》する。キャビンの屋根についたサイレンと、船尾にはためく水上警察旗――警視庁の警備艇なでしこだ。デッキにねずみ色のスーツ姿の男が立っていて、礼子に軽く手を振った。夕陽《ゆうひ》にその輪郭を侵食されてもなお力強く見えるその立派な体軀《たいく》。係船ロープを持って桟橋に飛び移ると、慣れた様子でもやい結びで留《と》め、二言三言、操舵《そうだ》席の海技職員と言葉を交わす。

海技職員は警視庁に全二十三隻ある警備艇の操船・管理を行う行政職員で、正式な警察官ではない。礼子は去年の春まで、海技職員の制服を着用して、警備艇の舵《かじ》を自由自在に操って――生きていた。

いまは死んでいる。

戻りたい。五港臨時署に。心が爆発しそうだ。あの海技職員は君原《きみはら》という主事で、一年ちょっと前まで礼子の後輩だった。ねずみ色のスーツの男は――五港臨時署刑事防犯課、強行犯係の係長、碇拓真《いかりたくま》警部補。礼子の恋人だ。

ぐっと気持ちを堪えた代わりに染み出てきたのは涙だ。礼子は涙を押し戻そうと、ぐずぐずと遊歩道を回る。礼子にわざわざ会いにきた碇は、桟橋まで礼子が下りてこないのを見ると、煙草《たばこ》に火をつけながら遊歩道に上がってきた。赤マルの濃い煙に目を細めながらも、ニコニコと相好を崩してこちらに近づいてくる。

「下りてこいよ。気晴らしに警備艇に乗らないか」

「――だめでしょ。私、もう海技職員じゃないんで」

「君原はいいって言ってる。操船しなきゃ平気だろ」

乗ったら降りたくなくなる。そっぽを向いたままの礼子に、碇は首を傾《かし》げた。

「どうした」

「——ランニング中なんで。煙草」

煙を払うような仕草をする。ああすまん、と碇は携帯用灰皿で煙草をもみ消しながら、少し笑った。

「なんだ。不機嫌か」

せっかく会いに来てくれたのに。申し訳なくて情けなくて結局、涙が出てくる。だが、いまは彼を笑顔で迎える余裕がなかった。

「海の近くなんだな、二機は。よかったじゃねぇか」

二機——第二機動隊のことだ。

「山でも刑事課がよかったです」

碇が礼子の気持ちを上げようとしているが、礼子のネガティブな言葉が霧散させてしまった。碇はただスラックスのポケットに手を突っ込み、ニコニコと礼子の様子を見ている。碇は今年四十五歳になる。礼子より、十六歳年上だ。経験を重ねた者の余裕なのか、そもそもそういう人なのか、碇はほとんど怒らないしあれこれ口うるさく礼子を縛り付けることもしない。一歩離れたところからただ静かに礼子を見守っている。碇は二度の離婚歴があり娘が三人もいる。その負い目があるせいかひたすら礼子に優しかった。強行犯係の刑事らしいいかつい体つきに、歌舞伎役者みたいと揶揄《やゆ》されるほどに目鼻立ちのはっきりとした顔。強面《こわもて》、という人もいるが、礼子を見る目は今日も穏やかだ。

目を合わせた。

もう無理、と礼子はランニングをやめた。すたすたと碇に近づき、その大きな胸に飛び込む。しがみついた。碇は途端に「えっ」とたじろいだ。人目があるのを気にしてか、両手が礼子の肩の上でわなわなと踊っている。

「ど、どうした——君原が見てる」

「帰りたいです。五臨署に。碇さんのいるところに。もう水難救助隊《カッパ》には戻りたくない。辛《つら》い——」

言葉にしてしまった瞬間、三ヵ月前に手にした辞令の文面を思い出す。

『辞令　巡査　有馬礼子

右の者に警視庁警備部　第二機動隊　第一水難救助隊への異動を命ずる』

礼子は去年の春に海技職員を辞し、警察官になるべく警視庁警察学校初任科に入った。海技職員だった礼子の卒業配置はもちろん五港臨時署で、隅田川水上派出所に勤務していた。ここで二、三年、修業を積んだのち、上司の推薦を受けて刑事研修に進み、晴れて〝刑事〟と呼ばれる部署に異動となる。碇も定番のそのコースで刑事になった。礼子もその道に続きたかった。礼子は碇に憧れて警察官へ鞍替《くらが》えしたのだ。

梅雨時らしい湿気を含んだ重い空気の隙間から、碇のにおいがする。年齢差を気にしてか、碇は外でのスキンシップをひどく嫌がる。キスやハグなどもってのほかで、手を繋《つな》ぐのも拒否する。やんわりと突き放されると思ったが、不意に碇の大きな右手が、礼子の後頭部を優しく覆った。ぎゅうっと抱きしめられた。警察学校入校と共にさらに切った礼子のベリーショートの髪が、碇の指の隙間から零《こぼ》れている。

「辛い？　何が辛い。訓練か。また〝電柱〟にしごかれたか」

抱きしめられたまま、耳元で碇が囁《ささや》く。電柱——礼子と同期同教場の女性警察官のことだ。礼子も百七十センチと身長が高いほうだが、更に五センチ高い百七十五の大女で、教場では「キリン」とあだ名がついていた。もともとどこかで海女さんをやっていたらしい潜水士で、中途採用の礼子よりも年上だった。

教場時代は海を愛する者同士、仲良くしていたのだが、共に第一水難救助隊に異動となった途端に豹変《ひょうへん》した。特訓と称したしごきで怒鳴られ、蹴られ、自己否定される毎日だ。

機動隊は女性の数が圧倒的に少ないが、一つの小隊に同期同教場の新人女性巡査が二人いる——碇もずいぶん不可解な配置だなと、首を傾げていた。そもそも礼子の卒配からの異動が早すぎる。スポーツに秀でている者は各種クラブのある機動隊に卒配をすっとばして異動になることもあるから、海に慣れた礼子はそれで水難救助隊なのかな、と思ったようだ。

だが、水難救助隊員になるには潜水士の国家資格が必要で、礼子はそれすら持っていなかった。渋々勉強し、ぎりぎりの点数で資格を取ったのはつい最近のことだ。

潜水士としては新米の礼子を、電柱はことあるごとにプールに呼び出しては強烈にしごく。両手にダンベルを持たされて五分の潜水に耐えろと命令されたときには、昭和のスポ根アニメかと笑ってしまった。すると電柱は激怒するのだ「そんなんじゃ人の命を救えない！」と。先輩でもないくせに。

「今日も夜の特訓か」

と碇が尋ねる。毎晩夕食の後、機動隊の男たちが酒盛りをしているのをよそに、礼子は電柱にプールに呼び出され、素潜りの特訓をさせられていた。

「今日、電柱は外出しているんでお休みですけど――」

碇は手放しで喜んだ。

「特訓がないなら夜はフリーだろ。警備艇は帰らせて飯でも食いに行くか」

碇は遊歩道から桟橋を見下ろし、身振り手振りで君原に先に帰るように促す。君原は桟橋に係船された遊漁船の中で違法係留がないか確認していたが、碇を見て苦笑いでOKすると、また船舶番号の確認に戻った。

碇は礼子の手を引き、適当な方向に歩きはじめる。

「だめです、自主練をサボるとすぐバレるんです、もう泳ぎ方一つで、前夜の訓練サボったの見破るんですから。バレたら電柱に殺されちゃう」

「殺したら俺がワッパ掛けるから大丈夫」

上機嫌な様子で碇は言い、礼子の手に指を絡めて歩いた。恋人繋ぎ。今日は嫌がらないのかと不思議に思って碇の横顔を見上げた。碇はちろりと礼子を一瞥《いちべつ》してぼそぼそと言った。

「あのなぁ。三週間ぶりに恋人の顔を見ていきなり抱きつかれちゃ、そりゃーその……。ていうか、門限何時？」

「十時です」

碇は慌てたようにスマホを出し、何かを検索しはじめた。

「――もしかしてラブホテル的な場所、探してます？」

だめ？　と窺《うかが》う碇の顔は少年のようだ。そんな気分じゃない、と返そうとしたが――碇のにおいに包まれたいま、もうそれに身を任せてしばらく無になっていたい、という気もする。

「職務のことをあまり深く考えるな。訓練は厳しいだろうが、夏になれば水難も増える。きっとやりがいが見つかるよ」

「水難が増えるって、不謹慎な」

そもそも――と礼子は白けて返した。

「実際に管内で水難事故が起こったら、第一線で救助するのは海保ですよ。警視庁の水難救助隊って、凶器や証拠品、死体の回収ばっかりなんですよ。プールに入っての訓練は週に数回あるのみで、あとはほかの隊員と同じ、大盾・登攀《とうはん》・レンジャー訓練ばっかりですよ。ていうか碇さんが探しているものはこっちの方向にはありません。西葛西か葛西駅のほうにいかないと」

言って礼子は碇の手を引き、新左近川にかかる橋を渡って東西線沿線のほうへ歩き出した。

「おっ。よかった乗り気だな」

碇がふざけて礼子の尻を掴んだ。もう、と振り払いながら笑ったが、碇はその手触りにうーんと首を傾げる。

「また筋肉ついたな、おい。男の尻を触っているみたいだ」

「おばさんになっても尻垂れないからいいじゃないですか。ていうか碇さん、今日二当でしょ。戻らなくて大丈夫なんですか」

「いや、俺は君原に付き添って違法係留がないか調べていることになっている」

碇の、事件がないときの勤務態度はかなりテキトーだ。事件がない夜勤時はお姉ちゃんのいる店に遊びにいったり、飲み歩いているもんだ、と平気で言う。

「だいだい今日の二当はフトノと一緒なんだよ。おお、怖い。署に戻りたかねぇよ」

「またそんな呼び方。ちゃんと太田《おおた》さんって呼んであげなきゃ」

太田由起子《ゆきこ》は碇ら強行犯係にいる紅一点の巡査部長で、碇とほぼ同年代の女性刑事だ。去年、婚活が実って苗字《みょうじ》が細野《ほその》から太田になった。細野から太田——幸せ太りなのか、この半年で体重が激増したらしく碇はいつも「フトノ」と呼んでからかってセクハラだと怒られている。いまは妊活中らしく、煙草を吸った後は十分間デスクに戻ってくるなとか、口うるさく言われているらしい。

そのほか、強行犯係には主に鑑識活動をメインに行う藤沢充《ふじさわみつる》と、若手刑事の遠藤康孝《えんどうやすたか》がいる。彼らの様子を尋ねると、碇はつまらなそうに答えた。

「藤沢は二人目が生まれたばかりでしっかりイクメンの定時退勤、遠藤は人生初の恋人ができたとかで、今日はデートだと意気揚々と刑事部屋を出ていった」

「へえ。遠藤君、恋人できたんだ」

悟り世代で奥手な遠藤は、バツ2で娘が三人いる上、若い恋人までいる碇を「究極のリア充」と言うが、羨んでいる様子はなかった。

「それで童貞を捨てることができたのかと聞いても、〝僕はプライベートを仕事に持ち込まないタイプなので〟だってさ。かっこつけてよ」

相手は年上の女、絶対にまだ押し倒せてないね、と碇は決めつけて笑った。

「日下部《くさかべ》君は元気ですか」

碇は隣に並ぶ礼子の眼《め》をしっかり見て、元気だよ、と穏やかに答えた。

「あいつがいてくれたら、ちっとはシマの雰囲気もよくなるんだけどなぁ」

碇にとってよき相棒である日下部峻《しゅん》は、強行犯係の主任巡査部長。今年三十歳の大台にのり、いよいよ刑事として脂がのりはじめるころだ。本部勤務経験もあり、捜査の勘も鋭い。本部から昇進なしで所轄に出されたことで碇の部下になったころはふて腐れてばかりいたが、事件を重ねていい刑事に成長した、と碇は目を細めて言う。

「日下部君、今日は非番なんですか」

「いやいや、ここ三ヵ月ずっといない」

話してなかったっけ、と碇は続ける。

「湾岸署に売春組織摘発の大規模捜査本部が立って。応援に駆り出されたんだ」

ここのところ五臨署では事件がないし、五臨署は東京オリンピックが開催される二〇二〇年度中に閉鎖されることになっている。五港臨時署自体が、東京オリンピック開催に伴う海上警備の充実を謳《うた》ってできた所轄署だからだ。所轄がなくなるのと同時に本部に戻れるよう、碇は日下部に点数稼ぎをさせてやりたかったようで、彼を湾岸署に差し出した。

礼子はもともと、日下部の恋人だった。結婚の約束もしていたが――礼子が心変わりした。さすがにもう時間が解決していて日下部はなんとも思っていないようだが、礼子以上に、碇は日下部に対して負い目を感じているようだった。二度も家庭を放棄した男とは思えない、碇の礼子に対する誠実さは、日下部に対する責任感からきているものなのかもしれない。

碇のスーツの懐からスマホのバイブ音が聞こえてきた。碇はディスプレイを見ると「ちょっとごめん」と礼子から一歩、二歩と遠ざかり、ぼそぼそと電話に出る。嫌な予感がする。案の定、電話を切った碇は申し訳なさそうな顔で礼子の隣に並んだ。

「すまん。礼子――」

その後、碇が戸惑ったように口を閉ざした。

「佳穂《かほ》ちゃん莉穂《りほ》ちゃんですか。パパ、帰ってきて、的な」

碇の二番目の妻・里奈《りな》との間にできた双子の娘は今年五歳になり、いまどきの子どもらしくスマホでパパに電話を掛けてくる。

「違うよ」

「わかった。瑞希《みずき》ちゃん？」

碇の一番目の妻・美沙子《みさこ》との間にできた長女はもう中学生で、時々碇に小遣いをねだる電話をしてくる。ママに内緒で、とこっそり。

「違う――」

「わかった。里奈さんの養育費の催促？　もしくは美沙子さんが、瑞希ちゃんの塾の送迎を碇さんに押し付け――」

「違うよ、事件だ」

礼子は途端に気持ちが萎《しぼ》んでいくのを感じた。過去、碇を独り占めしていた女たちやその娘たちへの嫉妬心よりも、事件捜査に出ることができる碇に対する嫉妬が強烈に湧き上がる。碇はそれを察したからこそ、口ごもったのだろう。

警察官になどならず、以前のまま五臨署で海技職員をやっていたら――いまごろ、現場海域に向かう碇を乗せるため、礼子は警備艇のエンジンを掛けていた。

――やっぱり私は、選択を誤ったのだ。

大急ぎで新左近川に戻り、君原が操船してきた警備艇で品川埠頭《ふとう》にある五港臨時署に戻った碇は、桟橋で警備艇たかおに乗り換えた。

一路、中央防波堤外側埋立地に向かう。

すでに時刻は午後八時を回ろうとしていた。礼子はいまごろ風呂だろうか。あまり深く考えず、今日は早く寝ろと言って別れたが――寮の狭い部屋のベッドでうだうだと考えていそうだな、と思う。一緒にいてやりたいが、碇にも仕事がある。何より、たかだか所轄の警部補が礼子の配属をどうしてやることもできない。

六月に入ってから梅雨らしいまとまった雨はそれほど降ってはいないが、からっと晴れないのも事実、海はいつも低い曇天の空を鈍色《にびいろ》に反射させ、滑らかにうねる。

「空が濁っているなら海も、ってことか。ひどい赤潮だな」

刑事課長の高橋宗司《たかはしそうじ》警部がキャビンに戻るなり言う。赤潮は窒素やリンが海水域に流入し富栄養化することで発生する。東京湾の赤潮は常態化しており、夏にかけてはいつもこうだ。

「ていうか、課長が現場に出るなんて珍しいっすね」

「いや、実は嫁が――」

言って高橋は指を三本立てた後、妊娠のジェスチャーをした。碇は思わずぷっと噴き出した。

「まじすか課長。おめでとうございます」

「おめでとうじゃないよ、いまさらまた一から子育てなんて――これから上の二人が続々と受験シーズンに入るってのにさ。何やってんだか」

「自分で蒔《ま》いた種でしょ」

高橋が「名実ともにな」と開き直って答える。

「いいですねぇ、もう結婚二十年近いでしょ」

まだ夫婦生活があるなんて奇跡じゃないだろうかと碇は思ってしまう。

「まあここんとこ事件がなくて暇だったからなぁ――」

「てか奥さん、いくつでしたっけ」

「フトノと同い年だよ。神様も気まぐれだな、欲しがってるところにやらずに、うちにコウノトリをやるとは」

だから署を抜けて警備艇に乗り込んだんだろうなと思った。妊活中の由起子と長く大部屋で二人きりになるのが嫌で、なおかつ自宅に帰ったら妊娠中の妻のキリキリに苛《さいな》まれるものだから、結局事件を求めるようにして海に出てきた、というわけだ。男はいつも、居場所がない。

「にしても、通報があったのが十九時半？」

そんなに遅くまで港湾工事が行われているのかと、碇は驚いた。赤茶けた海にぽっかりと浮かぶ黒い島――中央防波堤内・外側埋立地はゴミの最終処分場だ。内側のほうはコンテナ仮置き場になっている箇所はあるが、外側も含めほとんどが、関連施設のプレハブ小屋がいくつか建つだけで原っぱだ。南側は処分場拡張のために年がら年中土木船が集結して港湾工事を行っている。

やがて、海に浮かぶ赤と白の巨大なクレーンが見えてきた。クレーンを搭載した起重機船だ。その陰に隠れるように、潜水支援船が錨泊《びょうはく》している。全長二十メートルほどの中型艇で、潜水夫をおろして海中で作業中であることを示す青と白の旗を出している。舷側からは海中の潜水夫に空気を送る黄色のホースがあちこちから垂れて海中に没していた。デッキは空気を送り出す装置が占めていて、やかましいコンプレッサー音をまき散らしていた。

不審物発見の一報はこの潜水支援船『みたけ』の鮎川《あゆかわ》船長からで、発見したのは海底で防波堤設置作業を担う潜水夫だという。

警備艇たかおは速度を落とし、潜水作業の邪魔にならぬよう、静かに潜水支援船に横づけされた。

「お疲れさまです、水上警察です」

碇はデッキで記録を取っていた船長の鮎川に声を掛けた。五港臨時署と言ってもみなピンとこないから、大昔の名前を名乗る。警察手帳は示さない。警備艇に掲げてある水上警察旗がその目印であり、この船に乗ってやってくるスーツの人間はほぼ百パーセント刑事だと、港湾関係者は理解している。

鮎川はああ、来た、という顔で刑事たちを一瞥すると、キャビンのほうに首を振りながら言った。

「足元気を付けて。ロープとかホースだらけだからよ」

海の男たちはみなたいてい照れ屋で無愛想でぶっきらぼうだ。碇は革靴の足で潜水支援船のデッキに飛び移る。鮎川の言う通り、係船ロープや酸素ホースがあちらこちらでうねっている。大量の蛇の隙間を縫って歩いているようだ。

船長はキャビンに入りながら、誰にともなく言う。

「いま潜ってるんだわー」

「え？　誰が？」

「見つけた奴《やつ》」

「何を？」

「これからケーソン置いて砂待ちだ。しばらく上がってこないよ。上がってきな」

〝上がってこない〟のは潜水夫のことで〝上がってきな〟は碇と高橋へ向けられたものか。碇と高橋は鮎川に続き、キャビンの狭い階段を上がり、二階の船橋——操舵室に入る。

入ってきた碇と高橋を見て、鮎川は「それ」とチャート台のほうを指す。海図を広げるチャート台の片隅に三枚の自動車運転免許証が並んでいた。

「海底に落ちていたと」

「免許証が？」

碇と高橋はすぐに白手袋をし、免許証を取る。

「捨石基面均《なら》しをしてたの、昨日から」

「誰が？」

「だから、それ拾った潜水夫」

「ステイシキメンナラシってなんですか、参考までに」

「東京湾は下がヘドロだろ。そこにどんとケーソン置いたら不安定だ」

ケーソンとはコンクリート製の巨大な箱のことだ。いま、お隣のクレーン船が持ち上げようと、ワイヤーを引っかけている物体でもある。

このケーソンの土台となるのが捨石基面で、全国各地から集めた石をヘドロの海底にばらまき、ある程度平らになるように潜水夫が石を敷きつめていく。その上にケーソンをどかんと置いて、中に砂を入れる。最後にコンクリートを流し込んで蓋をし、被覆石と根固めブロックでケーソンの根元を固めて消波ブロックを置いていく。仕上げにケーソン上部を固めると、防波堤は完成だ――と鮎川は端的に説明した。

「捨石基面均し作業中に見つけたってことは、ヘドロの上に落ちていた？　もう少し正確な場所がわかりませんか」

「この真下だよ。潜水ホースつけてんだから、何百メートルも遠くにはいけないだろ」

高橋が折り畳み式の東京港海図を懐から出して、現在地に印を入れる。中央防波堤外側埋立地より南側地点、ゲートブリッジから南東方向へ約二・五キロ、羽田空港C滑走路から北東へ約二・五キロほどの地点だ。

「一枚だけなら、誰かの落とし物かなぁと思うけど、三枚いっぺんに見つかったらおやって思うだろ。しかも写真見たら全部、若い女」

中央防波堤外側埋立地には港湾工事関係者しかいない。女が皆無というわけではないが、一般人は寄りつかないし、プレジャーボートは素通りする。確かに、おかしい。

「偶然三人の女が連続してここに免許証を落としたってことはないだろうな。このあたりで誰かが遺棄したか、潮流に乗って運ばれてきたか」

高橋が言い、鮎川もうなずいた。

「今日は北東からの風の吹きおろしがひどい。潮もそんな風に流れてるから、そっちのほうから流れ着いたもんだと思うよ」

高橋が海図に、北東方面からの潮流を表すように、発見地点へ向かう矢印の線を入れていく。ちょうど、浦安の東京ディズニーランド方面から流れているような絵になった。

「発見時刻は？」

「さあー。潜ってる最中だから、俺が通報した三十分くらい前かな」

鮎川船長からの通報は十九時半。ということは、十九時ごろか。

「落とし物海底で見つけたくらいじゃ、浮上しないからね。潜水夫が潜ったのが十八時半、休憩で上がってきたのが十九時半ね」

「それでまた、潜ってしまった？」

拾った本人からの話を聞きたい。待っててほしかったなぁと碇は思う。

「そう。今日はあと二、三時間は上がってこないよ、これからケーソン入れるから」

言って鮎川船長は船橋の窓から外を指さした。ちょうど、クレーン船のほうでゴーサインが出たようで、たゆんでいたワイヤーがピンと張る。巨大なケーソンがゆらっと揺れて、持ちあがる。海面から上に引き上げることはなく、クレーンゲームのように設置場所を微調整している。

「大変ですね、作業終了は深夜回りそうだ」

そんなにここで待つのは嫌だなと言いたげに、高橋が尋ねる。

「仕方ないよ、視界が悪くなるとケーソン持ち上げるのも危険だし、下手したら海の中で潜水夫が下敷きになっちゃうからね。明日、濃霧注意報出てるでしょ」

いま本州に沿うように温暖前線がかかっており、梅雨らしいしとしとと雨が今晩から降り続く予報だ。湿度も非常に高く、その上に温度の高い雨が降ると蒸発した水蒸気が飽和状態になり、分厚い霧が発生する。前線霧と言われるもので、特に海上では霧が晴れにくく、集団海難が起きやすい。濃霧発生の前に工事をある程度は終わらせたいだろう。

「終電間に合うかな、俺まで泊まりになりそうだ」

早く帰って妊娠中の嫁のイライラに付き合うのは嫌だが、帰れないのもいやだという様子で高橋がぶつくさ言う。

「一度、俺らは撤収しましょう。この免許証のＬ１（免許証）照会だけでもかなり時間食いそうな予感がします」

言って碇は、三枚のうち二枚を突き出した。

「こっちは現住所が三重県。こっちに至っては福岡県です」

今度、碇は現住所が埼玉県になっている一枚と、福岡県のほうを出した。

「ちなみに埼玉県のほうは免許の更新期限が平成二十四年、福岡のほうは平成十三年です」

「いま平成三十年だぞ。とっくに期限切れか」

「ええ。生年月日はバラバラで福岡の女性は昭和五十五年生まれ、もう中年ですが、埼玉の女の生年月日を計算するとまだ二十代」

「年齢に幅がある……？　だが免許証の写真は全員、若く見えるが」

「しかも全員、黒髪のロングストレートヘアだ」

でかいヤマに化けるかもしれない、という直感が碇にあった。

「すぐに署に戻って詳細を調べましょう。念のため、湾岸署の和田《わだ》に一報入れておいてくださいよ」

和田は東京湾岸署刑事課強行犯係長で、碇とよく似たマッチョな熱血漢だ。日下部を捜査のヘルプに連れていった。

「日下部を一刻も早く五臨署に戻しましょう」

テクノミュージックが始まるのと同時にビーチの照明がいっきに落ちた。

お台場海浜公園は暗闇に包まれる。盛り上がっていこうと言わんばかりに、周囲から「ヒュー」と茶化すような歓声が沸き上がった。若者たちのボルテージがあがっていく。

暗闇と言っても、海の上にはライトアップされたレインボーブリッジが輝き、埠頭が並ぶ臨海エリアの商業ビルの明かりが海浜公園を薄暗く照らし出している。第三台場公園の手前に並ぶタワーマンションの窓からも、生活の明かりが漏れていた。

やばい、見失いそうだ――。

日下部峻はコロナビールの空きビンを屑籠《くずかご》入れになっている段ボール箱に投げ捨て、立ち上がった。「ビン・カンはこっち！」と、場違いな雰囲気のある掃除のおばさんに注意される。ハーフパンツの尻についた砂を手で振り払い、桃色のホットパンツを探す――日下部のエス（情報提供者）であるモモが今日穿《は》いている。

先日二十一歳になったばかりのモモが、ぷりっとした桃尻を桃色のホットパンツに包んでレイブパーティに潜り込み、日下部を案内してくれる手はずになっていた。

売春組織の、元締のもとに。

モモは名門女子大に通うお嬢様だったが両親の離婚で学費を払いきれなくなった。それでも『お嬢様』という肩書を捨てられなかったモモは、親にも友人にも内緒でソープで働き、学費を賄っていた。同僚の女から「もっといい稼ぎ口がある」と紹介されたのがＲＲＲ《トリプルアール》という、売春組織だった。

表向きはネット端末の操作方法を顧客に教える派遣業――実態はデリバリー売春。

モモも一度も客に端末の操作の仕方など教えていない。

耳障りなトランスミュージックに合わせ、ブラックライトが点滅する。踊る人や、テント下のカウンター席で酔っ払うサーファーの動作が、スローモーション映像のように日下部の目に映る。大口を開けて笑う人の歯がブラックライトで妖しく光った。あちこちに発生する不気味な発光体を避けながら、モモの桃色の桃尻を探す――。

「お兄さん、金髪超イケてる!」

いきなり横から女が飛びついてきた。女は勢いで砂に足を取られて転びそうになった。右腕一本で支え起こしてやると、「この上腕筋もイー」と絡みついてきた。お前に興味はないと、また右腕一本で突き返す。

五臨署に配属された二年前、日下部は身長百八十五センチで体重六十二キロのもやし体型だった。いま、体重は十キロ増の七十二キロ。増えたのは贅肉《ぜいにく》ではなく、筋肉だ。「食って一回太らないと、どれだけ鍛えても筋肉付かねぇぞ」と直属の上司、碇にどやされてここまで体を作った。が、ここまでだ。碇ほどのマッチョにはなりたくない。

女はしつこく日下部に絡んでくる。

「ねえ名前なんて言うの。顔とか超、ドンピシャ」

「よく言われる」

「やだーモテるんだね、ていうかそれ自分で言う～？」

「本当のことだからしょうがない」

バニラのような甘い香りはパサパサに傷んだ茶髪からではなく、彼女が指に挟んだ紙巻き煙草の煙から匂ってくる。大麻か。だがいまは後回し。

いよいよ、本丸の尻尾を今日、摑めるかもしれないのだ。

東京湾岸署に、売春組織ＲＲＲを追う大規模捜査本部が設置されて三ヵ月。元締はリエ・リサ・リナという三人の女だ。女たちの名の頭文字を並べたのが、組織名の由来になっている。都心で集めた家出少女や風俗嬢を飼いならし、フロント企業の中古ＰＣ販売・修理店のバックヤードに、かくまっている。

日下部は顧客になりすまし、罠《わな》に嵌《は》めてモモを捕まえた。ほかにも四人ほど捕まえたが、薬物でキメてから仕事をしに来る女も多い。性行為に同意し金銭の授受が成立した時点で「はい警察」と警察手帳を示すが「お巡りさんプレイがしたいのぉ？」と平気で裸になり、またがってくる女もいた。

潜入中は常に支援車が近くに待機しており、イヤホンマイクでやり取りしている。日下部はどれだけそそられても絶対に本番を行わないが、昔は一旦無線を切ってぱぱっと楽しんでから逮捕する、という野蛮な刑事がいたらしい。

右耳に入れた無線イヤホンから、声がする。

〈甲点・和田より乙点・日下部、現状報告願う〉

日下部の支援に回っているのは湾岸署強行犯係、係長の和田だ。腕に巻いた、大麻草の刺繍《ししゅう》が入ったリストバンドで口元をぬぐうそぶりをする。内側にピンマイクを仕込んである。

「乙点・日下部より甲点。照明の関係でモモを見失っていますが、すぐに見つけます」

〈甲点了解、駐車場にワゴンが五台いっきに到着した。三十人近くがまた合流する。急いで見つけろ〉

いまの時点で、浜辺のレイブパーティに集まっている観客は二百人近い。更に増えたらモモを見つけるのも本丸を探すのも難しくなる。あれほど離れるなと言ったのに、モモは今日、幹部との接触をなんとか成功させようと躍起になっている。

だいたいの売春婦は警察手帳を見せた途端、がっくりとうなだれるか、泣き落としにかかるか、逆ギレして刑事につっかかってくるかの三パターンだ。モモは違った。目をハートにして日下部にまとわりついた。

前科がついてしまった落ちぶれお嬢様のモモは、必死に将来の安定を求め、公務員の日下部に狙いを定めたのだ。モモはあっという間に日下部のエスになって、幹部の情報を次々と流してくれたが、末端の売春婦は誰もトップの女三人の顔を知らない。幹部の男たちの話から、女三人の様子を窺い知る程度だ。

リエは組織をバックアップする暴力団との窓口になっていて、リナは経理担当。直接現場の采配を振っているのがリサで、そのリサが今日このレイブパーティにやってくるという情報をモモが掴んだのだ。モモ本人もリサの顔を知らないが、幹部の男曰《いわ》く「サーフィンが趣味でよく日に焼けており、長身で健康的な体つき。とてもアングラな人間に見えない」。

身長は百七十センチ以上あるというから、女性の中では見当がつきやすいが、男性が混じるとそうはいかなくなる。しかもこのブラックライトの点滅。目の前に見えた人物が、次の瞬間には消えてしまうこの不可思議空間で、モモもリサを見つけ出すのに苦心しているのだろう。

――モモの桃色のホットパンツに包まれた桃尻を探す。

日下部の目に、ショッキングピンクのタイトスカートが目に入った。ミモレ丈で脹《ふくら》脛《はぎ》まで長さがあるが、裏のスリットが深めに入っていて、下手なミニスカートよりよほど色気があった。つい見とれ、じっくりと視線を上へ滑らせていく。

きゅっとしまったウエストと、女らしいヒップのライン。いすから伸びる足が驚くほど長い。前の恋人の礼子を連想させる体つきだ。真っ白のとろみシャツがブラックライトを受けて怪しく光っている。一見すると手練《てだ》れのOLのような落ち着いた雰囲気のある女だが、タイトスカートの色が派手すぎるし、髪が短すぎる。健康的な小麦色の肌とスリットの隙間からのぞく、しなやかな足の筋肉。頰に浮かぶそばかす――海をこよなく愛するサーファーだ、という直感が働いた。

あれがリサか。

タイトスカートのとんがった雰囲気と、化粧っけのない飾らない雰囲気がうまくマッチして垢《あか》ぬけた印象に見えた。背高いすをあそこまで安定して座りこなせる日本人女性は少ない。

つまらなそうにジンジャーエールを飲みながら、スマホをいじっていた。彼女の顔だけスマホのブルーライトに照らし出されスポットライトを浴びたようになっている。

「乙点・日下部より甲点。マルAと思《おぼ》しき人物発見。人着《にんちゃく》は――」

和田に報告を上げながら彼女にさりげなく近づこうとした。視界の左端に桃色のホットパンツに包まれたモモの桃尻が見えた。大型スピーカーの目の前で、腕や太腿《ふともも》にタトゥーを入れた男たちの一群に囲まれている。

ブラックライトの点滅の隙間で、その桃尻をしつこく触ったり揉《も》んだりしている男の手が見えた。モモの小さな手が必死にそれを振り払っている。大音量で流れるハウスミュージックがモモの悲鳴や男たちの卑《ひ》猥《わい》な笑い声をかき消していて、日下部にとっては無音の世界も同然だった。

集団強制わいせつで現行犯逮捕してやりたいが、いまは無理だ。

日下部はモモのホットパンツの中に手を突っ込んでいる男の顔を蹴り上げた。ブラックライトが、鼻から吹きあがった血をスローモーションで照らし出す。一瞬の暗転の次の瞬間には、解放されたモモが尻もちをついている絵。日下部が敵の数を見極めようとしてまた暗転、次の絵は五人の男が日下部に向かってきているところだった。予想以上に人数が多いが、もやしのようなのばっかり。ボディに蹴り、顔面ストレートパンチ、足掛けで転ばせ、背負い投げで即座に四人制圧した。

音楽が終わったのか、周囲からわーっという大きな歓声が上がった。音楽は中断、ブラックライトの点滅も終わり、映画上映が終わった後のように、砂浜に設置された照明がぱっとついた。

夢から醒《さ》めたような、白けた空気が一瞬あったが、途端に歓声が上がる。日下部はそのど真ん中にいた。野次馬に囲まれている。泥酔した者たちが「殺《や》れ、殺っちまえ！」とヤジを飛ばしている。まずい。カウンター席にいたはずのリサは、もういない。

目の前に、五人目の対戦相手が現れた。誰よりも小柄だったが、血走った目で日下部を凝視し、手に光る凶器を構えている。刃渡り二十センチのサバイバルナイフ。逃げよう。日下部は雑に振り下ろされるナイフの下をかいくぐった。モモの手首を摑む。彼女を背後から守るようにしながら、レイブパーティ会場を逃げ出した。

海岸沿いの直線道路と砂浜を隔てる防砂林に逃げ込んだ。日下部はリストバンド下のイヤホンで支援車の和田に報告を入れる。

「トラブル発生、作戦中止。マルAとの接触断念。一旦エスを保護してもらえますか」

ショッピングモールDECKSの店舗内で和田と落ち合うことにした。ショップやカフェの営業時間はとっくに過ぎているが、レストランは零時近くまでやっている。追っ手が来ていないか確認しながら、エレベーターに乗り込む。扉が閉まり、箱が上がるのを体感する。ほっとして日下部は膝に手をやり、ため息をついた。ぴと、とモモが日下部に寄り添う。

「大丈夫？　ごめんね」

「俺は平気だよ。モモは、けがは？」

「平気。やだ、峻君血が出てるよ」

腰をひねって背中を見る。逃げている途中で後ろから切りつけられたのだろう、縦に五センチほど切りつけられ、タンクトップが破れていた。血が滲《にじ》んでいる。モモは泣いて大騒ぎしたが、ちょっとした切り傷だ。モモを落ち着かせるほうに手を焼いた。

「ごめんね、私のせいで峻君の体に傷がついちゃった」

「平気だって、刑事だよ。これくらい――」

「ううん。私のせいだから。私、責任取る」

峻君のお嫁さんになって一生償いをするとか言い出しそうなので、強引に話を逸《そ》らした。

「で、なんであんな奴らに囲まれちゃってたの」

「――あのすぐ横のカウンター席に、リサ姐《ねえ》さんと思しき人を見つけたと思って」

モモは会ったこともないのに、組織の元締の女を姐さん呼ばわりする。

「ショッキングピンクのタイトスカートを穿いた女？」

そうそうそれそれ！　とモモが激しく指で宙を指しながら言った。

「それで横にいた男の人らに、聞いちゃったの、あの女の人、知り合いですかぁ、って。教えてくれたらお礼するって言ったら、じゃあまずは楽しませてよってあちこち触られて」

「で、結局あの男たちはリサと知り合いだったのか」

「よくわかんない」

エレベーターが六階に到着した。

開いた扉の目の前に、Tシャツの上にアロハシャツをはおった和田が仁王立ちしている。支援車は面パトだが、スーツを着ていると刑事とばれてしまうので、和田も日下部のバックアップに入るときは必ず変装をしている。

「お疲れ、日下部。お前は一旦離脱しろ」

乱雑にモモの手を引き、和田はあっさりと言った。

「いや、戻りますよ。マルAの見当はついているんです」

「あとはうちで引き継ぐ。オリンピック署に戻れ――あっちで事件らしい」

オリンピック署——日下部の正式な所属先である五港臨時署は、よく五臨署と略される。東京オリンピックまでの限定の署、ということもあり、五臨が五輪、転じて、オリンピック署、と揶揄されることがある。

なんでこのタイミングで五臨署に戻らなきゃいけないんだよ、と日下部は舌打ちしながら、コンビニで絆創膏《ばんそうこう》を買い、DECKSの男子トイレに入った。

背中の切り傷に、苦心しながら絆創膏を三枚張る。顔を洗ってペーパータオルで雑に拭いて、碇にどんなヤマなのか尋ねようとスマホをとったが——。

ケンカ相手の血が、指紋や爪の間に入り込んでいる。日下部は一旦スマホをしまい、手をよく洗った。濡《ぬ》れた手で金髪の髪を撫《な》でつけて後ろに流す。金色の髪は濡れると深みが増して濃い色に見える。印象が変わったのではないかと考える。

わざわざ金髪にして潜入し、エスを飼いならして今日やっと本丸に辿《たど》り着《つ》いたのに、ここでホシをほかの刑事に持っていかれるなんて——。

耐えられない。碇は理解してくれるだろう。

レイブパーティに戻り、リサと接触する。

DECKSを出ながら、碇に電話を掛けた。海岸沿いの道路を突っ切る。防砂林に入ったところで碇が電話に出た。

「よう、日下部。和田から話は聞いたか」

「戻れということしか。至急案件ですか」

「いや、そうでもないがそっちよりデカいヤマに化けそうな案件だ。お前、やりたいだろ」

　この三ヵ月、潜入捜査に入っていたこともあり、ほとんど碇と話していなかった。久しぶりに聞く、耳に心地よい碇のバリトンボイス。

「でもこっちも大詰めで。あと二時間で決着つけるんで。待っててください」

　日下部は返事を聞かず、電話を切った。ずっと碇と話をしていると、いますぐ五臨署に戻りたくなってしまう。

　ハーフパンツのポケットに手を突っ込み、吸いもしない煙草を口に咥《くわ》えてふかす。ちんたらとかったるそうに歩いてそれとなくレイブパーティの喧騒《けんそう》に紛れ込もうとした——。

「ねえ」

　背後から突然、呼び止められる。視界にショッキングピンクの鮮やかな色彩が飛び込んだ。

　リサが立っている。

背が高い。ピンク色の木が防砂林に紛れているようだ。

「君、パーティに戻るつもり？」

リサが淡々と言った。立って向かい合うと、ほぼ目線は同じだ。相当な大女だが――足元を見て驚いた。十センチ近くあるピンヒールを履いている。背の高い女はヒールを嫌がるものだが、臆することなく履きこなしている。こんなアングラなレイブパーティではなく、そのままパリコレとかでランウェイを歩いたほうが彼女は似合う。日下部が答えないのを見て、彼女は続けた。

「さっきの五人組、君のこと血眼になって探してる。切り刻んでやるって」

まずい。トラブルを起こしたところを目撃されていた上に、顔を覚えられている。

それなら――開き直るしかない。

「まじで。じゃ、戻るのやめてお姉さんと二人で飲みたいな」

強引に手を取った。振り払われる。

「彼氏いるの、私」

「そんなんどーでもよくない？　飲むくらい」

「お酒、飲まないし」

「そういえばさっきも、ジンジャーエールだったね。飲めないの？」

「飲まないの。ていうか、なんで私が飲んでたものを把握しているの」

「一緒に飲みたいと思ったから」

リサはうんともすんとも言わず、海上バス乗り場のある南西の方角へ、てくてくと歩きはじめた。ハイヒールのせいか、尻を異様に振って誘っているような後姿だ。ちらりと日下部を振り返り、来れば、と顎を振る。日下部はカウンターでコロナビールを二本購入し、慌ててリサに追いついた。

砂浜が終わり、岸壁沿いに敷かれた木製デッキの上を歩く。リサのハイヒールの音がコツコツと軽やかに響き渡る。

「――前に付き合ってた彼女が、身長百七十あってさ。デートのときはいつも、ぺったんこの靴履いてたよ。君の彼氏はよほどの長身？」

「ううん。百七十五センチ。私と同じ。それを卑下しているのがわかるとイラっとくる。だから今日はあえてハイヒールで来てやったの」

うふふ、と初めてリサは笑った。口元だけで。目が全然、笑っていない。日下部を探っている、刑事のような目だった。だてに売春組織の元締ではない。警戒心が強い。なんとか攻略したかった。犯罪者としても、女としても落としてみたいという強烈な欲求が湧いてくるのを感じる。

「すねちゃったんじゃないの、その彼」

「その通り。デートくそつまんないから抜け出して、あのやかましいパーティで発散しようかと」

「偶然、参加してたの？」

「そうよ」

モモの情報と違う。警戒して嘘をついているのかもしれない。コロナビールを渡したが、断られた。

「お姉さん、名前、なんていうの」

「君は？」

「峻。山偏に――」

「あ、漢字苦手なの。わかんない」

あっさり諦めた様子に、日下部は笑ってしまう。「お姉さんは？」と尋ねた。

「トーコ」

「漢字は？　あ、苦手か」

リサが偽名か、トーコが偽名か。どちらも偽名か。彼女はまた、口元だけで笑った。口紅を差していない素の唇はしっとりと濡れている。

「いま、トーコさんいくつ？　あ、女性に年齢を聞くなんて、って怒るタイプ？」

「怒らないタイプ。三十五」

「そうか。五歳お姉さんか」

「君、まだ三十なの」全然だめ、と言わんばかりに目を眇《すが》める。

「彼氏は何歳なの」

「二十七」答えてトーコは腹を抱えて笑った。初めて瞳に生気が宿ったのを見た。本当におもしろいと思っているらしい。

「超ウケる。なんで私、あんなしょうもない子どもと付き合ってんのかしら」

「仕事、何してるの？」

「公務員」

「うっそだぁ」

「君は？」

「俺も公務員だよ」

うっそだぁ、と笑ってくれるかと思ったら、トーコは真顔で「へえ」と鋭く日下部を見た。真に受けている。慌てて笑い飛ばした。

「冗談に決まってんじゃん。公務員でこんな髪の色、あり得ないし――ねえ、どこに向かって歩いているの」

もうすぐ自由の女神像が見えてくる。

「このまままっすぐ行くと海に落ちるよ」

「落ちても平気。泳げるし潜れるし」

行き止まりの岸壁の手前に、日航やヒルトンなどの高級ホテルが並んでいる。どこかのバーで酒を——その前に少し酔わせたいと、もう一度コロナビールの瓶を突き出した。トーコはやっと受け取り、渋々、と言った様子で一口飲んだ。久しぶりの酒だったのか、ただのビールなのにアルコールが効いたような渋い顔をしている。

「お酒、弱いんだね」

「弱くない。強いわよ。ただ好きじゃないだけ」

「泳げるし潜れる。休日はサーフィンでもしているのかな」

「サーフィンなんかしない。海の上より、海の中が好きなの」

「ふうん……素潜りとか？」

「そう。君は何分いける？」

「やったことないからなんとも。ていうか君はやめてよ、峻だって言ってるじゃん」

トーコはぐびっとビールを飲み、無視して続けた。

「私、最高記録七分だよ」

「嘘つけ。公務員が？　わかった。トーコさんは海上保安庁の海猿だな」

「潜水士に女はいないわよ」

まっとうな答えが返ってきた。よく知っている。本当に海保の人間なのだろうか。

日下部の目の色を見て察したのか、トーコは慌てて答えた。

「違うわよ、私は海保の人間じゃない。ていうか、知りたがるね、私のこと」

「ホテルのバーで飲まない？　夜景がきれいだよ」

「夜景なんかどうだっていい」

「じゃ、トーコさんにとってどうでもよくないものって何」

「うーん。海、かなぁ」

言ってトーコは立ち止まり、砂利敷きの海辺に座り込んだ。コロナビールを飲み干すと、「ちょうだい」と日下部の手から飲みかけのコロナビールを奪う。ぐびっと飲んだ。間接キス。これはいけると日下部は踏んだ。無理に誘わず、慎重に行こう。隣に座った。トーコはうつむいて、目を瞬《しばた》かせた。

「久しぶりだから――回るの、早い」

「もう頬が赤くなってるよ」

そばかすの頬を指で触ってみた。トーコは顔を背けたが、くすぐったそうに下を向いて笑い、嫌がらない。笑顔にあどけなさが見えた。かわいいな、と思ってしまう。

「酔うと私、何するかわからないから。いきなり君に襲いかかるかも」

「平気だよ、さっきの五人組みたいに、すぐ制圧できる」

上目遣いに、こちらを見てきた。やれるもんならやってみろ、という不敵な色があった。だが透明感のあるこげ茶色の瞳は純粋そうだ。脆《もろ》い星をちりばめたような頬のそばかすは、もともとの肌の白さがもたらした神様のイタズラか。

「その茶色の髪は、地毛？」

少しカーリーなベリーショートの髪に触れてみる。柔らかい。海辺にいて潮風をまともに受けているのに、ごわつかない。ずっと触っていたい手触りだった。

「瞳の色素も薄い」

「北海道出身なの。母が色白だったから。ごついのは父親似」

背の高さを言っているようだ。父親は潜水夫だったという。南の海のほうを指した。

「アクアラインを作ったのは俺だって、未《いま》だに言う。もう引退したけどね」と話した。父親が出稼ぎから戻った休日は必ず親子でダイビングに行ったという。

「子どものころから平気で十メートルとか二十メートルとか潜らされて。減圧とかテキトーだから、しょっちゅう窒素酔い起こして海の中でフラッフラしてた」

「窒素酔い？　減圧って何」

トーコは大真面目に答えた。

「深く潜ると、水圧の関係で体内の窒素の体積が減少するんだけど、急激に浮上すると窒素がいきなり大きくなる。すると脳が酩酊状態になるのよ。泥酔中と全く同じで、ひどい人だと幻覚が見えたりする。潜水中にそれ起こすと本当に怖いの。お酒に酔うとそのときのことを思い出すから――」

「そっか。知らなくて無理に勧めて、ごめん」

「何か変なこと言い出したら、起こしてね」

「どうやって」

トーコは海を見た。海から過去の記憶を手繰り寄せている。

「父親はよく海の中で私がおかしな行動をすると、両手でぎゅーっと頰《ほ》っぺたつねったなぁ。おいしっかりしろ、起きろ、ってね」

「わかった。酔っぱらったらぎゅーっと頰をつねればいいんだね」

「ねえ、いつまで髪を撫でているの」

「だって柔らかくて気持ちがいいから」

「あなたのほうが酔ってる」

やっと『君』から『あなた』に格上げされた。いつになったら名前を呼んでくれるのか。日下部は少し甘えた調子で言ってみた。

「じゃ、目覚めさせて」

トーコはコロナビールを傍らに置くと、日下部の前に正座した。真面目な顔で日下部の両頰に手を当てた。見つめ合う。キスがしたい。ぎゅーっとつねられる。

「……トーコさん。結構痛い」

「でしょ。私、女だけど握力五十三キロあるの」

「う、嘘でしょ……ほっぺ、ちぎれる」

トーコがケタケタ笑っている。かわいい。早く抱きしめたい。日下部はトーコの手首を摑んで頰から引き離した。しつこくつねっているから、指が離れる瞬間に皮膚がぱちんと弾《はじ》けてかなり痛かった。トーコの手首は予想していたものよりも華奢《きゃしゃ》だった。引き寄せる――。

〈甲点・和田より乙点・日下部。お前、どこ行った！　イヤホンマイクを早く返せ！〉

和田の一方的な声が、とろけそうになっていた脳を硬くする。右耳にイヤホンが入っていることをすっかり忘れていた。和田め、このタイミングで、と日下部は思わず舌打ちした。「ちょっとごめん」と一旦背中を向けて、耳をかくようなそぶりで日下部はイヤホンを外し、ポケットに突っ込んだ。ポケットの中でスイッチを切る。

振り返ったときにはもう、トーコは立ち上がって尻の砂をはたいているところだった。タイトスカートではっきりとわかる尻のラインが、ぷるんと震える。このまま退散したらトーコをほかの刑事に取られる。それはだめだと抱き寄せた。唇を重ねる。拒絶はなく、すぐに舌が絡んだ。互いに一通り絡み終えた後、自然と唇が離れて、初めてまともに見つめ合った。

「――私、彼氏いるんだけどな」

「別れちゃえよ、そんなの」

もう一度彼女の唇に吸い付こうとして、身を引かれた。もっと、と強く抱き寄せようとしたが、トーコは両手でつっぱって拒む。

「なんで」

「海の前はいや」

こっちへ――と手を引かれた。

「バーで飲み直す?」

「それはもっといや。部屋取って。早く二人きりになりたい」

警視庁五港臨時署刑事防犯課強行犯係、主任、日下部峻巡査部長。警視庁五港臨時署刑事防犯課強行犯係、主任、日下部――。

日下部はシャワーの音を聞きながら、ホテルの部屋のミニバーで喉にウィスキーを流し込み、必死に自分の所属と階級を頭の中で繰り返した。たぶんこれから俺はトーコとセックスをするが、それは捜査のためだ、致し方ない。別に愛していない。そもそも売春組織の女に惚《ほ》れるなんて刑事としてご法度なのだ。

日下部はトーコが持っていたハンドバッグの傍らにそれとなく座った。中身をチラ見しつつ、バスルームの入り口に視線をやった状態で、右手で中身をまさぐった。スマホの堅い手触り。ガーゼタイプのハンカチ。ティッシュ。ポーチのジッパー。プラスチックの……。ペンケースか。それにしては薄っぺらい。

日下部は思い切ってそれを摑み、バッグから取り出した。

黒いプラスチックカバーのついた簡素な持ち手。専用ケースがはめられたそれは――刃渡り十五センチ近い、ナイフ。

一瞬で、目が覚めた。体の内側外側で張りつめていたいろんなものが、急速に萎んでいく。

同時に、シャワーの音も止《や》んだ。バスルームの扉がばんと開け放たれた。

トーコが全裸でそこに立っていた。挑むように、日下部を見下ろす。日下部の手の中にあったものに視線が滑るが、何も言わずにタオルで髪を拭きながら、バスルームから出てきた。裸足の脚にスリッパをつっかけ、スタスタとミニバーへ歩いていく。

女性らしい無駄な贅肉が一切そぎ落とされた、アスリートのような体型。礼子を思い出させたが、乳房は小ぶりだ。腰回りの豊かさは三十五歳の熟した女という感じだが、筋肉質な手足は若獅子《じし》を思わせるように逞《たくま》しい。

トーコはウィスキーをミニボトルのまま飲むと、ぎろりと日下部を睨《にら》んだ。

「なんで人の手荷物勝手に見るかね。女のシャワーが待ちきれなくてオナニーしているほうがよっぽどかわいいのに」

「あんまり好きじゃないんだ、一人でやるの。これ、銃刀法違反だ」

日下部は立ち上がり、ブランケットを彼女のほうに投げた。

「隠せよ。で、名前は？」

「だから、トーコ」

「本名、フルネームで。それから生年月日、現住所も」

「何これ。取り調べ？」

そうだよ、と日下部は懐から警察手帳を出し、示した。

「警視庁五港臨時署、刑事防犯課強行犯係主任、日下部。悪いけど銃刀法違反で現行犯逮捕する」

トーコはミニボトルをカウンターに叩《たた》きつけ、全裸のまつかつかとこちらに近づいてきた。「おい、何かで隠せ」とブランケットを拾い、押し付けたが、彼女はそれを払い落とし、日下部の手元から自分のバッグを奪い取った。

「バカ男」

「なんだと」

「ナイフを見つける前に身分証を確認したわけ？」

「免許証はこれから――」

「違う。こっちの身分証！」

言ってトーコがバッグから出したのは、紛れもなく日下部が持つ手帳と同じサイズ同じ色の――警察手帳だった。

「警視庁警備部第二機動隊所属の巡査、高嶺東子《たかみねとうこ》！」

なっ——という言葉が漏れただけで、日下部は思わずトーコの手から警察手帳を奪い取った。重い。桜の代紋も本物だし、警察制服姿の顔写真も——目の前のトーコと同じだ。

「ちなみにこれは水中ナイフ！　私、カッパなの」

「カッパ？」

「第二機動隊の第一水難救助隊所属。水中ナイフは潜水士の必需品でしょ。でも二機の備品に砥石《といし》がなくて。デートついでに台場にあるダイバーズショップに行って砥石を買うところだったの」

「海保じゃなくて——うちの潜水士だったのか」

スマホがバイブする。日下部をあざ笑うかのようにブーンブーンと鳴る。トーコがバッグから自身のスマホを出して「はい高嶺」といかにも隊の人間らしい口調で答えた。やがて殺気立った瞳で日下部を見下ろし、電話口を押さえて尋ねてきた。

「ねえ、あんた五臨署って言ったよね」

せっかく『君』から『あなた』に格上げされたのに『あんた』に格下げだ。

「あ、ええ……」

トーコは鼻でふんっとひとつ笑うと、電話に戻った。

「了解しました隊長。三十分ぐらいで戻ります」

トーコは電話を切るなり、それをベッドに投げ置いた。日下部の前に仁王立ちで言う。

「あんたのいる署の刑事課から海中捜索の要請が来たみたい」

「え？」

「知らないの。連続女性行方不明事件で帳場が立つかもしれないって。更なる不審物かもしくは遺体発見まで期待して、明朝には五臨署から出港するって」

碇が日下部を呼び寄せたのは、そういう案件だったのか。確かに、連続殺人となれば、売春組織を追うより点数は高い。

「あんた、戻らないの？」

「い、いや。戻るよ。もちろん」

「で。するの。しないの」

「えっ……？」

「セックス。急げば十五分くらいで終わるよね。それとも時間かかるタイプ？」

この微妙な空気の中で、トーコはまだやる気なのかと呆《あき》れてしまうが――。

「する」

日下部は急いでトーコを押し倒した。

午後十一時。日下部は歓声を以《もっ》て五臨署の面々から出迎えを受けた。

「えーっ、日下部、なんだよその頭!?」

と開口一番叫んで目を丸くしたのは、碇だった。だが髪の色などどうでもよさそうに「お帰り、待ってた」と強く肩を二度、叩いた。信頼と愛情の音がする。「おもしれぇなこの色!」と金髪の髪をめちゃくちゃに引《ひ》っ搔《か》き回《まわ》されたが。

「てか、早かったな」

日下部は思わず「え!?」と食ってかかった。東子につい三十分前に「早すぎる」と言われたばかりだった。

「いや、二時間くれと……なんだよ、なに怒ってんだ」

そっちのことかと日下部はため息をついた。まだ全身に東子の透明感ある滑らかな皮膚の感触が残っていた。十五分どころか、日下部は三分もたなかった。情けない。

「金髪もかっこいいじゃな〜い！　あらやだ、大胸筋がいい具合になってきた〜」

と、平気で日下部のタンクトップの胸をつついてきたのは、由起子だ。女性は四十を過ぎるとどうしてこうも若い男に対してなんでもしていいような気になるのか。四十代の男が一回り近く年下の女の胸を突いたら大騒動になるのに。

「ていうか、その髪の色で帳場？　せめてスーツに着替える暇はなかったの」

藤沢充が言う。年齢は上、階級は同じだが役職がついておらず事実上は日下部の部下に当たる。鑑識捜査に詳しく強行犯捜査には欠かせない存在だが、日下部をライバル視しているところがあり、いつもこうして難癖をつけてくる。

「この髪の色でスーツはおかしいですし、金色に染めたのついこないだなんですよ、すぐに色を戻したら頭皮が傷むでしょ」

「係長じゃあるまいし、抜け毛を心配する年齢じゃないでしょ〜」

由起子の揶揄に間髪入れず「うるせーほっとけ」と碇が答える。

「あーすいません、いま戻りました」と息を切らして大部屋に入った遠藤が、日下部を二度見して目を丸くする。

「日下部さんその頭！」

日下部は、係の中で唯一年下の遠藤に早速、絡んだ。首に腕を回してぎゅっと締め上げる。

「ていうか遠藤君、彼女できたんだって!?　どうして僕に最初に紹介してくれないかな〜」

「痛いってば先輩……！　俺はプライベートを職場に持ち込まない性質《たち》なんで」

遠藤は日下部の手を振りほどき、髪型を整えながら意味ありげに碇を見る。

「なんでそこで俺を見る」

「そりゃ見ますよ、職場で部下の恋人取っちゃ——」

藤沢が言い終わらぬうちに、碇は「さて！　始めるぞ」と手を叩いた。不都合なことは言わせない碇のあからさまな様子に、日下部はつい吹き出してしまう。この空気——家に戻ってきた、という感じがする。

「三ヵ月ぶりに全員揃《そろ》ったな。張り切っていくぞ」

碇の言葉を合図に、由起子が記入済みのホワイトボードを転がしてきた。

「とりあえずＬ１照会情報とＭ号（家出人）照会情報を併記しておきました」

じゃーんと由起子は言ったが、声音に茶化す色はない。最悪の場合は死体になっているかもしれない行方不明者たちが、ホワイトボードに貼りつけられているのだ。にぎやかだった強行犯係のシマに緊張感が広がった。

日下部はまず三人の女性の名を目で追いながら、由起子に尋ねた。

「三人ともＭ号でヒットが？」

「ええ。三人とも家出人捜索願が出ている」

碇が透明の採証袋に入った三枚の免許証を「現物だ」と日下部に回し、立ち上がった。

「よし、時系列順に見ていくぞ。まず一人目。平野《ひらの》愛美《まなみ》、生年月日一九八〇年三月十五日、住所は福岡県福岡市中央区桜坂一丁目×」

「生きていたら現在、三十八歳ですね」

日下部は半分独り言で言ったが、碇はしっかり返事をした。

「ああ。失踪は一九九九年六月、十九歳のとき。福岡市博多《はかた》駅前の飲み屋で目撃されたのを最後に、失踪」

藤沢が「未成年なのに飲み屋？」としかめっ面する。

免許証の写真は黒髪のロングストレートで、真面目な瞳でこちらを見ている。ホワイトボードには家族が提出した捜索願に添付された、失踪直前の写真が貼られていた。短大のキャンパスで友人女性と撮影されたものだ。

碇が二人目の情報を読み上げる。

「千田《ちだ》真衣《まい》、生年月日一九八二年七月二十四日、住所は三重県松阪《まつさか》市新町××。生存していたら現在三十五歳。二〇〇六年六月、二十三歳当時、三重県松阪市の自宅から母親に〝友人と遊びに行ってくる〟と言って出掛けたきり、戻らず」

捜索願の写真を見る。免許証の写真と同じ、黒髪のロングストレートのままのようだが、髪をアップにしていた。伊勢《いせ》湾に面した津松阪《つまつさか》港にある製油工場の事務員として勤務しており、その会社の昼休憩中に撮られたスナップだった。会社のつなぎには似合わない濃いメイク。美人ではある。

「三人目は東京近郊だ。星野《ほしの》早矢香《さやか》、一九八九年十月十一日生まれ。住所はさいたま市南区南浦和二丁目××。失踪は二〇〇九年六月、失踪当時十九歳ということだな。新木場《しんきば》でホステスをしていた彼女は客とアフター後の明け方に失踪。捜索願もその客が出した。だいぶ早矢香に入れ込んでいたようだ。疑われもしていたようだが、この男はアリバイがあった上に、早矢香に闇金の借金があったことから、警察は自らの意思で失踪したとみて捜索を打ち切っている」

碇が資料を簿冊から取り出し、早矢香の写真をホワイトボードに貼った。紫色のチュニックにヒョウ柄のレギンス。黒髪のロングストレートの髪は腰まで届くほどに長く、じゃらじゃらと派手なネックレスを首から下げていた。

由起子が意味ありげな表情で言う。

「博多は短大生、三重は事務員、埼玉はホステスねえ」

「揃いも揃って見事なロングストレートの髪っすよ」

遠藤が顎に手を当て、名探偵気取りで言った。立ち上がった藤沢が、赤ペンを取って日付に波線を引いた。

「しかも、揃いも揃って六月に失踪しています」

日下部はもっと大事なことに気が付いたと、失踪場所に青ペンで波線を引いた。

「しかも、博多、松阪、新木場――全部、海のそばです」

「そして、彼女たちの免許証が揃いも揃って海底から見つかる――」

遠藤が意味ありげに続けたのを受け、碇が太腿を叩き、立ち上がった。

「彼女たちが同一人物、もしくは組織によって拉致され、遺留品が海底に遺棄されている可能性が高い。同じ場所を浚《さら》ったらまだ何か出てくるかもしれない」

そこで――と由起子が書類のコピーを持ち、立ち上がった。各自に配りながら言う。

「私と碇さんは全員が集合するまで、M号照会に絞り込みをかけたの。海辺の街で、六月に失踪した、黒髪のロングストレートの若い女性、って具合にね」

「すると該当が十四人も出てきた」

日下部は慌てて書類を捲《めく》った。免許証の発見は十九時ごろだと聞いたが、もうここまで調べを進めている。さすが碇だなと思う。

「北海道——四国もいる」

日下部の独り言を受けて、由起子がホワイトボードをひっくり返す。大判の日本地図が貼られていた。日下部は早速立ち上がり、赤のマグネットを、十四人の該当女性の失踪場所に貼り付けていった。釧路《くしろ》港、八戸《はちのへ》港、相馬港、君津港、東京港、清水港、津松阪港、呉《くれ》港、大阪《おおさか》港、敦賀《つるが》港、博多港、宇和島港——。全十二港が出そろう。そのうち、東京港と大阪港ではそれぞれ失踪者が二人出ていた。

「ちょっと時系列に並べてみます」

日下部は言って、余白に素早く、失踪者を順番に併記していった。

最も古いものが、一九九八年六月。東京港近くで失踪している。場所では二ヵ所の重なりがあったが、時系列で並べてみると同じ年に二人、という重複はなかった。一方で、歯抜けがところどころ六年分、ある。

「該当者がいない年は、捜索願が出されていないというだけかもしれませんよ。これだけきっちりと法則ができているんですからねぇ」

神経質な性格の藤沢が、感嘆したように言った。碇は力強くうなずいた。

「毎年六月に港町で黒髪ストレートの女を拉致している人物がいるようだな」

日下部の腕時計がピピっと電子音を鳴らす。日付が変わり、六月十八日、月曜日になった。窓の外――気が付くと弱い雨が、降りはじめていた。

第二章　空間識失調

六月十八日、月曜日。午前五時。

東の海から太陽が顔を出し終わる時刻だが、曇天の分厚い雲に覆われ、光があまりのぞめない。東京西航路は凪いでいて、しとしと降る雨で細かい水玉模様が浮かんでは消えていく。

警視庁所有の警備艇の中でも最大の二十メートル艇・ふじには、碇ら強行犯係全五名と、船長の竹岡《たけおか》ら海技職員が三名、そして第一水難救助隊の六名が乗船していた。

ふじは八丈島、小笠原《おがさわら》などの伊豆《いず》七島《しちとう》へも就航できるだけあり設備が充実している。定員は三十名、調理室やベッド、ミーティングルームなども備えている。現在、青海《おうみ》埠頭と大井埠頭の間を最高速度の時速二十ノットで進んでいた。礼子は竹岡船長を拝み倒し、操舵席に座らせてもらっている。

船で海に出たのは実に一年三ヵ月ぶりだった。曇天だろうが雨が降っていようが、波間をボートが滑る音、海原を低空飛行するような感触――気持ちがいい。戻ってきた、と思う。特別感が強い分、もう東京湾の日常に戻ってこられないのだとも、思う。

まだ午前五時で夜明けを待たずに出港したのは、濃霧の予報が出ていたからだ。海中は潮流があるし、海底に残されているかもしれないほかの失踪者の免許証や遺留品などを早めに捜索しないと、いつ濃霧で作業が中断するかわからない。

礼子の所属する第一水難救助隊は午前三時過ぎ、黒豹《くろひょう》のマークの入る特化車両で、五臨署にやってきた。緑の車体に白いラインが入ったいすゞのフォワードに、クレーンとサーチライトを備えた車両だ。礼子は下っ端だから、酸素ボンベをよいこらしょとふじに運び雑用に徹した。いまは舵を握っているが、陸に戻ればまたあの日常かと思うと、いまの天気のようにどんよりとした気分になる。

ほかの水難救助隊員はみなすでにウェットスーツ姿だが、礼子はまだ潜水士になりたてのため今日は潜らない。五臨署に来たときと同じ、機動隊の出動服姿のままだ。海技士の免状を持っているので操船していても違法ではないが、座席を譲った竹岡船長に、ちょっと周囲の目を気にする色があった。日下部はいいんじゃないっすか、と苦笑いで、碇は竹岡に申し訳なさそうに頭を下げていた。碇はたまに、礼子の保護者のような振る舞いをする。

デッキでは、水色のウェットスーツに巨大な体軀を包んだ松原翔太《まつばらしょうた》警部補が機材の確認を行っていた。第一水難救助隊をまとめる隊長で、ベテランダイバーだ。

二年ほど前、碇と礼子が羽田沖で半グレが支配する浚渫船《しゅんせつせん》と対峙《たいじ》した際に、リンチを受けコンクリ詰めにされていた死体が海に没してしまったことがあった。それを一ヵ月後に発見、引き上げたのは松原率いる第一水難救助隊だった。隊員とはそのころからの付き合いで、信頼がある。カッパは嫌だが、松原の隊に配属されたのは不幸中の幸いだったと思った——礼子をしごきまくる〝電柱〟こと高嶺東子がいなければ、の話だ。

海中の捜索ポイントは、出港前に行った一時間のミーティングで詰めてある。時間や人数だけでなく、機材や予算も限られているため、陸のようなローラー作戦を海ですることはできない。風や潮流や地形を考え、優先的に六ヵ所まで絞り込んだ。

主に中央防波堤外側埋立地沿いの四ヵ所と、対岸に当たる城南島海浜公園沿いの二ヵ所だ。昨晩からの潮流を考えると、対岸の大井埠頭あたりまで遺留品が流されている可能性もある。城南島海浜公園は大井埠頭の南端にある。

一度の海中捜索時間は四十五分、移動時間や潜水準備などを含めて一ヵ所につき一時間半〜二時間かかると見込んで、六ヵ所はぎりぎりの数だった。

もうすぐ最初の捜索ポイント、城南島海浜公園沖に到達する。松原の隊は事前ミーティングを行うようだが、松原は舵を握る礼子には声を掛けなかった。碇が「あいつは美人に甘い」と礼子の隣で苦笑いする。

一方、東子は出港当時から、ずっとデッキの船尾部にあぐらをかいて座り、海面を見つめている。キャビンのほう——つまり、人々がいる場所に完全に背を向け、まるで海と対話しているような背中だった。同僚の隊員どころか、誰とも目を合わせようとしない。日下部はどうしたのか、そんな東子が気になるようで、デッキの上をうろついている。

ミーティングと掛け声する松原は「ちっ。また瞑想《めいそう》中かよ」と東子を見て呟《つぶや》くと、部下の林田武明《はやしだたけあき》を呼んだ。礼子の二歳上の水難救助隊員だ。松原は林田に「高嶺を起こしてこい」と命令する。林田は面倒そうな顔だ。

水難救助隊がこんなに沖まで出ることはあまりないが、以前に訓練で羽田沖まで出た際も、東子は船を出した途端に船尾にあぐらをかいて座り、瞑想しているような状態だった。海に特別な思い入れがあるという背中は、だてに海女をやっていたわけではないとわかる。一度荒れると手のつけようがなく時に容赦なく人の命を奪うのに、凪いでしまえば徹底的に優しく人を癒やすのが、海だ。東子がそんな海の本質に触れてきた人だというのは、同じく海で生きていた礼子はよくわかる。訓練中は「電柱め」と思うことは多いが、東子の海に対する態度は嫌いではなかった。

日下部は東子が気になるのか、ひっそりと林田に尋ねている。

「彼女、いつもあんな感じなの？」

「お濠《ほり》とか川とかプールではやんないけどね。海を教祖様かなんかだと思ってんじゃないの」

日下部は東子がやっとミーティングの輪に入るのを見届けると、何を思ったのかそそくさとキャビンの操舵室に入ってきた。早速礼子を揶揄する。

「あれ。カッパが舵を握っている」

「金髪が刑事してるよりしっくりくるでしょ」

「これは潜入で――」

礼子は詳細はいい、と目を逸らした。刑事の潜入捜査。羨ましすぎる。潜水の勉強なんかしないで、尾行や張り込みの基礎を学びたい。

「まあでも、同じ隊に女がいてよかったじゃん。高嶺さん。彼女、いったい何者なの」

「知らない。元海女さんってことしか」

「中途採用者同士、親しくはならなかったの」

「なるわけない。訓練中に何度あの女から殺されかけたか」

「ふうん。礼子をライバル視してるのかな」

まあ大丈夫、と日下部は礼子の肩を叩いた。

「お前のほうが美人だよ」

日下部の態度を奇妙に思い、礼子は元恋人の顔をのぞき込んだ。

「峻――彼女できたの」

「は？」

「なんか妙に馴《な》れ馴《な》れしいから」

日下部はうっと言葉に詰まった。

「いやいや。なんの話。そっちこそ。いつ碇さんと結婚するの」

「いまはそれどころじゃない」

「俺とはあんなに結婚したがってたのに。よっぽど俺のこと愛してたんだな」

「あのときは仕事にやりがいが見えなくて、結婚に逃げたかっただけ」

「いまはもっと逃げたいときなんじゃないの」

確かに逃げたいが、碇と結婚して主婦になりたいとは思わない。碇と一緒に捜査がしたいだけなのだ。碇と食事を楽しんだり、あの大きな体に包まれて愛されている時間ももちろん好きだが、それ以上に、碇が日下部と共にしているような捜査活動がしたい。碇と並んで「警察だ！」と警察手帳をホシに突き出してみたいし、「行くぞ、有馬！」とジャケットをはおって颯爽《さっそう》と刑事部屋を出る碇に呼ばれたい。

そう話すと「刑事ドラマの見すぎ」と日下部は腹を抱えて大笑いした。「馬鹿にするなら出てって、もう！」と日下部を蹴散らしているうちに、捜索最優先地域であるAポイント、城南島公園沖二百メートル地点に到着した。東京西航路の航行を邪魔しない、ギリギリの地点だ。

竹岡が揚錨機《ようびょうき》のブレーキを解除し、投錨《とうびょう》した。錨《いかり》を下ろしている——錨泊中であることを意味する黒い球形の形象物を掲げる。することがない礼子はキャビンを出た。一応は水難救助隊の隊員なので、デッキに固まる松原たちのそばに立って作業を見守る。手持ち無沙汰で突っ立っている礼子を、日下部がくすくすと笑って見ていた。

目の前で、Aポイント担当の東子と林田が潜水準備を始めていた。六人いる第一水難救助隊は、二人一組のバディに分かれ、六ヵ所を順次潜る。合計三組しかいないので、ベテランが二度、潜ることになっている。

海中捜索計画書に目を通してみると、東子は新米巡査にもかかわらず、林田とともに二度潜ることになっていた。元海女だからベテラン扱いはいまに始まったことではなく、だから礼子の教育係を務めてもいるのだが、この海中捜索計画を立てる際のミーティングで異論が出たのも確かだ。すると松原はこう反論した。

「お前らはお濠や川の捜索は慣れているだろうが、沖の海は慣れていないだろ」

特に今日は一度の潜水時間が四十五分、ボンベが持つぎりぎりの時間であり、捜索地点は海底十四メートル。潮流もある。水深が最大でも二メートルしかない川やお濠とはわけが違うのだ。

東子とバディを組む林田は、東子をベテラン扱いする松原に納得がいっていない様子だ。新人で隊の足を引っ張ってしまう礼子よりも、新人なのにいきなりベテラン風を吹かせている東子のほうがおもしろくないのだろう。これからの潜水でも自分がイニシアチブをと思ったのか、林田は装備品を身に着けると松原のゴーサインも待たず、シュノーケルを口に咥えて海に入った。一度頭まで没した後、すぐに浮上し、デッキにいる東子に叫んだ。

「高嶺、早く来い。俺が教えてやる」

東子は自分のペースを守っているようだった。松原隊長に申し送りすると、酸素ボンべを担ぐ。口に咥えるレギュレーターが二つ、ぶら下がっている。予備レギュレーターの空気の出を確認すると、ベルトに差し込んだ。腰回りのベルトを一度外し、かなりきつく閉め直す。林田はあっさり海の中に入ったのに、東子は所持品をいちいち指さし確認し、ようやくゴーグルを装着した。手を合わせる。

「入ります。よろしくお願いします」

確かにそう呟いて、シュノーケルを咥え、静かに海へ入っていった。

様子を見ていた日下部が松原に尋ねた。

「いまのあの挨拶は、海に対して？」

松原隊長が引きつったような笑みでうなずき、緑色の潜水索を海へ投げた。

潜水索には小さな錘《おもり》がついている。林田が立ち泳ぎしながら、まとまっていた潜水索をほどく。錘が海中に落ちていく。落下地点が捜索起点となる。二人の潜水士はこの潜水索に摑まりながら水深を確認しつつ、海底へと向かう。この潜水索は死んでも離さない。これは水難救助隊だけでなく、海保の潜水士の間でも鉄則と言われている。

「第一水難救助隊、林田巡査部長。潜水準備完了」

林田が水中カメラを担ぐ。松原は自身のダイバーズウォッチを見て、言った。

「よし。林田、高嶺。〇五一四、A地点海中捜索開始。四十五分後の〇五五九までに必ず浮上すること。海底での作業時間が長いから、減圧を行え。水深五メートル地点で五分」

「了解」

林田と東子は同時に言うと、シュノーケルをずらし、レギュレーターを咥えた。水中カメラを構えた林田から順次、海に没していく。

海面は優しい雨に叩かれ細かい文様ができていたが、時折、レギュレーターから出る排気泡がボコボコと二つ、上がってきて模様を乱す。

日下部はいつまでも泡を見ていた。不意に顔を上げ、現実に戻ったような顔でミーティングルームに向かう。ミーティングルームでは水中カメラ映像をモニターで見ることができる。

追いかけた礼子が日下部の肘をつついて「片思い中なのね」と揶揄する。「何の話」と顔を赤くする日下部と共に、礼子はミーティングルームに入った。すでに藤沢がモニターの録画を開始している。碇や遠藤、由起子が目を凝らして映像を見ており、何か不審物らしきものが映り込めば、記録していく算段になっている。その輪に日下部も入った。

五臨署強行犯係のメンバーがそろっている。礼子はここの係に入りたくて、さりげなく由起子の隣に座ろうとした。碇が礼子にちらっと視線を送る。昨日、新左近川で逢《あ》ったときは穏やかなそぶりだったが、いまは刑事の顔だ。眉間に皺《しわ》を刻み礼子に送った一瞥は、入ってきてもいいが捜査の邪魔はするな、というものだった。

礼子は仕方なく、映像から潜水記録を取っているベテラン隊員の池内《いけうち》の隣に座った。池内は沖の海での海中捜索はあまり経験がないようで、ぼやく。

「ひどいな。赤潮のせいで何も見えない。お濠よりひどい」

いまのところ細かい砂や赤っぽい浮遊物が流れていくのが見えるばかりで、たまに東子の黄色のフィンが見える程度だった。音はほとんどない。ボコボコと潜水士二人の排気する泡の音と、レギュレーターの空気を吸う音、そして水をかく音がするだけだ。

見ているこちらのほうが圧迫感を覚える、無言の海中世界。ずっと海の上で波や風を相手にしてきた礼子は、正直あまり好きな世界ではなかった。この圧迫感の中、バディを組んだ二人は身振り手振りで意思疎通を図り、任務を遂行する。海保の潜水士などはバディを組む相手と絶対的な信頼関係がないと潜水しないと言うが、林田と東子は大丈夫だろうか。

画面に、林田のグローブの手が見えた。潜水索につけられた赤いマークを指さしている。『5M』と文字が入っている。池内が「〇五一七、五メートル地点通過」とデッキにいる松原隊長に無線を入れている。

「ねえ、世界一水深が深いところってどこだか知ってる」

由起子が博識をひけらかすように、一同に尋ねた。彼女はちょっとした雑学者だ。

「マリアナ海溝だろ」

碇がつまらなそうに答える。

「水深は？」

「うーん。一キロぐらい？」

遠藤が無邪気に答える。日下部がいつもの決まり文句で突っ込んだ。

「遠藤君大丈夫、それで大卒？」

「ええ。碇さんの後輩です」

「だからそれを言うな、俺までアホに思われるだろ」

碇が遠藤の額をつつく。池内がクスクス笑った。

「遠藤君、マリアナ海溝はエベレストの高さよりも深いんだ」

「えーっ。エベレストって確か八千メートルぐらいでしたっけ」

「そうそう。世界最深地点はチャレンジャー海淵《かいえん》という場所で、一万メートル以上の深さがある」

「陸の高さよりも海のほうが深いって、びっくりしたもんだよ。中学のときね」

藤沢が、これは中学生レベルの知識だ、と強調するように言う。池内は笑いながらうなずいた。

「なにせ素で行ったら人間が水圧でぺちゃんこになっちゃう世界だからな」

ふと扉の嵌めこみ窓から、慌てて操舵室に飛び込む竹岡の姿が見えた。かつて海技職員としてこの海の安全を守ってきた礼子は、反射的に腰を浮かせた。船に何かあったのかと、ミーティングルームを出る。碇の一瞥がまた、飛んできた。出たり入ったり忙《せわ》しないな、という顔。捜査の邪魔なのだろう。碇にあの目で見られても昔は平気だったのに――なぜか最近はちょっと、怖い。ジャッジされているような気になる。

竹岡はデッキで潜水旗を取り付ける作業をしていたようだが、いまその青と白の潜水旗を握ったまま、VHF無線機で呼びかけている。

「第五洋魁丸《ようかいまる》、第五洋魁丸。こちら警視庁警備艇ふじ――状況をもう一度。現在地がよくわかりません。どうぞ」

礼子は無線機の画面を見た。救難信号が表示されている。竹岡は救難信号を出した船とやり取りしているようだ。

　礼子は操舵室の窓から目視で埠頭や空港に囲まれた海原を見た。月曜日の朝の海に海難は見えない。この城南島公園沖からの視認限界範囲は北はレインボーブリッジ手前まで、南は風の塔、東西は埠頭になっていて陸地だ。

　竹岡がレーダーやAIS情報画面を注視している。レーダーは周辺海域の海上にいる船や障害物が画面上に黒い点で見えるものだが、AISという装置では更に具体的に船の情報がわかる。船名や船籍などの船舶情報、出港地や目的地も登録してあれば表示されるし、それまでの航路も線で表示される。東京港のように大量の船が輻輳《ふくそう》する海では、画面上に縦横無尽に線が走り、ちょっと見にくい。竹岡も件《くだん》の船がどこに消えたのか、必死に画面で情報を探しているが、首を傾げるばかりだ。

「変だな。さっきまでこのあたりで停泊していた船じゃないかと思うんだが」

「最初はやり取りできていたんですか？」

「ああ。こちらが名乗った途端、通信が途絶えた」

「まさか――沈没したんじゃ？」

　竹岡が、AIS画面を指さす。葛西臨海公園沖、南へ四キロあたりの地点だ。ちょうど、中央防波堤外側埋立地を挟んで、ふじの現在地より北東東へ四・五キロほどの地点でもある。

「さっきまでここに船舶情報があったんだけど、通信が途絶えたのと同時に画面から姿を消した」

「声は逼迫《ひっぱく》している様子でした？」

「いやいや。冷静な声で、荷崩れ事故を起こしたと。浸水とか転覆とか切羽詰まった様子じゃなかった」

救難信号を出していたのは第五洋魁丸というばら積み船だという。一応、レーダーはその姿を捉えている。点滅し海上で静止している黒い点を、竹岡船長は指さした。

異変を察知したのか、碇が船橋へ入ってきた。

「海保のヘリが次々と出動している。海難か？」

礼子が事情を説明しようとしたとき、ＶＨＦ無線で別の船から呼びかけがあった。

「こちら潜水支援船みたけ。警視庁警備艇ふじ応答願います」

礼子はすぐさま無線に応じる。

「はい、こちら警視庁警備艇ふじ。潜水支援船みたけ、どうぞ」

碇が「免許証を見つけて通報してくれた船長だ」と顎を東の海のほうへ振った。みたけは中央防波堤外側埋立地に錨泊していて、もう何年も埋立地の拡張工事に携わっている。碇よりも、海技職員だった礼子のほうが鮎川船長と親しい。あちらも、第五洋魁丸からの救難信号を受け取ったのだろう。

「潜水支援船みたけ、これより第五洋魁丸の救援に向かう。そちらの動向は。どうぞ」

竹岡が無線機を礼子から奪い、答える。

「警視庁警備艇ふじ、現在潜水士を潜らせており、救援活動は……」

礼子は思わず、それでいいのかと竹岡の眼をのぞき込んだ。レーダーを見る限り、救難現場からどの船よりも一番近くにいる公的な船が、警備艇ふじだった。警察の船なのに救難に出ないなんて、あり得ない。竹岡はきまり悪そうに眼を逸らした。

様子を窺うように操舵室に入ってきた松原も、水難救助隊の隊員として、海中捜索を優先する事案なのかと、思案顔だ。二人の男の迷いが礼子には手に取るようにわかる。礼子は竹岡の手から無線機を奪い返した。「私が行きます」と毅然《きぜん》と言い放った。おい、と咎《とが》めたのは竹岡でも松原でもなく、碇だ。礼子は碇に背を向け、無線機に呼びかけた。

「潜水支援船みたけ——鮎川船長！　こちら警備艇ふじ、有馬です。一度、城南島寄りへ接近できませんか。私も一緒に救援に向かいます」

「有馬！」

碇が低い声で咎め、肩を摑んだ。「礼子」と呼ぶ声は優しいが、職場で「有馬」と呼ぶ声はいつも厳しい。碇はそういう人だ。

「ほかの警備艇か海保に任せろ。お前はいま水難救助隊員なんだぞ」

そういう問題じゃない、と礼子は言い返した。

「品川埠頭の五臨署からはどれだけ急いでも海難地点まで到着するのに、船のスタンバイ時間を含めると三十分はかかります。青海埠頭の第三管区東京海上保安部からでもほぼ同じです。でもこの地点からなら、十分以内に救難地点に辿り着けます！　通信が途絶えてAIS情報もとれないんですよ、船内で大きなトラブルが起きている可能性が高い。民間船が救難に向かうのに、警備艇も水難救助隊も動かなかったなんて、後々問題視されます」

碇は反論しようとしたが、竹岡と松原のほっとしたような顔を見て、口を閉ざした。みんな、礼子にとりあえず行ってもらって体裁を保ちたいのだ。

船橋を出ようとした礼子に、碇は言った。

「有馬。お前はいったい、何者なんだ」

恋人のこれまでにない厳しいまなざしに、礼子は戸惑った。昨日、優しく礼子の愚痴を受け止めてくれた碇と全然違う。

「な、何者って――」

「海技職員のような顔で舵を握ったり、一応は水難救助隊員として隊列の中に入ってみたり――かと思えば強行犯係に交じって海中捜索モニターをのぞき込む。で、お前はいったい、何者なんだ？　お前の職務は、任務はなんだ。舵を握ることでも刑事の顔をすることでもない。水難救助隊員として、いま現在海中で任務遂行中の先輩潜水士の活動をバックアップし、そこから学ぶことだろ」

礼子は唇をかみしめ、うつむいた。久しぶりに海に出たことではしゃいでしまったことは事実だ。だが、碇だけにはわかってほしかった。碇のような刑事になりたかったのに、その夢を打ち砕かれてジュラルミンの盾を持って大盾訓練をやらされるむなしさを、潜水士の資格を取るために、窒素分圧の計算式などを覚えて複雑な数式を解くむなしさを――碇には理解してほしかった。

「確かにそうですけど――いまは救助が優先です」

「そういう話をしているんじゃない。どうして電柱――いや、高嶺がお前に厳しく指導しているのか、わかったよ。海中に潜水士を潜らせている状態で、支援船から離れるなど言語道断だ。お前は海を舐めている。だから高嶺はお前をしごいているんだ」

「私は誰よりもこの東京湾を知っています。舐めてなんかいない。これまで碇さんと何度この海で戦ってきた？　そんな言い方をするなんて――」

「お前が知っているのは海の上の世界だけだ。お前は海の中のことを知らないのに、学ぼうともせずに軽んじている。だから海を舐めている、と言っているんだ」

第一水難救助隊員に所属してもう三年の林田は、焦っていた。

左腕に嵌めたダイバーズウォッチを見る。潜水開始から三十分が経過していた。水深十メートル地点ではあっても、一時間近く潜水していた場合は、減圧に五分はかけるように言われている。松原隊長から捜索時間は四十五分と命令された。そもそも酸素ボンベの残りがあと十五分、持つか持たないかギリギリのところだ。

海底で捜索できるのは浮上の時間も含めると、せいぜいあと五分だった。

林田はまだ何も発見できていない。だが、東子は捜索開始二十分で一枚の免許証を発見していた。

水中無線越しに、上の松原隊長から「よくやった！」と激励の言葉があった。碇が興奮気味に呼びかける。

「現物は浮上したときでかまわない。カメラ越しに免許証を見せてくれ」

小林弓子《こばやしゆみこ》、現住所は東京都江東区――。

「ビンゴだ！　二〇〇七年に浦安近くで失踪した、当時二十三歳の派遣社員だ」

やはり、三枚の免許証発見から端を発したこの案件は、毎年六月に日本のどこかの港町で黒髪ロングストレートの女性が拉致されるという、連続拉致事件に発展する可能性が高い。

林田は俄然《がぜん》、張り切った。更に証拠品が流失してしまう前に、一枚でも多く免許証を集めたい。まだこのあたりにあるはずだ。今度は俺の番だ――。

横に並び、水中ライトで海底をくまなく照らし出す東子の肩を叩いた。林田は両手からぶら下げていた水中カメラと東子を、交互に指さした。代わってくれ、と。

ごねるかと思ったが、東子は右手の指で円を作ってＯＫサインを出した。

潜水夫の父親に育てられ、海女としてカッパの誰よりもダイビング歴が長い東子は、陸では生意気な態度だが、海の中では驚くほど素直だ。会話がままならない海中だからこそ、組織の縦割りに従順であろうと考えているようだ。

東子は水中ライトを腰に装着し、水中カメラを受け取った。林田の両手が空いた。これで本格的に捜索に集中できる。林田は自身の水中ライトを帯革から取り出し、ヘドロの海底を照らし出した。

耳にはまった水中無線から、松原隊長の声が聞こえる。

「あと十分で捜索終了時刻だ。水深五メートル地点で五分減圧した後、浮上してこい」

東子はボンベの残圧を確認すると、手でバツ印を作り、林田に残圧計を示した。ボンベの残りが少ない。あと十分、持つか持たないか判断が難しいところだ。東子は指で三、続けて五、と示した。捜索を三分で終了し、減圧に五分かけよう、と提案しているのだ。

林田は両手で大きく×を作った。両手の指を開いて十を示し、続けて○と指で示す。捜索に十分、減圧時間はいらない、という意味だ。東子は驚いたのか、ただ海底に無言で佇み、ゴーグル越しにこちらを見ている。

東子が潜水したこれまでの最高水深は七十メートル地点で、一時間作業、減圧ナシで浮上したこともあったという。幼少期より潜水しているから耳抜きも必要ないし、海底の水圧環境に体が適応している。だから、水深十メートル地点などお遊びで、彼女に減圧の必要がないことはわかっているが――。

あなたは大丈夫なの、という上から目線の空気を、空気のない海底でも感じて、腹が立つ。

不意に水中ライトの先が、大きく揺さぶられる。まるで何者かがライトを奪い取ろうとしているようだ。レギュレーターの排気口から出る泡も、真横に流れていく。強い潮流が突発的に発生している。流されぬよう、一旦ヘドロの地面にへばりついて耐える。

潮流が収まると、東子が激しく身振り手振りを続ける。しきりに林田を指さし、バツ印をしつこく作る。私は平気だけど、あなたはだめでしょ、と言いたいらしい。さっきまであんなに素直だったのに、途端にベテラン顔だ。だが、ここは海底なので会話で反論できない。とにかく、いけるいける、と指でOKマークをしつこく出した。

二年前のコンクリ詰め死体の捜索時は、水深十四メートル地点を減圧時間なしで一時間捜索し、後で松原隊長からこっぴどく叱られたが、多少の酩酊感があったのみで大きな症状は出なかった。俺はやり遂げられる。林田は、しつこくバツ印を向けてくる東子に背を向け、水中ライトを先に向けた。

スポットライトを通り過ぎていく、小魚。誰かが遺棄したゴミ袋が舞い、ペットボトルが沈む。黒いヘドロの海底に転がったムール貝は気泡が出ないとそれとわからないほどに海底の色と同化している。赤潮の発生と、時折勢いよく流れ込んでくる潮流が巻き上げるヘドロの影響で、水中ライトが照らし出せる距離はせいぜい、一メートルほどだ。その光が届くか届かないかのところで、きらりと一瞬、反射があった。

免許証か。

とっさに水中ライトで照らす。だが、もう反射はない。フィンで水を蹴り、一メートル前進して水中ライトを海底に向けた。何も見えない。いまの反射はなんだったのか。

また強い潮流。今度は右から左へ、泡が楕円《だえん》の形で流れていく。林田はフィンの足を踏ん張った。流されまいとしているが、足が勝手にたたらを踏み、一歩、二歩、三歩と横に流される。フィンがヘドロを巻き上げてしまい、ますます視界が濁ってほぼ暗闇になった。これはまずいと足を浮かせた途端、体が潮流に持っていかれる。水中でくるっと一回転、二回転する。

まるで宇宙飛行士が無重量状態の空間をもがいているような状況になる。姿勢を正そうとすればするほど、体が回転してしまう。いつの間にか潜水索を離してしまった。焦る。

不意に、緑色の紐《ひも》が前を横切ったのを見た。潜水索だ。林田は瞬時にそれを掴み、引き寄せた。危なかった……！

潜水索を強く引く。手ごたえが軽い。人形のような物体が突如、濁った視界から林田の眼前に飛び込んできた。林田が引き寄せたそれには、細切れの昆布のようにゆらゆらと揺れる黒い髪が生えていた。白濁した瞳。ぽっかり空いた口から、白い歯が見えた。

水死体……！

林田は潜水索と思ったそれを捨て、慌てた。ほとんどパニック状態だ。もうどこに向かっているのかよくわからない。体の向きを変えようとしたとき、頭に何かがぶつかった。上に東子がいたのかと思って両手を上げて探る。べとっとした柔らかい泥のようなものに触れ、一斉にヘドロが上から舞い降りてきた。

林田は更なるパニックに陥った。

上だと思っていたそこは、海底のヘドロだった。林田は逆さまになっていたのだ。ウェットスーツのベルトを捜索開始前に締め直さなかったことを思い出した。下半身に空気が入っていると海中で足が浮かび逆さまになりやすい。浮上するために上半身のウェットスーツ内には多少空気が残っていたほうがいい。この空気が下半身に流れないように、ベルトは強く締めなくてはならない。

だが林田は東子のように点検をしなかった。

まずい、まずいまずいまずい……！

必死に体勢を整えて海底に足を突こうとするが、今度は両手両足を伸ばしても何も触れなくなってしまった。

右も左も、上も下も、東西南北も全くわからない。

空間識失調。

林田は恐怖で大混乱に陥った。焦れば焦るほど、排気量が増えていく。浅い呼吸を乱発したせいで、ボンベの残圧が急激に減っていた。あと一分持たない。林田は口に咥えていたレギュレーターを外し、助けを求めた。

「高嶺ー！　助けてくれ！」

必死に叫んだ声は、気泡のゴボゴボという音に変換されただけだった。

お前は海を舐めている。

碇の言葉が不愉快に、胸に突き刺さったままだ。そしてまた、碇の放った疑問が更に礼子を悩ませる。お前は何者なのか。突き詰めるところ、いまの礼子ではだめだということだ。碇に嫌われたと思った。このまま陸に戻ったら、別れ話をされるんじゃないかという恐怖で心がすくみ上がる――。

潜水支援船みたけの舵を船長の鮎川が握る横で、礼子はごちゃごちゃとしがちな思考を必死に振り払って、双眼鏡をのぞく。左舷側に中央防波堤外側埋立地の南岸を見て、ここから北東へ二キロの場所に、ばら積み船がいるはずだ。

救難信号を出した船はケーソンに入れる砂を運ぶためにやってきた船ではないかと鮎川は言う。ケーソン設置のため捨石基面均し工事を担当する鮎川は、この第五洋魁丸とは同じ港湾工事現場の工事仲間、ともいえる。

「第五洋魁丸はどんな船なんですか。砂を運んでいるのだからばら積み船ですよね」

字面の通り、ばら積み船はバラバラするもの――穀類、砂、砂利などを積載する。船に巨大な荷倉があり、その荷倉にハッチカバーと呼ばれる頑強な蓋がされている。このハッチカバーの数で、船の大きさがだいたいわかる。巨大なものだとハッチカバーの数が四、五個あり、全長は三百メートル近くになる。

「第五洋魁丸はガット船だよ。木更津港に籍を置いているナナヨンキュウ」

ガット船とは、ばら積み船の一種で、主に砂や砂利を運ぶ船のことだ。その中でも荷役設備であるクレーンが船に搭載されているものは、全長百メートル弱、総トン数七百四十九トンの大きさがあり、船関係の人からはナナヨンキュウと呼ばれる。木更津港の一部にガット船基地があり、戦後復興から高度経済成長期に東京港の工事を請け負い発展に寄与してきた歴史を持つ。

かつてそこを仕切っていたのが暴力団ということもあり、その気質の荒さが悪目立ちしていたころもあったと、先輩海技職員から聞いたことがある。過積載のまま船を強引に出したり、回避義務なども平気で無視して航路を突っ込んでくる——海難事故もダントツで多かったようだが、いまはそんなトラブルもなく、礼子が海技職員になってからはガット船の違反を摘発したことはない。

「礼ちゃん、もう水上警察じゃねぇんだろ。それなのに水上警察みたいな顔して」

鮎川がふふっと笑う。

「実はいま私、第二機動隊の水難救助隊にいるんです」

「そうなのか。礼ちゃんの第二の人生の舞台は海ン中か。舞台は海上から海中へ……！　ってトコか」

愉快そうに笑った鮎川は、第五洋魁丸について続ける。

「第五洋魁丸はガット船と思えないくらい紳士だよ。なにせ船長がホテルのフロントマンでもやってたほうが似合うんじゃないのって言われているくらい、物腰柔らかだから」

詳細を聞き返そうとして、礼子は双眼鏡の先に見えた光景を前に、緊張が走る。

「——あれですね」

みたけの舳先《へさき》が北へ向くか向かないかのうちに、救難信号を出したガット船が見えてきた。朝もやの隙間を縫うように、信号紅炎の赤い煙が幾筋か天へ伸びている。

右奥に東京ディズニーランドのシンデレラ城やビッグサンダー・マウンテンの岩山、左奥に葛西臨海公園の大観覧車、その更に左手には東京スカイツリーも見えるが、低い雲が垂れているせいで首をもがれたような姿だ。

そんな光景がバックに見えるせいだろうか。横に傾いたまま沈黙する船の姿はまるで映画のセットの一部のようで、リアリティがなかった。まだ救難信号が出て五分、警備艇や巡視艇、ほかの救援船が駆けつける前だからこそ、打ち捨てられた沈没船のセットのようにも見える。甲板に人の姿が見えず、救助しようとする船や、逃げようとする救命ラフトなどが見えないせいもある。

ガット船は船首のクレーンが象徴的な船だ。礼子は子どものころ、このタイプの船を見ると、船上に動物園のキリン舎があるみたいだと思っていた。クレーンがキリンの寝で、ハッチカバーがあるだけで真っ平の甲板は広場、背高のキャビンはキリンの寝屋、といった具合だ。だがこのクレーンが高く首をもたげるのは荷の積みおろしの時だけで、海上を航行中はクレーンの先端がキャビンの壁に固定され、キリンが寝ているように見える。

子どものころはそんなガット船に「キリンさんの船だー」と手を振っていた礼子だが、目の前で傾いたまま沈黙するガット船は、うすら寒い雰囲気をまとう。船体は真っ黒で、白抜き文字で左舷側に『第五洋魁丸』とペイントされている。クレーン部分もまた黒で、三階建てのキャビン艤《ぎ》装《そう》部だけが白くペイントされていた。それも、各窓のサッシから血を引くように錆《さび》の筋が赤茶けて付着している。

かなり不気味な見てくれだ。濃霧の海上などで、ぬっとあの船体が目の前に現れたら、背筋が寒くなるだろう。

礼子はVHF無線の16チャンネルに情報を流した。

「荷崩れ事故の船、発見。第五洋魁丸、ナナヨンキュウのガット船。キャビンのある船尾が東の千葉側、クレーンのついた船首が西の若洲《わかす》方面に向いています」

この無線は付近を航行中の船なら誰でも受信できる。救援に向かっている船たちに状況を知らせる必要があるため、礼子は更なる情報を詳細に伝えた。

「北を向いた右舷側に傾斜、約二十度。左舷があがり、船底の一部を南側にさらしているような状況――」

「あの傾き方――過積載やらかしたか」

鮎川が言うが、自問自答するように即座に否定する。

「いや、第五洋魁丸はそういうことしない船だがな。ただ昔ならガット船は乾舷ゼロが合い言葉だったようなところもあるからなぁ」

乾舷――船が水面より上に出ている部分のことを言う。乾舷ゼロ、すなわち船体の大部分が沈んでキャビンだけが海面から顔を出している状態だ。荷を積んだ貨物船の甲板が波に洗われてしまうのは珍しいことではないが、喫水線から甲板までだいたい三十センチくらいは必要だろう。

「すぐに沈没、というほどではないが、あーなっちゃどうにもならんな。なんで無線に出ないかな」

鮎川は無線機を取り、船乗り独特の言い回しで呼びかける。

「第五洋魁丸、第五洋魁丸。こちら潜水支援船みたけ。感度いかがでしょうか。どうぞー」

返答を待つが、やはり反応はない。礼子は改めて双眼鏡の望遠を最大にしながら、デッキに人影がないか探す。あれだけ傾けば、船内やデッキの設備保全のため、甲板員が作業をしているはずだ。しかし人の姿が見当たらない。操舵室のある船橋はキャビン最上階の三階にあるようで、窓がずらりと並ぶ。そこにも全く人の影がない。そういえば、救命ラフトの設備もない。

「――乗組員は脱出したんでしょうか」

この規模の船なら、船員は五、六人はいるはずだ。

「あの程度の傾斜で船長もろとも船置いて逃げたってこと？」

まさか、と鮎川は鼻で笑った。

海難現場に近づいてきたからか、第五洋魁丸とやり取りをしようとする警備艇や巡視艇の無線がひっきりなしに入るようになった。五臨署からは警備艇たかおが向かっているようで、船長であり礼子の直属の上司であった磯部《いそべ》が、現在地、現在員を確認する声も聞こえてきた。

礼子は磯部と連携を取るべく、無線装置を取ったが――すぐにもとに戻した。

磯部とは昔から馬が合わず、対立ばかりしていた。保守的なタイプの磯部は礼子のすることとなすことをいつも否定してきた。下手に声を掛けたら「水難救助隊が出張ってくるな」と磯部は咎めるだろう。もう十分、碇から叱責された。誰にも何も指示されたくない。

双眼鏡をもとあった棚に戻し、礼子は軍手を借りて侵入準備に入った。

「中で非常事態が発生している可能性があります。私が一旦一人で中に入りますから、鮎川さんは無線で船橋に呼びかけ続けてもらっていいですか」

ガット船はいま、傾斜した状態で安定を保っている。みたけが近づき下手に引き波を立てると安定を失ってしまうから、礼子はゴムボートを下ろしてもらった。船外機を取り付け、出発する。見送る鮎川に言った。

「順次、警備艇や巡視艇が到着しますから、後は警察や海保の指示を待って行動してください」

「いいけど——一人で行くのか。大丈夫か」

鮎川は、いつも無茶する、と言いたげな顔だ。

ここで無茶しなくてどうする。私はもう警察行政職員じゃない。

礼子は出動服の胸ポケットになすかんで留めた警察手帳を、取り出した。慣れない仕草でもたつく。まだまだ、碇や日下部のようにさらっとこの動作ができない。桜の代紋と自身の身分証を鮎川に提示して見せた。

「大丈夫。もう私、警察官ですから」

礼子はエンジンを掛け、出発した。ゴムボートの船外機を操作しながら、左肩を斜めに持ち上げた状態の第五洋魁丸へ近づいていく。

ばら積み船は積み荷の特性上、傾きやすい。一度こうなってしまったら、片側に寄った中の荷を均さないと、船の復元力は期待できない。

中の荷を均すには、ハッチカバーを開けてクレーンを動かす必要がある。斜めに偏った砂をクレーンを使い、空いている空間に流すのだ。だが斜めに傾いているいま、ハッチカバーを開けると荷倉に海水が入りあっという間に転覆する。船体のほとんどを占める荷倉は、この規模の船だと三百トンぐらいの砂が入るだろう。三百トン——十メートル四方の大きさの荷倉で深さは三メートルくらいか。

一旦この状態で、運河にタグボートで曳航《えいこう》し、転覆防止の固定作業をした上でハッチカバーを開け、荷を均す。下手を打つと転覆してしまうので、雨の中での作業は厳しい。午後には濃霧の予報が出ている。視界が悪い中で危険な作業はできない。

ハッチカバーを開けるタイミングが難しいなと思いながら、礼子は船尾を通り過ぎ、船外機を左に振って右舷側に回った。船首部のムアリングパイプ——係船装置がすぐ眼前にある。礼子はゴムボートを繋ぎ止めると、ムアリングパイプに足をかけ、船首をよじのぼった。難儀することなく、船首部を囲う柵に手をかけて甲板に降り立った。

ハッチカバーを開けようとしたのか、クレーンは倒れておらず、斜め上の空を指した状態で停止している。

「警視庁の者です、救難にきました。どなたか、いらっしゃいませんかー！」

甲板を船尾のキャビンに向かって叫びながら、よたよたと歩く。斜めに傾いているので、滑りやすい。

船首部の旗を確認する。荒く太い筆遣いの〇の中に、『近』という漢字が描かれており、その下に『近藤組《こんどう》』という文字の入ったボロボロの船旗が取り付けてある。これが船会社のようだ。船の劣化具合から見ても、零細企業だろう。

係船装置の間を潜《くぐ》り抜《ぬ》けて、ハッチカバーの閉まった荷倉横の甲板を走る。傾斜二十度の甲板は何かに摑まっていないと足が滑ってしまう。ハッチカバーに手をつきながら、「誰かいませんか！」と怒鳴り、キャビンのほうへ向かう。風はないのに、どこからか金属が軋《きし》むギイ、ギイという音が聞こえてくる。

なぜか礼子は背筋がぞっとした。

不気味だ。幽霊船に乗り込んだ気分だった。

葛西臨海公園の大観覧車やディズニーランドのシンデレラ城が置物ほどの大きさで目視できる海にいるのに、まるで絶海の孤島にいるような気分になってきた。

——船員たちに何があったのか。

ガン！　壁か床を何かで叩きつけるような音がした。

キャビン一階の扉に手をかけていた礼子は思わず息を潜め、キャビンの壁に耳をつけた。うぇーんうぇーんと、泣く声がする。なんとも大袈裟《おおげさ》なその泣き声は、女性でも子どもでもない、男性のものだった。演技がかった調子で泣いて言う。

「母ちゃん、ごめんよー。俺のせいで、俺のせいで……！」

「黙れ、早くとっ捕まえておいで！　私が料理してやるから！」

強い視線をふと感じ、上を見る。

キャビンの外階段には誰もいないが、監視カメラがこちらを見ていた。よく見ると、船首や反対の左舷側など、至るところに監視カメラが設置されていた。豪華客船でもあるまいし、なぜ――。

突然扉が開いた。ずだ袋のようなものを頭からかぶせられる。上げた悲鳴がくぐもって、布の中で反響する。必死に抵抗するが体を抱えあげられた。足で空を蹴って逃れようとしながら、礼子は頭を後ろに振って思い切り頭突きを食らわした。うっ、と男の声がして、体が自由になる。コンクリートの床に転がったのがわかる。礼子はずだ袋を脱ぎ捨てた。

そこは台所の機能を備えた厨房《ちゅうぼう》兼食堂――ギャレーだった。六人がけの固定テーブルの足元に、礼子は四つん這《ば》いになっていた。いすは傾斜のせいで倒れたり、テーブルに寄りかかったりした状態だった。テーブルの下には零れた味噌汁《みそしる》やお椀《わん》が散乱している。

　目の前は三畳ほどの厨房だ。タイル張りの床にはホースから水がちょろちょろと出たままになっている。赤い液体が透明の水と混ざり、排水口でマーブル模様になって流れ落ちていく。

　狭いキッチン台の幅に収まりきらないほど太った女性が、長靴に防水エプロンをつけた背中を向けて、作業をしていた。髪はぱさぱさで時代遅れのソバージュヘア。そこに幾筋も白髪がのぞく。

　男とのもみ合いが続くが、女は礼子に無関心で、振り向きもしない。幅広の大きな包丁を振り上げ、大きな塊をぶつ切りにしていた。そのまま包丁を横に滑らせ、足元のコンテナボックスへぶち込んでいく。老舗の魚屋の奥さんが、仕入れたマグロを豪快にさばいているような後姿だった。礼子は叫んだ。

「助けて……！」

　女は返事の代わりに包丁をまな板に振り降ろした。はずみで肉片が飛んできた。ラメがきらりと光るジェルネイルが施された、女性の右手だった。

第三章　RRR《トリプルアール》

午前六時過ぎ。変わらず、雨が降っている。

警備艇ふじは予定時刻を大幅に過ぎたいまでも、まだ捜索A地点である城南島沖に錨泊していた。

普段は羽田空港へ着陸を目指す飛行機が隊列のように連なっているのが見えるが、まだ朝早い。時々思い出したように、雲からずぼっとジャンボ機が姿を現す。

碇は二階建てのふじのキャビンの屋根に上り、双眼鏡で東側の海を見た。礼子が救難に向かった若洲沖はここからでは見えない。

救難に向かった気持ちはわからなくもないが——見ていてほしかった。

林田の姿を。

碇は固定ハシゴを降りて、キャビンの休憩室を扉の嵌めこみ窓越しにのぞいた。毛布で体を包んだ林田が、背中を丸めて座っている。携帯用の酸素缶を吸い続けていた。表情は見えないが――刈り上げた襟足から海水の滴がひっきりなしに垂れ落ちて、毛布の防水繊維にはじかれてふるい落とされる。微《かす》かにまだ、震えている。

海底捜索中にパニックを起こし、空間識失調を起こした林田はボンベの酸素も使い果たしてしまった。死体を引き寄せてしまったのだから、誰でも錯乱する。

東子が混乱して暴れる林田を抱いて浮上、事なきを得た。林田が暴れるので東子は五メートル地点で減圧するのを断念し、そのままデッキへ上がった。途端に、林田は減圧症で失神。

松原隊長が施した救命措置ですぐに林田は目を覚ましたが、いまは誰とも目を合わせず、一人部屋にこもってしまっている。恐怖と羞恥で、周囲に対応している余裕がないのだろう。

『警視庁』と印字されたオレンジ色の楕円のブイが、すぐ目の前の海面にぷかぷかと浮かんでいる。「ここに水死体がある」という目印のブイだ。

東子はすでに二本目の酸素ボンベを背負ったところだった。今度は海中捜索ではない。水死体を引き上げるために潜水するのだ。

だが、救助隊の中でも経験を積んでいる林田がパニックを起こすほど、海中状態が悪い。潜水中にまた潮流に流される可能性もあり、隊員たちが不安そうな顔を浮かべている。

「高嶺、二回連続はだめだ。ここは休んでいろ」

「平気です。予備のロープを多めにください。それから死体の損傷がひどかった場合に備え、毛布もください。揚収時に手とか足が取れちゃうかもしれないので」

碇は「揚収」という言葉に違和感を持った。元海女の新人隊員の口からそんな言葉がすんなり出てくるか。

「待て、待て。無理は禁物だ。お前は一時間近い海中捜索後、大暴れする男を一人で担いで浮上してきたんだぞ。どれだけの体力を消耗しているか、自分でわかっていない」

「わかっています。でもほかに誰が行くんです。林田さんで無理なほど、海中状態が悪いんですよ」

苛立《いらだ》たしげに、船橋から竹岡船長が顔を出した。

「潜水するならするで、早く決断してくれ。この一時間の間でも視界がどんどん悪くなっている。濃霧が出たら身動きが取れなくなる。できるだけ早く戻りたい」

若洲沖で傾斜してしまったばら積み船をはじめ、こういう天候のときは海難事故が起きやすい。警備艇が海難を起こしたら元も子もない。死体の揚収よりも死体を出さないほうに労力を費やすというのが、竹岡船長ら海技職員のスタンスだ。

竹岡船長と松原隊長の視線が、この捜索の言い出しっぺである碇に向けられた。あんたが決断してくれ、という顔。

碇は「一分時間をくれ」とミーティングルームに入った。

強行犯係の面々が、水中カメラで撮られた水死体映像を何度も巻き戻し、繰り返し、見ている。映っていたのはほんの二秒だけで、逆さまになってパニックを起こしている林田の、黄色のフィンとフィンの間を横切るだけだ。しかも、林田の排気の泡が横に漂うのと同じように流されているので、泡が邪魔で非常に見えづらい。

画面を一時停止した日下部が言った。

「ロープでぐるぐる巻きにされていたんでしょうね。もしかしたら錘がついていたのかな。そのロープを潜水索だと勘違いして、林田さんは引き寄せて――」

「死体を引き当てた？　どれだけ悪運が強いんだか」

由起子が苦笑いする。藤沢が近眼メガネをかけたり外したりしながら、画面を注視する。

「これで人相取るのは厳しいですね。まあ、髪の長さから言って男性、二十代～三十代と言ったところかな」

「十代じゃないですか？　結構皮膚に張りがありますし」

遠藤が意見する。日下部が首を傾げた。

「水に長く浸かっていると、皮膚が水分で膨張するよ。そのせいで若く見えるのかも」

やはり引き上げないと、この映像からでは人着すら取れない——と思った碇は、ふと気になるものが目に映り、画像にかじりついた。

「あと一コマ、動かせるか」

もちろん、と藤沢が映像機器のコマ送りボタンを押した。すぐに一時停止する。さっきまで林田の腕に隠れていた水死体の胸元が、ぼんやりと映った。

「胸ポケット部分に、何か刺繡がされている。このマークに誰か、見覚えは？」

ぼんやりと太い丸が見え、下のほうに波線。その上に文字が入っているように見える。

「社章じゃないですか。この波線からして、船か海運系の会社かな」

日下部が言う。遠藤も首を縦に振った。

「襟があるのに、首元にジッパーが見えます。作業着でしょうか」

「船か港の作業員の死体かも」

「しかも四枚目の免許証と同じ場所にあった。連続失踪事件に関係している人物かもしれないな」

やはり死体を引き上げたい。もう少し粘ってもらうか。

碇は竹岡船長と松原隊長を説得しようと、デッキへ出た。途端に罵声が耳に入る。

第一水難救助隊でひどい仲間割れが発生していた。

東子一人を、三人の隊員がぐるりと取り囲み、一斉に糾弾している。特に、林田と仲がよい池内が急先鋒《きゅうせんぽう》だ。

「あの水中カメラの映像が証拠だ！　お前は林田がひっくり返ってからパニックになってレギュレーターを外してしまうまで、カメラで撮影していた。あの場じゃカメラを置いて助けに入るべきだった。先輩の失態を撮影するのがそんなに楽しかったか！」

「そんなつもりはない。林田さんなら自力で体勢を立て直すと思っただけ」

東子が腕を組み、ほぼ目線が同じの男性隊員たちに平気な顔で言い返す。

「嘘をつけ。カメラの向こうでせせら笑っていたんじゃないのか！」

決めつける池内に、東子はため息をついた。

「後から水中での出来事を咎める。警視庁の潜水士は最低最悪。私はパニックになった林田さんを自力で担いで浮上して救命した。どうしてその行動を咎められなきゃならないの！」

「自分のしたことを自分で誇るのか。誇るなら、水死体も一緒に引っ張りあげてからにしろ」

「無茶な。パニックで暴れる人間を一人で海面まで担ぎ上げることの困難さを、あなたたちは知らないでしょ。水死体五つよりよっぽど難しいのよ！」

「たかだか元海女が、何様だ……！」

キャビンで竹岡と協議していた松原が慌ててけんかを止めに入った。

デッキから洩《も》れ聞こえるけんかごしの声に気づき、日下部も顔を出す。碇に囁いた。

「いい年したベテラン男性隊員が。新人女性隊員相手に、何ムキになってんすかね」

「新人らしからぬ言動だからなぁ、高嶺は。というか、もはや隊員たちは高嶺を女と見てない。自分たちの水難救助隊としてのプライドを揺るがす大型新人、とでも思ってるんじゃないの。女として見てるのはお前だけだ」

日下部はうなずきかけたが、一瞬黙り込み、眉をひそめて碇を見た。

「どういう意味です」

わかりやすい奴、と碇は笑う。日下部は惚れている女をちらちらと目で追ってしまう悪い癖がある。礼子と付き合っていたときもそうだったし――五臨署に水難救助隊の車両が到着、合流してから、ことあるごとに目が東子を求めている。

松原が隊員たちを落ち着かせ、言った。

「時間がない、すぐに水死体の引き上げに入る。池内、高嶺とバディを組んで潜れ」

池内は即座に拒否した。

「無理です。ほかの連中となら潜りますが、高嶺とは潜れません」

くだらない、と東子は肩をすくめた。手袋を外すと、バディなど勝手に決めてくれと言わんばかりに、船尾のデッキに座り込んでしまった。

松原が、拒否した池内に激怒する。

「これは命令だ。いま仲間割れをしている場合か！　一刻も早く水死体を引き上げないといけない状況で、バディを選んでいる暇がない」

「隊長だって水中カメラ映像を見て気が付いているでしょ。あいつは林田を見殺しにしようとした！」

「していない。事実、救助して引き上げた。体重九十キロで暴れる林田を、高嶺が自力で引き上げたんだぞ、せせら笑っていたんじゃなく、救命のタイミングを計っていただけだ！」

キャビンの扉が開いて、竹岡船長が業を煮やしたように叫んだ。

「おい早く作業を開始してくれ！　まだあと五ヵ所も捜索地点が残っているんだぞ」

今度は海技職員と水難救助隊で言い争いが始まった。強行犯係の面々も口を出す。間に入ってなだめようとする藤沢と由起子だが、日下部と遠藤は水難救助隊に食ってかかっている。

碇は固定ハシゴに結び付けられていた警笛を見つけた。ビーっと思い切り吹く。やっと場が静まり返った。

「捜索中断！　こんな状況下で無理に潜水したら、二次災害が起こる」

錨を上げて出航を、と竹岡船長に促した。日下部が目を丸くして言った。

「待ってくださいよ、碇さん。午後には濃霧の予報が出てるんですよ。次、戻ってくるころには視界不良で出航できないかもしれない。下手したら明日になっちゃいます。海底は早い潮流もあるし、いま引き上げないと、水死体はどっかに流れていっちゃいますよ」

「そんなことは百も承知だ。だが第一水難救助隊では無理だった、ということだ。俺たち強行犯係は、水中カメラ映像から手がかりを探すほかない。次の海中捜索は第二か第三水難救助隊に依頼する」

松原隊長は忸怩《じくじ》たる思い、と言った様子で、碇に頭を下げた。

「──申し訳ない、私の統率力不足で」

「誰がトップでもこの隊はだめだ。一人は自分が隊員だということも忘れて海難現場にすっ飛んじまったし」

礼子は碇でも手に負えないのだから、松原を責められない。

「もう一人は、自分が所属している警視庁水難救助隊を小馬鹿にしている」

東子の背中に反応がある。図星か、反論はなかった。

「あんた、元海女なんてのは嘘なんだろ」

碇が、船尾に座り込み頑固おやじのような背中を見せる東子に問う。船上に、緊張感ある沈黙が舞い降りた。碇は東子に注ぐ鋭い視線を、今度は松原隊長に移した。

「あんたは隊長で彼女の身を引き受けたんだから、高嶺の素性をよく知っているはずだ。だが、ほかの隊員は知らない。知らないから、苛立っている。隊長が秘密を守っているということは、高嶺本人に口止めされているからか」

プロペラの音──。海上保安庁のヘリが、相変わらず上空を旋回していた。

「高嶺。なぜ言わない。お前がどこに所属していてなんの職務を担っていた人物なのかわかれば、隊員は納得してお前についていくと思うんだがな」

言って碇は——これ見よがしに、上空を飛ぶ海保のヘリを一瞥してみせた。その意味するところを敏感に察したのは、日下部だった。

「やっぱり——彼女、海保の人間だったっていうんですか」

日下部も気づいていたのか。東子がちらりと碇を振り返った。鋭い険がある。正解か。そして、よほど海保にいたことを隠し通したかったようだ。碇は手を振って、その場の張りつめた空気を霧散させた。

「とにかく、もう陸に戻ろう。この話は終わりだ」

東子は額に載せていたゴーグルを乱暴に取ると、立ち上がった。つかつかと碇の横を行き過ぎ、キャビンに向かいながら吐き捨てた。

「あなたは終われたかもしれないけど、隊員たちが終われるはずないでしょ」

扉が外れるのではないかと思うほどに大きな音を立て、東子は乱暴に扉を閉めた。

品川埠頭にある五港臨時署。

朝九時とは思えぬほどあたりは薄暗く、温かく湿った雨が降り続く。淡々とした降り方は優しいのだが、終わりの見えぬ曇天を見ているとうんざりしてくる。

日下部は舟艇課の入る別館と本館の渡り廊下脇の喫煙所で、碇の煙草に付き合って缶コーヒーを飲んでいた。碇は警備艇で海に出てから煙草をずっと我慢していた。立て続けに二本吸ってもまだ足りない様子だ。

出航が朝早かっただけに、午前九時だが体内時計はもう正午だ。碇と立ち食いそばチェーン店のゆで太郎に行って軽く腹ごしらえを済ませ、すぐ捜査に戻る予定だ。

「早く行きましょうよ、碇さん」と声を掛けたところで、駐車場に黒のハイヤーが入ってきた。

五港臨時署の署長、玉虫肇《たまむしはじめ》警視だ。

東京水上警察復活の立て役者で、元海技職員。いまの礼子と同じように途中で警察官に鞍替えし、いまでは一国の主だ。精悍《せいかん》に船を操っていたらしいかつての面影は全くなく、太鼓腹で制服の金ボタンがはじけ飛びそうだ。続けて、刑事課長の高橋も降りてきた。

碇と日下部は揃って十五度腰を折り、敬礼する。二人の姿を見て、玉虫は意外そうな顔をして声を掛けてきた。

「あれ。珍しい。もう戻ってきた」

海中捜索のため、最大警備艇ふじで出航したことを玉虫も知っていたようだ。そこでの成果も聞かず、厭味《いやみ》ったらしく言う。

「いやー濃霧の予報が出ているし、嫌な予感がしてたんだよな〜。今度、強行犯係に警備艇を壊されたら洒落《しやれ》になんないからね」

碇はこれまで、捜査の過程で警備艇だいばを造船所送りにし、新造したばかりだった警備艇あおみをスクラップさせている。碇も淀《よど》みなく答えた。

「署長の悲しむ顔をあれ以上、見たくありませんからね。天気の急変を察知し、早急に引き上げてまいりました」

玉虫は満足げにうなずくと、運転手を従えて署に入っていった。

「警察官になってもどこまでも海技職員だな。連続失踪事件そっちのけ。船のことしか頭にない」

高橋は玉虫の後には続かず、「で、どうだった、成果は」と早速尋ねてきた。

「大当たりです。Aポイントで船員と思しき男性の死体を発見です」

高橋は浮き足立った。

「すぐに無線で知らせろよ、帳場を――」

「死体を引き上げられなかったんです。水難救助隊員が一人、減圧症にかかってしまい、後は仲間割れです。下手に潜らせると危険なので、一旦引き上げてきました」

高橋が明らかに失望した表情なので、碇は慌てて付け足した。

「ですが、水中カメラの映像が残っています。水死体が映っており、その動画から身元の解明に全力を尽くしている真っ最中です」

日下部も加勢した。

「それに、免許証も一枚、新たに発見しました。これは潜水した第一水難救助隊員のお手柄です」

碇が揶揄交じりの白い目で日下部をちらりと見た。日下部は、別に束子をかばっているわけではない、と目で睨み返す。

「一応、水死体のある場所に目印のブイを設置してきましたが、午後は視界不良で船が出せるか微妙なところです。早くても次の捜索は明朝でしょう。次は第二か第三水難救助隊のほうに海中捜索要請を出してもらえますか」

高橋は「わかったが――」と何か納得しかねる表情で、碇と日下部を見た。まだ駐車場に第一水難救助隊の特化車両が止まっているのを見て、声のトーンを落とす。

「松原君の隊はそんなにバラバラなのか」

「一人、新人なのにずば抜けて潜水能力が高いのがいて、もう一人は肩書だけ水難救助隊員で体は海技職員、心は刑事」

有馬か、と高橋は苦笑いする。

「でもお前、第一水難救助隊を指名したろ、昨晩」

碇は慌てたように首を横に振った。

「有馬がいるからじゃないですよ。松原の隊には一昨年の、ドラム缶詰めの死体捜索で世話になっているんで」

「そうだったな。あのときはチームワーク抜群だったのに。いや――俺はてっきり、碇の耳にもあの件が入っているのかと」

高橋がため息まじりに言う。

「あの件？」

「さっきもそれで、玉虫署長ともども本部に呼ばれてたんだけど――なんだ、知らないのか」

「なんの話です」

高橋は慌てて「正式発表を待て」と話を打ち止めにすると、本館へ入っていってしまった。日下部は思わず、碇と顔を見合わせた。

別館から、すらりと伸びた長い足をむき出しにした女が、タオルで髪を拭きながらでてきた。

ハーフパンツにTシャツ姿の、東子だった。舟艇《せんてい》課のシャワールームを借りていたらしい。どうも、と適当な流し目で碇と日下部を一瞥する。碇の煙草の煙を嫌そうに手で振り払い、自販機に小銭を入れはじめた。

碇は煙草をすりつぶすと、日下部に言った。

「俺、やっぱコンビニ弁当にしとくわ。お前、ゆで太郎がいいんだろ」

歌舞伎役者ばりに濃い顔で重たくウィンクをすると、碇はさっさと立ち去ってしまった。あの世代らしい気の回し方だと思う。後で誘わなかったことを咎められても面倒なので、日下部は東子の背中に声を掛けた。

「確か、あの水難救助隊の特化車両って、シャワーついてるんだよね。水から上がって冷えた体をすぐ温められるように」

「狭いんだもん」

――だから、五臨署舟艇課のシャワールームを借りたらしい。

「なるほど……もう、二機に戻るの？」

東子はコーラのタブを起こしながら、答えた。

「いろいろ見つけたから報告書をこっちの署に出さないと」

――だからもうしばらくいる、というようだ。

「お腹空《なか》いてない？　この辺、あんまり食べるとこないから。俺が案内するよ」

へえ、と東子はコーラを飲むと、さっさとサンダルの足で歩き出した。貴重品が入ったシースルーの手提げバッグをプラプラとぶら下げて。どこへ行くのかと思ったら、立ち止まり、行かないの、と日下部に目で訴えてくる。ベッドの外では本当に愛想がない。慌てて日下部は横に並んだ。

「麺系とがっつりご飯系、どっちがいい？」

「がっつりご飯系」

そうくると思ったと、日下部は海沿いのコンテナ埠頭の並びにある品川港湾食堂に案内した。しばらく二人、無言で歩いていると、東子が突然、ぷぷっと噴き出した。

「私たち、場末のヤンキーカップルみたいじゃない」

確かに。こちらは金髪にジャージ。東子はハーフパンツにTシャツで、首からタオルをかけている。

「誰も公務員って思わないだろうね」

「でしょ。笑えるーと思って」

あまりおもしろくなさそうに言うと、東子は尋ねてきた。

「あの碇って人、ただの刑事じゃなさそうね」

当てたから。私の過去を――と、東子がポツリと言う。

「……やっぱり、海保にいたのは本当なの？」

改めて尋ねたが、東子は答えなかった。

「いま三十五歳って言ったよね。とっくに採用年齢越してるのに警視庁に入れたのは、もともと〝海の警察官〟だったからかな」

「碇って人、いま何歳？」

東子が話を逸らした。かなり強引に。よほど海保の話をするのがいやらしい。

「四十五だよ」

「結婚してないの」

「――なんで？」

「薬指に指輪、してなかったから。四十五で独身――ていうタイプじゃないでしょ。ああいう、どの団体の中でもやたら目立つ人っているでしょ。しかもあのスーツの下の胸板の厚さ。かっこいいし。若いころとか、すっごいモテたんじゃないかなー。彼を巡って争奪戦とか起こってそう」

日下部は、腹の底にじりじりと嫌な感覚が湧き上がるのを持て余した。つい「バツ2だよ、碇さんは」と口が滑ってしまう。東子の表情が派手に動いた。

「あっちゃー。まあそんな感じ、あるよね。中年のわりにどっか浮ついてるもん。一家の大黒柱として妻子を守ってるって感じじゃない。若い彼女とかいそう」

「──礼子だよ。礼子と付き合ってんの」

東子は真顔で驚いた。

「礼子って、うちの有馬礼子!?」

日下部はうなずいたが、礼子がもともと自分の恋人だったことは、伏せておいた。

「礼子とは同期同教場だったんじゃないの、知らなかった？」

「同期同教場だけど──あの子、自分のプライベートぺらぺらしゃべるタイプじゃないでしょ。そうなんだ〜。刑事と付き合ってたなんて。教場の誰も知らないと思うし、うちの隊員も一人も知らないんじゃないかな」

意味ありげな調子で、「ふーん」「あの二人がねー」「そうなんだー」と東子は矢継ぎ早に意味のない言葉を繰り返していく。

「全然デートしているような様子もなかったけど。空手教室の後とかに彼氏の部屋に行ってたのかな」

港湾食堂に到着した。財布にあと五十円しかないというので、日下部は東子の分の定食の食券を一緒に買ってやり、空いているテーブルに座った。

「碇さんは実家暮らしだよ。川越市。埼玉県の」

「川越市って、小江戸って呼ばれてる観光地だよね」

あのマッチョが小江戸～？　と東子は大笑いする。

「一時期天王洲《てんのうず》に住んでたんだけどね、すぐそこの。でも礼子が五臨署を出てから、署の近くで一人暮らしする必要がなくなって、また実家に戻ったんだ」

「ウケる。四十五歳、マッチョ、小江戸暮らし」

「バツ2で娘が三人だぜ。養育費で給料飛んじゃうだろ」

「ハードル高い。よく礼子ちゃん、付き合ってるねぇ」

「変人だから、彼女」

日下部はカウンターから二人分の定食を受け取り、席に戻った。東子は「いただきます」と箸を割ると、いきなり山盛りのご飯から手をつけて掻《か》き込んでいく。ここは港湾労働者、ガテン系が多く利用する食堂なので、普通の定食屋よりご飯の量が多い。女性が食べるのは大変な量だが、東子は平気な顔で飲むように食べていく。

日下部は頃合いを見て、尋ねた。

「あのカップルより、東子さんの話を聞きたいな。海保の――」

「私、不思議な能力があるの。二つ」

東子は堂々と話を遮り、忙しく食事を口に運びながら言う。

「一つ目は、地震の直感があること。二つ目は、カップルを見分ける能力」

一つ目の地震の直感など、なまずかと突っ込みたくなる。日下部が聞き返す隙を与えず、矢継ぎ早に東子は言う。

「破局カップルも含めてね。私、てっきり礼子ちゃんの彼氏は日下部君だと思ってた」

日下部は飲みかけた味噌汁を吹き出しそうになった。

「ふじの船橋で楽しそうに話している後姿を見て——あの二人はセックスをした仲だなーと。でもいまは違うんだ。碇さんに彼女、取られちゃったの？」

東子がブラウンの瞳で日下部をのぞき込んできた。不機嫌にため息をつくしかない。東子は茶化すこともなく、生真面目な顔で言った。

「嫌でしょ。黒歴史をほじくられるの。私も嫌」

東子はきっぱり言うと、あとは無言で定食を掻きこみ——日下部がまだ半分も食べ終わってないそばから「ご馳走様《ちそうさま》」と立ち去ってしまった。

日下部が刑事部屋に戻ってきたのは、午前十時前のことだった。

腹ごしらえを終えた面々が、藤沢のデスクに集まってパソコンの画面をじっと見つめている。みなここでコンビニ弁当を食べたようで、カレーやとんこつスープの独特のにおいが刑事部屋に残っている。カレーは碇、とんこつカップラーメンは九州男児の遠藤だろう。碇が声を掛ける。

「よう。ずいぶん早かったじゃないの」

口元だけニヒルに笑うが、日下部の顔色を見ておやっと目を見張る。日下部は詳細を話さず、碇に尋ねた。

「例の、胸ポケのワッペンですか。どこまで調べが？」

「本部鑑識に画像鮮明化ソフトを使って動画を分析してもらったんだが、意味なかった」

「そもそもが画素数の問題じゃなく、水中の透明度の問題ですからねぇ。鮮明化ソフト使ってもしょうがないって、だから言ったじゃないですか」

藤沢が碇に言う。碇はこめかみをぽりぽりと掻いただけで、日下部に説明した。

「日本の主要企業一万社の社章が登録してあるデータベースと比較すりゃ、コンピューターが五秒で見つけてくれるんだがな。これだけ画像がぼやけているから、認証できないと、コンピューター様に言われちゃったところ」

やれやれと、碇はため息をついてデスクに座った。

「こうなったらマンパワーで行くしかねえな」

遠藤がぞっとしたように言う。

「えっ。一万社、目視で確認していくんですか」

「もうちょっと絞り込む。港湾や海運会社のみでいいだろう。藤沢を中心に、遠藤と由起子も手伝って、三人でやれ。日下部、お前は俺と来い」

碇は言いながらもう、ジャケットをはおった。採証袋に入れられた免許証を日下部に突き出す。早朝に東子が城南島沖で見つけた、四人目の失踪者と思しき免許証だ。

「小林弓子、当時二十三歳。M号照会情報によると、失踪したのは二〇〇七年六月。最後に目撃されたのは千葉県浦安駅付近。で、珍しいことにM号処理しておきながら、新宿署が捜査に乗り出していたようなんだ」

「どういうことでしょう。よっぽど暇な署じゃない限り、失踪者の捜査なんかしませんよね」

都心の所轄署で〝よっぽど暇な署〟などない。ましてや新宿署——巨大ターミナル駅である新宿駅を抱えているだけでなく、日本一の歓楽街・歌舞伎町も管轄内にある。二十三区内でも一、二を争うほどに多忙な所轄署だ。

「何かウラがありそうだろ。直接署に行って、調書を見せてくれるように手配した。行くぞ」

さすが碇だ。もうそこまで手配したのか。日下部はふと尋ねた。

「そういえば、礼子はもう戻ったんですかね」

若洲沖の海難現場には警備艇たかおが向かった。ふじの竹岡船長はたかおの磯部に礼子を乗せて帰るように頼み、碇らは品川埠頭に戻ってきたのだ。

「知らねぇ、あいつは勝手にやってんだろ——ていうか」

不意に碇は立ち止まり、日下部を揶揄するような目で見た。

「礼子のこと呼び捨てにしたの、何年ぶりだ」

「えっ」

「俺に気を使って〝有馬さん〟って呼んでたろ」

ニタリと碇は笑って階段を駆け下りた。

右の尾てい骨が痛い。礼子は無意識に右尻を浮かせて左に重心を移した。だがどうしたことか、すぐに右側に重心が傾いてしまう。重たい瞼《まぶた》を必死に開けてみる。斜めに傾いた世界が広がっていた。疲れている気がして、すぐに目を閉じた。

礼子はもう一度、正しく座り直そうと、重心を左に移動させた。だめだ、すぐ右に傾いてしまう。まるで海難中のあのガット船『第五洋魁丸』のように――。

礼子はそこではっと目が覚めた。

ずっと意識が泥の中を泳いでいるようだっただが、いまやっと、自分がどこにいてどういう状況になっているのか、理解することができた。暗闇で視界がほとんどないが、目の前に、低い天井から突き出た鉄骨や梁《はり》、その錆が確認できた。油と海水が混ざった異臭。足を少し動かしてみると、水を蹴ったのがわかった。船底にたまる汚水、ビルジだ。

ここは船の船底部分だ――恐らく、第五洋魁丸の。

船体のほとんどを巨大な荷倉が占める船だ――いま礼子がいる空間は恐らく、船首部分の船底だろう。呼気がこだまする感じがあるから、がらんどうの空間だと感じる。だが、暗闇で広さを視認できない。

体も動かない。動かそうとすると、ミシミシとビニールをねじり伸ばしたような音がする。そして無意味に体が前後左右に揺れる。ロッキングチェアに座らされていた。

そもそも床が傾いているから、下手に前後に揺れるとバランスを崩して倒れてしまう。倒れたら、床から張り出しているはずの鉄鋼の梁に体のどこを強打するかわからない。両手をぱっとついて起き上がれる状況ではなかった。両腕が動かない。右手は、左手はどこに行ったのか。体を揺り動かしてみる。ミシミシ、とまた自分を拘束している何かが鳴る。涎《よだれ》が口から垂れて、太腿を打った。口の中にピンポン玉のような猿轡《さるぐつわ》を噛《か》まされている。その隙間から、涎がだらだらと零れる。素肌の太腿が唾液で濡れる——機動隊の出動服を着用していたはずなのに。礼子はいすに直接触れている尻や下腹部に意識を集中させた。触れる、ビロードの感触。礼子は裸だった。

上半身は、業務用ラップのようなものでぐるぐる巻きにされていた。

悲鳴を必死に上げる。音にならず、ただ唸《うな》るような呼気になって猿轡の隙間から漏れるだけだ。

「どうもすいません。まさかこんなことになるなんて——」

不意にどこからか、男の声が聞こえてきた。体がびくりと反応する。

「第五洋魁丸——船籍はどちらです」

クリアな声が足元から聞こえてくるが、人の気配を全く感じない。

「木更津港です。僕が代表を務める近藤組で所有するたった一隻のガット船です。こんな状況を引き起こしてしまい、大変申し訳ない」

船長が聴取を受けているような会話だ。包丁を振り上げて人を解体していたのは、中年の女だった。礼子を襲った男のほうか。だが、こんな毅然とした声だっただろうか。うぇーんと子どものように泣いていた。

「いやいや、過積載している様子はないですし」

これは磯部の声だ。どこにいて、誰としゃべっているのか。

そして礼子は、足元に小さなスピーカーがあることに気が付いた。船底で作業中でも甲板の様子を窺うために設置してあるのだ。この船は監視カメラだらけだった。

体を揺らし、叫び声を上げようとするが、スピーカー越しの磯部は礼子の気配すら感じないだろう。船長と思しき男と会話を続けている。

「今日はどちらへ向かう予定だったんです」

「茨城《いばらき》の鹿島港で砂を積んで、中央防波堤外側埋立地へ向かう途中だったんです。ちょうど捨石基面均しの作業が終わって、ケーソンを設置したというので。僕らはケーソンの中に流し込む砂を鹿島から運搬している途中だったんです」

だが、今日は濃霧による視界不良が予想されている。予定を早め、今日の早朝には中央防波堤外側埋立地に到着するつもりだったという。

「ところが、明け方になって葛西沖でハッチカバーに異常を知らせるランプが点灯したんです。カバーは観音開きの電動折り畳み式なんですが、開閉の動作確認をしている真っ最中に故障。ハッチカバーが閉まらなくなっちゃって。慌てて甲板に出て手動でハッチカバーを動かしていたら、その間に船が波に対して横向きになっちゃってね。チョッサー（一等航海士）はそのとき当番外で、僕一人だったもんで、方向転換が間に合わなかった」

　ばら積み船がローリング状態――つまり横波を船腹に受けるのはご法度、必ず波に対し垂直に舵を切らなければならない。横波を受けて傾斜がつくと積み荷が両舷のどちらかに偏ってしまうからだ。

「なるほど――それで、中の砂利が右舷側に偏ってしまった」

「申し訳ない。船長の僕の責任です」

　すでに船員は救命艇で脱出させたと、男は淀みなく説明する。「なんとかなりますかね」と磯部を頼った。「うちは曾祖父の代からずっと洋魁丸に乗っているんです。沈没だけはまぬかれたい」

「それじゃあなたは四代目？　この船は〝第五〟とつくぐらいだから五代目ですか」

「ええ。昔はただの貨物船だったんですけどね。一代目と二代目は過積載で沈没、三代目は戦争に駆り出されて――四代目からいまみたいなガット船の艤装になったんですが、昭和五十年に石廊崎《いろうざき》で火災により沈没しました」

この五代目は昭和六十二年に船長が二千万円かけて中古船を艤装しなおしたものだという。

「人間なら三十一歳、一族の雇用がかかってますから、まだまだ現役でがんばってもらわないと」

「なんとか転覆しないよう我々も努力します。とりあえず、ここから一番近い砂町南運河に行きましょうか。天候を見つつ、そこでハッチカバーを開けて荷均ししましょう。民間タグと交渉して曳航時間を決めて正式にお伝えしますね。船長もそろそろ避難をお願いします。奥さんも、もう海保の巡視艇に乗り込みましたよ」

あの、包丁で女を解体していた女のことだろうか。

「僕は船長ですから残ります。まだ雑務がありますし、曳航ロープを張る作業を手伝わねばなりません」

「それは海保の潜水士がやりますから」

「海保の潜水士はこの船の癖を知らない。どこにフックやハーネスを引っかけてどの方向から引っ張るとか、僕のアドバイスがないと曳航した途端に転覆しかねません。

実際、運河に入ってからはハッチを開けてクレーンを動かし、中の砂を均す作業をしなきゃならない。それは、この船のバランスやクレーンの性格をよく知る僕じゃないとできないでしょう」

一度避難のために下船し、運河に曳航してからまた乗ればいいと磯部は説得する。そのうち、海保の巡視艇航海士や港湾局の船員もやってきて船長を説得しはじめた。だが、穏やかな口調ながらも船長は頑として了承しなかった。決して声を荒らげることはなく、終始落ち着いた様子なので、もう磯部たちはそれ以上の説得を諦めてしまった。

――私をここに監禁しているから、あの船長は残りたがっている。

警察や海保を一刻も早く追っ払いたいはずだ。礼子は必死に体を揺らし、助けの声を上げた。しかし、声は喉の周りで小さく反響するばかりだ。揺りいすも前後に動くだけで、金属を打つ音すら立たない。

「では、一旦我々は巡視艇に戻ります。入れ違いで潜水士をやりますので、曳航ロープを掛ける作業の手伝いをお願いします」

海保の職員らしき人物の声が聞こえた。

「もちろんです。お手数をおかけします」

「警備艇も一旦引き上げます。周辺に警戒船を出し、他船に注意を呼びかけますね」

海に規制線を張ることができないので、スポット的に警戒船を配備し、第五洋魁丸に近づかぬよう、アナウンスし続けなければならない。

男たちの足音が、方々に分散していく――。

礼子はがっくりと、首を垂れた。

暗闇に目が慣れてきている。業務用ラップにグルグル巻きにされ、透明の膜の向こうで潰れた自分の乳首を見た。太腿の隙間に陰毛も見える。惨めで涙があふれてきた。

絶望の中――一つの足音が舞い戻ってくるのが、頭上の足の音でわかる。

「そういえば、女性警察官が一人、乗り込んでいたはずなんですが」

磯部の声だ。

「女性警察官？　ああ、彼女ならみたけに戻りましたよ。潜水支援船の。港湾局に連絡を入れるとかで」

「入れ違いだったのか……潜水支援船みたけは僕ら警備艇や巡視艇の到着を見届けて、工事に戻りましたよね」

そこで礼子は警備艇ふじに戻ったのだろうと磯部は結論付けてしまった。

そもそも磯部が礼子を気にかけただけで奇跡だ。とにかく仲が悪かった。いまでも関わりたくないと思っているに違いないから、礼子のこともさらりと触れたのみだ。ＶＨＦ無線でしっかり連携を取らなかったことを、礼子は猛省し後悔する。磯部は「それじゃ、くれぐれもお気をつけて」と船長を気遣い、立ち去った。

絶望的な沈黙が支配する。やがて天井のほうから、ギコギコとハンドルを回すような音が聞こえてきた。船底へ入り込むためのハッチのハンドルを緩めている音だ。ハッチが開くと、一人の男がぬっと逆さまに顔を突き出してきた。七三分けの黒々とかかる前髪が、だらりと垂れる。

にや、と男は礼子に微笑《ほほえ》みかけてきた。

西新宿の高層ビル群の隙間を縫い、碇と日下部は警視庁新宿警察署に到着した。対応に出たのは新宿警察署の生活安全課だった。失踪者の捜索活動となると、なんらかの刑事事件がぶら下がっている可能性があってのことだ。対応したのは刑事課だと思っていた日下部は意外に思う。

生活安全課風営係の係長・高村《たかむら》警部補が当該調書の簿冊を持って応接スペースに顔を出した。日本最大規模の所轄署で、更に日本一の歓楽街の風俗営業を取り締まる係の長のわりに、細面で大人しそうな雰囲気の係長だった。「昼飯前に」と恐縮する碇や日下部に対しても嫌な顔一つせず、淡々と調書を示した。

「なにせもう十年近く前の案件でして、事情を知っている署員はいないんです」

と、高村は前置きする。

「それなら、調書を記した署員の名前を教えていただければ、こちらから参上して確認します。簿冊だけお借りすることは可能ですか」

「その担当者、もう退職しちゃってるんですよ。現場で太腿をブスっとやられてね」

「それはそれは……」

さすが新宿署だ、と日下部は思う。

「軽く電話でその元署員から事情を聞きましたから、いいですか」

始めるぞと高村は碇と日下部を見た。碇はメモを日下部に任せ、背筋を伸ばす。

「小林弓子の失踪事件ですが、彼女の失踪を本署が把握したのは二〇〇七年六月十五日のことです。弓子が働く派遣会社の社長が、大久保交番に相談に来たのがきっかけでした。社員が無断欠勤を続けており、自宅に帰っている様子もないと」

大久保交番――あの界隈はラブホテル街ではなかったか、と日下部は思う。

「そこ、どんな派遣会社なんです」

「コンパニオン派遣業です。パーティとかイベントに女の子をやる会社ですね」

言って、高村は簿冊に添付されていた弓子の当時の写真をいくつか示した。クライアント企業のコスチュームを着用した写真だ。商品名がめいっぱい印字されたボディコンスーツのようなものを着ている。モデル体型のすらりとした美人で、つい、碇と共に巨大な胸元に目がいってしまう。

「弓子は派遣会社でも一、二を争う人気コンパニオンで、政治家の資金パーティとかにもお呼ばれされることもある、稼ぎ頭だった。そういうお堅い場では着物だったらしいですけどね」

ある日、弓子は某政治家のパーティを無断欠席。携帯電話は通じず、社の人間が自宅を訪ねた。自宅マンションは会社が借り上げた賃貸マンションで、合い鍵で入ったが、外出したまままいなくなっている様子だった。

「玄関先に、宅配便の送り状がついた段ボール箱が置いてあったらしいです。通販の返品の品物のようで、翌朝に業者が取りに来るよう手配がされていました」

「自殺とか失踪しようとしたなら、業者を呼ばないですよね。不自然だ」

「ええ。それで派遣会社社長の立原《たちはら》早苗《さなえ》、当時三十六歳が、交番に相談を」

三十六歳。若い女社長だなと日下部は思った。

碇はM号照会から手に入れた捜査書類を捲り、首を傾げた。

「おかしいですね。捜索願が二〇〇七年六月十五日。実際に新宿署が動き出して、彼女が最後に訪れたとされる浦安駅の監視カメラ映像などを分析したのは、二〇〇八年五月。この、一年弱のブランクはなんですか」

手が一杯でしばらく事案を放置していたのだろうと日下部は思ったが、高村は予想外のことをさらりと口走った。

「実は、この二〇〇八年二月に、立原早苗が本部生安の保安課に逮捕されているんですよ。売春防止法違反で」

捜索願を出した立原早苗は、売春組織の元締だったという。

「それじゃ、彼女が経営していたコンパニオン派遣会社は――」

「そう。その派遣会社そのものが、売春組織のフロント企業だった」

言って高村は、立原早苗のマグショットを碇と日下部に示した。小太りの天然パーマで化粧っけはなく、どこにでもいる気のいいおばちゃんといった雰囲気だ。日下部はどこかで見覚えがある気がしたが、思い出せない。

「これで売春組織の元締？　見えねぇなァ」

碇が腕を組み、首を傾げた。

「まあそう言ったわけで、うちの風紀係たちは弓子が売春に向かった先でなんらかのトラブルに巻き込まれたとみて、捜査を開始したというわけです」

だが、その時点で失踪から一年が経過している。浦安駅界隈の、千葉県警が管理する監視カメラ映像は手に入ったが、その他の防犯カメラ映像はすべて上書き消去されていた。彼女は駅近くの交差点の監視カメラに姿が映ったのを最後に、それ以上は足取りが途絶えてしまったという。

高村が簿冊から添付の地図を取り外し、ガラステーブルに広げて見せる。浦安駅の南側に、東西にまっすぐ伸びるやなぎ通りがある。彼女の姿を最後に映したのは、旧江戸川にかかる浦安橋手前のT字路《ティーじろ》だった。監視カメラ映像から抜き出した画像を拡大した写真も何枚か、示される。

白い半そでニットのチュニックを着ていた。何か穿かないと尻が見えてしまいそうだ。足元はぺったんこのパンプスだが、下半身の露出度が高いせいか、堅気の女ではないという雰囲気だ。黒髪のロングストレートのつややかさが、鮮明ではない画像からも十分に伝わってくる。

「西へ向かって歩いているのを見ると、彼女は浦安橋を渡ったと思われるんですが、橋を渡った先の交差点の監視カメラには姿が映っていなかったそうです」

「途中の路地を曲がったんでしょうね」

「ええ。捜査員がその界隈のコンビニやマンションの防犯カメラを片っぱしから集めていったそうですが、一年前のものは残っておらず、八方ふさがりで」

捜査は打ち切られてしまった。碇が尋ねる。

「いま、立原早苗はムショん中ですか」

「いやいや、懲役五年、執行猶予ナシの実刑判決が出たのが二〇〇九年のこと。もうとっくに満期出所しているでしょう」


碇と日下部は新宿署の地下駐車場に止めた面パトに乗り込んだ。

日下部がエンジンを掛ける横で、助手席の碇は署に残っている高橋刑事課長に照会依頼を出す。

「事件番号は平成二十年（ワ）第一四七号。これで服役した立原早苗の現住所を知りたい。法務省に出所後の現住所を照会してもらえますか」

碇はそのまま電話を、強行犯係に回してもらった。

「どうだ。例の水死体の胸ワッペン、どこか該当ありそうな会社はあったか」

遠藤の声が漏れ聞こえる。何を言っているか聞こえないが、碇ががっくりとため息をついた様子から、まだ該当がないとわかる。日下部は言った。

「東京港に籍を置いていると法人税が高くつきますからね。主な活動場所は東京港でも、船籍は地方とか、外航船だとパナマやフィリピンとかになっちゃいますよ」

碇は大きくうなずき、電話の向こうの遠藤に指示した。

「続けて、これまで失踪者が出ている港に船籍を置く港湾・海運系の企業を当たってくれ。そこでヒットがなけりゃ、外航船に手を出さねばならんからなぁ」

すると該当企業は数万、いや数百万に及ぶだろう。とても五臨署強行犯係だけでは手が回らない。電話を切った碇に日下部は思わずこぼす。

「あの水死体、引き上げたかったですね……」

死体が出れば即、帳場を立てられる。本部から大量に捜査員が送られてきて、予算も割り振られるから、もっと大規模に捜査できるはずだが——映像に映った水死体だけでは帳場は立てられない。それが人間の死体であるという証明が、映像ではできないからだ。

「引き上げられなかったものをどうこう言っても仕方ない。明朝の別隊のがんばりに期待しよう。さて。立原早苗の居場所が判明するまで、どうする」

新宿署の地下駐車場にいたって仕方ない、と碇が日下部を見返した。日下部はもちろんだとハンドブレーキを下げて車を発進させた。

「小林弓子の姿が最後に見えた場所に行ってみましょう。何かわかるかもしれない」

満足げに碇はうなずいた。

「お前とのこの阿吽《あうん》の呼吸。たまらんな」

「たまらんって、なんすか」

地上に出る。まだ昼過ぎなのに、梅雨前線のせいで夕刻のような薄暗さだ。

「嬉《うれ》しい、満足だ、ってことだ。正直、礼子がうちの強行犯に入ってきたら厄介だなぁと思うよ。こうはいかんだろ」

「確かに、松原隊長の辟易《へきえき》した様子を見ても、部下に欲しいタイプじゃないですよね。まあ俺は従順なんで」

「それで、昼に高嶺と話したか」

「——話したというか。ガッツリ食いたいというので、品川港湾食堂に連れていきましたよ。本当にガッツリ食べてました。女じゃないっすよ、アレ」

礼子を碇に取られた事実を見事に当てられた——湧き上がる不快感を押し殺し、日下部は淡々と言った。

「何食おうがンなこたどうだっていいんだよ。で、なんて」

「なんてって――別に俺、彼女と何もないですよ」

碇がちらりと、運転席の日下部を見た。観察眼を光らせて。あの目にいつも言い当てられてしまう。日下部はしどろもどろになりそうな口元に緊張感を持たせ、続けた。

「なんか碇さん勘違いしているみたいですけど、僕はもうちょっと従順で、男を立てる女性がいいなぁ」

「何言ってんだよお前」

「いや、本当ですって」

「違うよ。海保のことだ」

「は？」

「バッカじゃねぇのお前、俺があの場で抜けたのはお前らをカップルにしようと思ったからじゃねぇよ。海保時代のことを聞き出せと、目配せしたのに」

日下部は赤面だ。碇が白い目で日下部を一瞥したが、口元は笑っている。

「なんだよ日下部。阿吽の呼吸だと思ってたのになァ」

「――すいません、海保時代のことは聞きはしましたけど。黒歴史だと。しゃべりたがらなくて」

「そっか。ていうかお前、ガチなんだな」

碇が助手席で腕を組んだまま、ごつい肘で日下部の肘をついてきた。

「危ないっすよもう！　ハンドル握ってるのに」

「もしかして、もともと知り合いだったのか？　ひとめ惚れにしちゃあゾッコンじゃないの。前から知っていた女なの」

日下部はしばらく無言を貫き通した。碇はじっと助手席から刑事特有の尖《とが》った視線を浴びせかけてきて、圧力が容赦ない。白状した。

「実は、昨晩——お台場海浜公園で開かれていたレイブパーティで知り合いました。捜査の一環だったんです、湾岸署のヘルプに入っていた」

「大規模売春組織のか」

日下部はうなずき、事情を話した。昨晩のことを話すうちに、あの晩の空気がリアルに蘇《よみがえ》ってくる。お台場海浜公園の熱気、アルコールや煙草のにおい、人いきれ——そこに、日下部の無意識に訴える何かがあった。何か重大なものを見落としているような焦燥感が湧いてくる。

碇は売春組織ＲＲＲに興味を持った様子だった。帳場に関わっていないので、組織の概要どころか名前すら知らなかったようだ。

「そのＲＲＲ、認知はいつごろだ」

「二年前ですね。湾岸署生安の囮《おとり》捜査に引っかかった少女が幹部の女で、幹部も逮捕、取り調べでゲロったのがきっかけです。組織の成立は三年前、元締はＲがイニシャルの三人の女」

「リナとか？」

「よくわかりましたね」

「二番目のかみさんの名前だ」

日下部はついぷっと噴き出した。碇はいつも里奈から、養育費をせっつく電話を貰《もら》っている。

「後の二人は、リエとリサです。年齢は三十代、三人そろってセクシー美女らしいですけど、俺がレイブパーティで追っていたリサだけはサーファーで、昔のコギャルみたいな雰囲気だと聞きました」

「ふん。リエ・リサ・リナ、ねぇ……女三人が元締」

一通り説明しながら、日下部は何を見落としていたのか必死に記憶を辿る。

気が付くと、碇までも黙り込んでいた。日下部はフロントガラスから一瞬視線を外し、碇を見た。何か気が付いた顔だ。まるで一心同体か――日下部も碇の顔を見た瞬間、ようやくこの焦燥の正体に思い当たった。

立原早苗はあのレイブパーティにいた！

「車、ちょっと止めていいですか」

「いや――止まらず、方向転換してくれ」

「捜査も方向転換する、ということでいいですね」

「ああ。リエ・リサ・リナじゃない。リサ・リナ・リエだったんだ……！」


「いらっしゃいませ～」

アーケードで覆われた商店街に、気っ風のいい声が響く。

板橋区のハッピーロード大山商店街――都内でも有数の大規模商店街で、東武東上線大山駅を中心に広がっている。

碇と日下部は、『さなゑ・デリ』とペイントされたテント屋根の下に揃って立っていた。旧仮名にデリという外国語を組み合わせ、どことなく洒落た雰囲気の新しい弁当屋だった。

揃って、ディスプレイ棚が前に張りだしているカウンターから声を掛けたところだ。ちょうど正午で、昼の書き入れ時だ。昼食を求める人々で商店街は活気づいている。さなゑ・デリも営業中だが、レジ脇に人の姿はなく、奥にちらりと見える厨房でのんびりとおしゃべりしている女たちの姿があった。目の前に有名な弁当チェーン店があり、行列ができている。さなゑ・デリは明らかに競争に負け、苦戦を強いられているように見えた。

一人の女性が手袋を外しながら、こちらにやってきた。マスクをして三角巾をかぶっているが、立原早苗だとすぐにわかった。

そしてこの恰好《かっこう》――昨晩、レイブパーティのバックヤードでゴミを集めていたおばさんだ。清掃担当者ではなく、カウンターで販売する揚げ物やおつまみなどを卸している惣菜《そうざい》屋の経営者だったのだ。RRRの幹部は客としてではなく、仕事としてレイブパーティに出入りしていた。

「すいませんね、仕込み中に」

「いえ、いえ。今日はもう、唐揚げ弁当が品切れになっちゃってますけど。ミックスフライはあと一つね」

愛想がよく、商店街の店らしい親しみやすさを見せて早苗は言うが、正午にもう品切れ……客が殺到している様子もないのに、惣菜屋として全くやる気が見えない。

「今日は忙しくてね、徹夜になるかもしれない。夜食用も含めて、四つ買っていくか」

碇が意味ありげな視線を飛ばし、日下部に言う。ええ、とうなずいてみせた。

「じゃ、ミックスフライ弁当と唐揚げ弁当、二つずつ」

「いえあの唐揚げは売り切れ、ミックスフライは残り一つしかなくて——」

「作ってください。待ちますよ」

早苗は営業スマイルながらも眉間にしわを寄せ、答えた。

「結構お待ちいただくことになっちゃいますけど」

「かまわない。待っている間に、立原早苗さん、あんたに聞きたいことが山ほどある」

言って碇は背広の内ポケットに手を入れた。いまがそのタイミングかと、日下部もスラックスのポケットから警察手帳を示した。

早苗の表情は微動だにしなかった。むしろ、後ろの厨房でおしゃべり中の従業員たちのほうが、目を丸くしてたじろいでいる。さすが、早苗は肝が据わっている。

法務省の照会情報によると、早苗は四年前に満期出所している。刑務所内での態度は概《おおむ》ね良好。そして、RRRの出現はちょうど三年前。

早苗は懲りもせず、出所直後に組織を立ち上げたことになる。反省、ゼロ。

早苗は背後の従業員たちに「ミックスフライ一つと唐揚げ弁当二つ分、大急ぎで準備して！」と怒鳴った。早く刑事を追っ払いたいという態度が見え見えだ。そして、相変わらずの嘘くさい営業スマイルで日下部に尋ねてきた。

「あんたやっぱり刑事だったのね。なんちゃってヤンキーみたいな恰好なのに腕っぷしがいいから変だなぁと思ったのよ」

公務員ならゴミの分別ぐらいしなさいよと一言説教し、早苗は言った。

「桜の代紋なんかどうだっていいから、名刺を頂戴」

碇も日下部も渋々、名刺をガラスのディスプレイの上に置いた。

「――あら。予想外」

「こっちも予想外だ。このこじゃれた弁当屋は売春組織のフロント企業か。いや、フロント企業は中古ＰＣ販売・修理店だったな」

ＲＲＲはネット端末操作方法を教える人間を派遣するという業態で、実際は女性を派遣して売春させていた。

「となると、この店は資金洗浄用というわけか」

日下部が迫っても、柳に風だ。完全に無視して早苗は尋ね返す。

「なんで刑事課の刑事が来るの。売春って生活安全課が担当でしょ――ってことは、ただ単に売春捜査に来たわけじゃなさそうね」

図星だ。日下部は碇を見た。碇は黙って早苗の出方を見ている。

「せいぜい、売春組織の周辺で起きた殺人とか強殺を調べているうちに、私に辿り着いたというところじゃないの。つまり、目的は私の逮捕じゃない。何か手がかりが欲しいのね」

完全に手の内を読まれているが、言葉が多い分、揚げ足も取りやすい。日下部は言った。

「認めるんですか。あなたがRRRの元締である、リエ・リサ・リナであると。いや違う――リサ・リナ・リエですね。『リ』を取れば『サナエ』になる」

早苗は「なんのこと」と一笑に付した。あくまで十年前の逮捕事案のみしか心当たりがない様子を装っている。

「よく考えたモンですよ。末端の女の子たちはおろか、幹部たちもまさかあなたがRRRの元締だと知らないいんじゃないですか。例えば、連絡役のオバサンぐらいの立場を演じていて、暴力団窓口担当のリエはこう言っていた、客を割り振るリサはこう指示している、経理のリナに金を預ける――とか幹部たちに常々言っていれば、みなRRRを仕切るのは三人の女たちだと勘違いしますよねぇ」

しかも、と碇が続きを受ける。

「売春組織の元締はセクシー美女のほうがしっくりくる。商店街の惣菜屋を経営するオバサンだなんて、みな想像もつかないだろうからな。そうやって、自分とは真逆の女性像を仕立て上げ、更に三人に分けることで、警察の目を逃れようとした」

反省する方向が違う、と碇は断罪した。

早苗は不気味にニヤついている。名刺を見て、不意に尋ねてきた。

「五港臨時署——って確か、新造された新東京水上警察よね」

「よくご存じで。しかしそこはいいですから——」

「そりゃ知ってるわよ。一昨年の都知事選のときも散々叩かれてたじゃないの、五臨署にだけ妙に予算が注《つ》ぎ込《こ》まれているとか、なんとか。あら、あなたそのときやり玉に上がっていたマッチョな刑事じゃない？　次々と警備艇を壊しちゃうんでしょ」

早苗のペースに持っていかれそうだ。碇はとうとう、カードを切った。

「実は、生安は全くあんたの存在に気が付いていない」

日下部が続きを受けた。

「その通り。リサ・リナ・リエ、三人の架空の女を必死に追っている」

碇はスマホを懐から出した。

「電話一本、かけるだけで包囲網だ。この三年、RRRで荒稼ぎした資金を隠す暇はあるかな」

早苗は押し黙っている。碇はディスプレイ棚に設置された弁当の注文番号札を手に取った。三、五、七と、数字が書かれたものをまるでカードゲームのように並べていく。早苗のほうへ向けて。

「情報次第だ。たいした情報がないなら三時間。そこそこなら五時間。すばらしい情報提供なら七時間、猶予をやる。七時間、欲しいだろ。証拠を隠滅し、資金を隠すのに十分だ」

「選ぶのはあんたたちのほうじゃない？」

どれが欲しいのか知らないけど、と前置きして、早苗は言った。

「五臨署——もとい、新東京水上警察の管轄なら、海で女の死体でも上がったの。マリちゃん？　もしくはユミちゃん？」

ユミちゃん——小林弓子のことか。マリとは、こちらが把握していない被害者か。日下部の掌《てのひら》に、汗が滲む。早苗は連続失踪事件に関して、大きな情報を持っているという直感があった。碇は思慮した後、「五」の数字を取った。

「これでどうだ」

「バカにしないでちょうだい」

早苗は言って、三から七の札、すべてを手に取って重ね置いた。

「三＋五＋七＝十五。全部頂戴」

日下部は思わず食ってかかった。

「ふざけるな！　十五時間も猶予があったら海外に高飛びできるほどだろうが！」

早苗は大笑いした。

「そんなに怒らないで。私がなんのために逃げるというの。私はＲＲＲなんて知らない。ただの惣菜屋の経営者」

早苗は言い切った。

「そもそも、名前がどうとかレイブパーティに品物を卸していたというだけで、私がＲＲＲの元締だという証拠にはならない。どうやって逮捕するってのよ」

「十五時間もの猶予を欲しがっている。後ろ暗いことがあるからだろう」

早苗は無言だ。人を食ったような顔で日下部を一瞥する。「いいだろう」思い切った調子で碇はカードを全部、取った。

「十五時間。約束する」

「何度でも言うけど、私はＲＲＲなんか知らない。でも前にやってた裏稼業で雇ってたマリちゃんとユミちゃんの件については話してあげる。だから生安に言いつける前に十五時間。絶対よ」

「ああ。で？　まずはユミちゃんのほうからどうだ。小林弓子」

「床上手の女の子だった。黒髪のロングストレートが自慢のね」

「売春婦として飼っていたんだろ。下手に警察に捜索願を出したら足がつくと思わなかったか」

「思ったわよ。でも二度目だったから、悔しくて」

「二度目？」

一度目は〝マリちゃん〟か。

「またあいつにやられたんだと思ったら、腸が煮えくり返ったの」

奴はいつも奇妙なニックネームを名乗り、違法デリヘルにリクエストしてくる——

早苗はよほど腹が立っているのか、絞り出すような声で言った。

「黒髪でロングストレートの女の子を派遣してくれ、とね」

毎年六月に黒髪の女を港町でさらっていく怪物を、早苗はこう呼んだ。

海底の道化師。

天井のハッチが再び開いた。

礼子は恐怖に体をすくめる。むき出しの素肌に、業務用ラップが食い込んだ。透明の薄っぺらなラップも、何重にもぐるぐるに巻けばロープと同等の強度を誇る。梅雨時で湿気がこもりやすい船底ということもあり、礼子はもう汗だくだった。ラップで締め付けられた胸の谷間を、次々と汗が滴り落ちていく。

ゴム長靴の男の足がにょきっと天井から生えて、斜めに傾いたままの船底に降り立つ。第五洋魁丸の船長・近藤照美《てるみ》は、自らを『海底の道化師』と名乗った。鮎川が形容した通り、すらりと背が高くスマートな雰囲気だ。きっちりとポマードで七三に分け、襟足をすっきりと刈り上げている。彫りの深さと面長の顔つきから、古きよき時代の欧米人のような雰囲気があった。物腰は柔らかで視線も穏やかだ。

近藤は天井から突き出た梁にぶら下がるソケットの先の電球をひねる。明かりがついた。オレンジに照らし出された空間——三角形の広々とした場所から、やはり船首部の船底部にいるのだと確認できる。

近藤は船底の梁に足をかけて、ハッチに両腕と頭を突っ込んだ。何かを上からよっこらしょと引《ひ》き摺《ず》り降ろそうとしている。海の男らしいごつごつとした指の隙間に黒く長い頭髪が垂れた。誰かの頭を鷲《わし》摑《づか》みにしている。

「人の頭って、五キロくらいあるんだってね。血は全部抜けたはずだけどまだまだ重たいや」

言って近藤は女の生首を引っ張り出した。彼の手の先で、ぶらんぶらん揺れている。中年の太った女が解体していた女性のようだ。その生首にもはや血の気はなく、まるで彫刻のように青白い。目が少し、開いたままだ。礼子は目を背けた。恐怖で体が勝手に震え出し、悪寒がとまらない。猿轡で悲鳴を上げることも許されず、ただもう体の内側でこの恐怖を咀嚼《そしやく》し受け入れるしかない。

「さっき曳航ロープの固定が終わってね。あとは午後二時の干潮を待って運河のほうに動かすとかで、みんな一旦引き上げていったよ。警備艇たかおも、巡視艇もね。僕と君の、二人きりだ——」

外野がうるさかったけれど、一、二時間は楽しめる。

近藤は真摯な手つきで、礼子の猿轡を外した。礼子は喉が嗄れるほどに叫んだ。誰か気が付いて。警備艇も巡視艇も戻ってきて。逃げなきゃ。足を後ろに振り、勢いをつけて前へジャンプした。同時にギシっと鎖が締まる音がする。後ろに頭を引っ張られるようにして、倒れてしまった。犬のように首輪がはめられていた。その先の鎖が、ロッキングチェアの足元に繋がれている。四肢が自由にならず、礼子はただもう芋虫のように転がって、ビルジにまみれながら悲鳴を上げるしかない。

目線の高さに、薄目を開いた女の生首があった。

三度目の悲鳴は、入り込んだビルジを飲みこんでしまい、音にすらならなかった。猛烈に咳《せ》き込《こ》む。

「ちょっと落ち着こうか」

近藤は女のパニックに慣れているのだろう、礼子に優しくそう声をかけると、軽々と体を持ち上げて、ロッキングチェアに座らせた。また斜めの視界。目が回る。礼子の目の動きを注意深く見た近藤は「いすの位置が悪かったね」と右に傾いたロッキングチェアの右側を突き出た梁の上に乗せる。今度は左に傾くことになったが、まだ先ほどより傾斜はきつくなく、右の尾てい骨の痛みから解放される。

だが――バランスが悪すぎる。これはロッキングチェアだ。礼子が暴れたら即、いすごと倒れてしまうだろう。もう、水深五センチのビルジに溺れたくない。

「きれいな顔が汚れてしまったよ。かわいそうに」

近藤は二リットル入りのペットボトルを一口飲むと、残りの水をすべて、礼子の頭にかけた。屈辱的な仕打ちだった。一転、近藤は礼子の頭にタオルをかけて、顔や髪を拭いていく。面倒見のよい父親のような手つきになった。

「君は美しい顔をしているね。髪もつやつやだ。こんな男みたいな短い髪型、もったいないよ。しかも機動隊員なの？　こんな味気ない服を着て——てっきり男かと思ったよ。背丈もあるし」

母ちゃんも男だと勘違いしていたよ、と近藤は言う。勝手に説明を始めた。

「あ、母ちゃんというのは、司厨長《しちゅう》のことね。君が見たとき、ギャレーで彼女を解体していたでしょ」

と、生首を指す。

「マグロも平気で、女手一つで解体するんだ。人間のをできるくらいだからね。母ちゃんと呼んでいるけど、母親じゃないよ、妻だ」

彼女はちょっと老けて見えるからね、と笑う。

「妻は、この世で僕を唯一理解してくれるすばらしい女性だ。文句一つ言わず、僕のルーティンワークの手伝いをしてくれる。まあ、彼女はあの通り、醜い容姿をしているからね。そして貧しい家で殴られながら育った。きれいなもの、きらびやかなものに異常なまでの憎しみを持っている。だから、僕のルーティンを見ているのが楽しいんだろう。顧客から買い与えられた高級ブランドの宝石やバッグをまとって男の上にまたがる女が、泣いて命乞いをする。そういうのを眺めているのが、たまらなく楽しい、と」

「──ル、ルーティンワークって、何」

やっと礼子は声が出た。質問をするだけの余裕がほんの少しだけ、出る。

「これ」と近藤は手短に言うと、再び、生首を指した。いつの間にかその手に、ペティナイフが握られている。人を殺すにはあまりに小さなナイフだが、銀色の刃先が白熱灯の明かりを反射しきらりと光る。

近藤はハッチの上から下ろしてきた分厚い一枚板を船底の梁の上に据えた。その上に生首を、顔面を下にして置く。鼻梁《びりょう》のふくらみのせいで不安定だ。ぐらぐらするそれを左手で鷲摑みにしながら、ペティナイフを耳の後ろに突き刺し、丁寧な手つきで切り込みを入れていく。首の後ろのうなじの下を垂直に切り、カーブを描いて反対側の耳の後ろにも切り込みを入れると、こめかみ、額──とナイフを滑らせていく。顔の周りをぐるっと一周するように、ナイフを入れている。血が全くでないせいか、粘土細工の人形に手をくわえているようにしか見えない。

礼子は目の前の残酷な光景に、却《かえ》って冷静さを取り戻していった。

足にコードのようなものが触れていることに気が付く。視認できないが、つま先で引っかけて引っ張ってみる。スピーカーがズズ、と横に滑った。近藤に足の動作を気づかれぬように、話しかけた。

「――何しているの」

「君のその短い髪が残念でならなくて」

近藤はナイフを置くと、生首を厚板の上にどんと立てた。相変わらず、薄く開いた瞳が宙を見ている。近藤はナイフを横に構え、額に入れた切り込みに滑らせていく。魚を三枚おろしにしているような手つきだ。身と骨を剝いでいる――。

近藤は、頭皮を剝いでいるのだ。

漆黒のロングストレートの髪が生える、頭皮だけを。

やがてまな板の上に残されたのは、女の顔の皮膚だけがついた、頭蓋骨だった。

「さあ、これで」と近藤は嬉しそうに微笑み――まるで、恋人にネックレスをプレゼントしてやるような表情で礼子の前に立った。礼子の頭に、急速に水分を失ってしわしわになっていく頭皮を、かぶせた。

自身の髪越しに、ひんやりと冷たい感触が広がり、首に他人の髪の重力がかかる。殺された女の無念や未練が毛先に絡まっているようで、不気味な重みがあった。

「いいね、うん。すごくいい」

近藤はコームを出して、濡れて絡まった髪をとこうとした。ずるっと頭から頭皮が落ちる。

「だめだ。うまくかぶらないね、かつらじゃないから。うーんどうしよう」

近藤は作業着の内ポケットから小型のホチキスを取り出した。

頭皮にホチキスの針を打ち込まれる恐怖で、身がすくむ。

「大丈夫、痛いことはしないよ」

近藤は再び礼子の頭に頭皮をかぶせると、礼子のショートカットの髪束を適量に摑み、頭皮をホチキスで留めていった。あまりに不安定で、すぐに髪の重さで滑り落ちてしまうから、徹底的にガチャンガチャンとホチキス留めしていく。

「ねえ——なぜこんなことを」

「髪がうまく留まらないからだよ。接着剤を探しにいくのは面倒だ」

「そうじゃない。なぜ毎年六月に女性を殺しているの」

「僕のルーティンワークだからね」

「毎回、こうやって頭皮を剝いでいるの」

「いやいや。今回は騒ぎ出したのがいて、船がこんなになっちゃったし、すぐに女の子を殺す羽目になっちゃった。一年くらいは楽しみたかったよ。毎年六月に取り替えるんだ」

「取り替える？　女性を？」

「そう。だけど神様は僕に二度目のチャンスをくれたというわけだ。君、という二度目がね。君の髪が伸びるまで、しばらくこれで我慢しよう」

「毎年六月に女性を攫《さら》って、船に監禁・凌辱《りょうじょく》し、一年後に取り替え——つまり殺して死体をどこかに遺棄し、新しい女性を攫ってまた監禁している、ということ？」

「概ねそういうことだね」

「奥さんが共犯者というのはわかるけれど、この大きさの船ならあと二、三人は船員が必要なはず。機関士長と機関士と航海士とか、彼らにバレずにどうやって——」

「うん。機関士長と機関士は叔父さん二人——父親の弟二人がやってるんだけど、二人ともどうしようもないクズでね。借金まみれで僕のいいなり。チョッサーはアル中のいとこが担当していた」

チョッサー——一等航海士のいとこは、そのアル中が原因で一ヵ月前に病死したという。

「それで仕方がないから、新入りチョッサーを雇った。ところがキャビン二階にある開かずの間に女の子を監禁しているのがバレちゃって。コレクションを持ち出して、船を脱出しようとするものだから——」

近藤はホチキスの針を何度も追加しては、カチャン、カチャンと頭皮と礼子の髪を留めていく。礼子はなんだか、美容師と雑談しているような気分だった。

「甲板で救命艇を出そうとしている新入りチョッサーと押し問答だ。そこでコレクションの免許証がぱーっと海に散らばっちゃった」

それは潮流に乗り、中央防波堤外側埋立地の港湾工事現場に流された。免許証はプラスチックでできている。いずれは水に沈むが、しばらくは海面を漂っていただろうから、北東の風に乗って中央防波堤外側埋立地の南岸まで運ばれたのだろう。

「母ちゃんが助け舟を出してくれた。チョッサーを殺して、錘をグルグル巻いて海に沈めた」

「なぜ彼は解体しなかったの」

「母ちゃんが、男の体はしたことがないし、不潔だからと。チョッサーの死体遺棄作業に手間取っているうちに、船首が潮流に流されて、船が横波と平行になっちゃった。それでこのざまだよ――」

もう自力で船の復元は不可能だ。救助を呼ぶしかない。近藤は救難信号を出し、殺害した女性をバラバラに――。

「若洲沖だからね。警備艇や巡視艇は到着に三十分はかかるだろうと思った。解体して隠す時間はゆうにあると思ったのに」

礼子はみたけに乗り、十分で辿り着いてしまった。

　なんとか、礼子の頭に頭皮が載った。近藤が礼子の顔をのぞき込み、満足そうにうなずいたところで、ピコピコ、と聞きなれた電子音が連続して聞こえた。

礼子のスマホがメッセージを着信した音だ。近藤は別の内ポケットから、礼子のスマホを出した。棒読みする。

「碇拓真。どこにいる。連絡を」

以上で近藤はスマホの電源を切ってしまった。入れ替わりで、礼子の警察手帳を取り出す。

「僕の話はつまらないね。君の話を聞きたいな。有馬礼子さん。警視庁巡査、とあったね。どこの部署にいるの」

支給されたばかりの礼子の警察手帳は黒くて硬い。その手帳の重みなどどうでもよさそうに、近藤は中を開くと身分証カードだけを取り出し、桜の代紋のエンブレムが入った革の手帳をぽいとビルジの中に捨てた。

近藤は自分のスマホを出して、音楽をかける。ちょっと古いディスコのようなノリの洋楽だった。甲高い女性ボーカルのハミング。音楽がかかった途端、この船底は更に狂気に満ちた空間になった。近藤の、ビルジを蹴る長靴が、ポップなリズムを刻む。ボーカルに合わせ、ホホウ、グッイナフ、と合いの手のようなものを入れた。

「あれ。これには部署は書いてないんだね」

近藤がノリノリで音楽に体を揺らしつつ、礼子の身分証を見る。視線をこちらに投げかけた。穏やかな瞳に見え隠れする、狂気。奇妙な踊り。礼子は慌てて言った。

「――警備部第二機動隊の、水難救助隊員」

近藤はホホウ、ホホウと歌い、体を揺らしながら、作業着のベルトを緩めはじめた。

「OK有馬さん。それじゃ、始めるから。はい、生年月日を」

「――始める？　何を」

「だから、生年月日」

急《せ》いたように、近藤は作業着のズボンを下ろした。ブリーフパンツがつっぱっている。ああ、強姦《ごうかん》されるのだと、礼子は体がすくみ上がった。あのペティナイフ。あれをなんとか手に入れられないか。だが、みじろぎ一つでこの不安定なロッキングチェアはひっくり返る。無防備な体勢にはなりたくない。会話でなんとか引き延ばす。

「――一九八九年、八月二十日生まれ。今年で二十九歳になる」

「一九八九年！　シンディの三枚目のオリジナルアルバム『ア・ナイト・トゥ・リメンバー』が発売になった年だね！」

近藤はスマホの音楽を件のものに変えた。

「し、シンディ？」

「シンディ・ローパーだよ。君は知らないかな」

僕は彼女の音楽がないとイけないんだ、と近藤はブリーフの下着を膝まで下ろした。下が水浸しということもあって、衣服が濡れることを嫌ったのか。陰毛の少ないつるりとした下腹部を礼子の眼前にさらし、右手でこすりはじめた。礼子は思わずのけぞり、目を逸らす。

「だめ、見て！」

初めて乱暴に顔面を摑まれた。気持ち悪い。嘔吐《おうと》しそうだった。

「さあ。早く話して。君の話を。目を逸らさないで。生まれはどこ」

「つ、月島……」

「下町育ちか。もんじゃで有名な街だね」

礼子はがくがくと、頭を縦に振る。

「両親は。どんな人」

「月島で……もんじゃ焼き屋さんを」

「経営しているの？」

「経営していたけど、私が十歳のときに、潰れて――夫婦で別のもんじゃ焼き屋さんに雇われて。細々と。いまは、年金暮らしで。苦労したから。私には公務員になれと」

「そうか。それで警察に？　ホントは何になりたかったの？」

「外洋に出て、トレジャーハンターになりたかった」

「おもしろい！　一攫千金《いっかくせんきん》か」

「両親にもう一度店を持ってほしくて……でも大反対されて」

「いい子だ。その調子。初体験はいつ」

「え!?」

「早く教えて。初めてセックスしたのは何歳のとき。誰と。君、美人で目立つから。早かったんじゃないの。小六ぐらい？」

礼子は首を横に振り、毅然と言い放った。

「――言いたくない」

近藤はひどく興奮した。

「いい、いい。その表情。すっごくいい。ねえ言って。言えよ。早く。正直にな。作り話するなよ。ああなりたいか⁉」

初めて乱暴な正体があらわになる。近藤は顔面だけ取り残された頭蓋骨を顎でさしたのち、左手で礼子の耳を強く引っ張り、ひねる。「痛い！」このままでは耳を引きちぎられそうだった。

「――二十四歳のとき」

正直に答える。耳の痛みと羞恥で涙が出た。

「そう――奥手だったんだね。いいね。僕がこれまで相手してきたのは場末の売春婦ばかりだったから。みんな早かったよ。君みたいなタイプ、初めてだ。いい。すごくいいよ……！」

近藤が高速でペニスをさすりながら、「言って、相手は。名前は」と促す。

「名前言ったってあんたは知らないでしょ！」

「知らないけど言って！　具体的なのがいいんだ‼」

「――日下部峻」

言ってあまりの屈辱に、ボロボロと涙が出る。日下部本人ですら知らないことなのに。こんな変態殺人鬼に話さなきゃならないなんて。

「誰。どこの誰」

「──あのときは、湾岸署の刑事で」

「そうか。初めての彼氏だったのか。場所は？」

「──彼の、寮の部屋で」

「警察の寮!?　いいね。燃えるね。両隣も上も下も斜め上も下も、警察官だらけでしょ。君の喘《あえ》ぎ声、ほかの警察官たちに筒抜けだったんじゃないの」

「寮の部屋と言っても──警視庁が借り上げた普通の単身向けマンションだから……」

「あーつまらない！」

いきなり平手打ちされた。頬の衝撃の後、痺《しび》れがじわじわと顎や眼窩《がんか》にまで広がる。

「いまでも日下部君と付き合っているの」

「おととし、別れて」

「どうして」

「──ほかに好きな人が」

「どっちに」

「私に」

「誰？　名前‼」

「――碇拓真」

またひっぱたかれた。近藤は自慰行為を突如中断する。なぜだか猛烈に腹が立った様子で、礼子を睥睨《へいげい》した。懐に手を入れて、礼子のスマホを出す。電源を入れ「この男？」と、メッセージ画面を突き出して見せた。碇のメッセージが表示されている。

『ふじはもう戻る。上司に報告入れておけ』

『まだ救難中か？』

『すねてるのか。返事を』

『ごめん。心配している。すぐ連絡を』

眼窩から勝手に涙が落ちてくる――早く見つけて。

近藤はカバーを外すと、スマホ本体を、ごつごつとした岩のような両手でぐにゃりと折り曲げた。ガラスが粉を吹いて割れ、画面はあっという間に真っ暗になった。なんという怪力だ。

「萎える」

近藤はぐにゃりと曲がったスマホをぽいとビルジだまりに捨てる。気づけば彼のピンと屹立《きつりつ》していたペニスは、急速に力を失っていた。

「なんとかして。このへたっちゃった奴。君の口でしか元気になれないよ」

絶対に嫌だと礼子は首を激しく横に振る。

「そういうことじゃない、女の汚い口の中に僕の大事なものを入れるようなこと、しないよ。口の中は雑菌だらけだろ、肥溜《こえだ》めにペニス突っ込んでいるようなもんだ」

言って近藤は薄汚れた軍手をはめて、礼子の口に指を突っ込んできた。喉に異物が当たり、同時に強烈な黴《かび》のにおいが鼻に回る。えずいた。

「汚い、ああ汚い口だ。アソコも汚いんだろ！」

今度は鼻をつままれ、乱暴にぐるぐると回される。一通りなぶると、碇拓真ってどんな男、と近藤が耳元で甘く囁く。

「彼とどんなセックスしてるの。教えてくれたら痛いことしないよ」

緩急がついた詰問の仕方。まるでベテラン捜査員に取り調べを受けているようだった。

「――彼は、水上警察の、刑事」

近藤は素早く軍手を抜き取り、また下腹部を握った。礼子の眼前で、高速に動かす。

「ほう。日下部君も刑事だったよね」

「日下部君は、碇さんの部下」

おおおおっと近藤は大喜びする。

「そういうの、大好物だよ。君は若い男から熟した男に乗り換えたってわけか」

むかつく。負けない。礼子は足の指に触れるスピーカーのコードを少しずつ、足首に巻き付ける。これがなんとか凶器にならないか。礼子は足の動きを悟られぬよう、素知らぬふりで近藤に言い放った。

「――そうよ、彼は五港臨時署刑事防犯課強行犯係の係長。私は今朝、彼らと城南島沖であなたが収集していた免許証を探していた。もうすでに三枚、見つかっている。いまごろもっと見つかっているはず。ここに彼が踏み込むのも、時間の問題――」

また平手打ちが、飛んできた。


〝海底の道化師〟を名乗る男は、早苗が把握しているだけで二度、現れている。

一度目は二〇〇一年、六月。黒髪のロングストレートで、運転免許を持っている女を指名してきた。早苗は当時、コンパニオン派遣業の片手間で、売春もできる女性を客の指定するホテルに手配していた。

早苗は電話を受けたとき〝海底の道化師〟の声を直接聞いている。非常に礼儀正しく、柔らかな口調で、トラブルのにおいは全くなかったという。

男は港区内にある海の見えるビジネスホテルのシングルルームを指定。部屋間違いを防ぐため、偽名でもかまわないので、名前を聞くことになっている。男は電話で「海底の道化師」とハンドルネームのようなものを名乗った。

早苗は小遣い稼ぎに売春を担っていた中川万理《なかがわまり》という十九歳の家出少女を派遣した。

万理は指定ホテルに到着し、客と合流したという一報を会社に入れていた。二時間五万円で性を提供し、そのうちの二十パーセントがマージンとして早苗のポケットに入る。末端の売春婦にとっては破格のマージンの安さだ。ヤクザなどに飼いならされている売春婦は、九割以上を持っていかれることもある。女性に対して良心的——だからこそ、RRRも規模を拡大しているのだろう。

「だけど、万理ちゃんは二時間を過ぎてもアウトの連絡がなく、顧客の電話も通じなくなってしまった」

早苗はすぐさまビジネスホテルのフロントに確認を取った。件の部屋の男性は大きなスーツケースを抱え、とっくにチェックアウトしていた——チェックアウト時刻は万理が入室確認の電話を入れた三十分後だった。最初から売春婦を連れ去る目的だったのだろう。

こちらも違法な商売をしている以上、早苗は警察への通報を断念、泣き寝入りというわけだ。

碇は日下部と情報を整理しながら、品川埠頭の五臨署に戻るところだった。

首都高五号線を飛ばしながら、日下部が疑問を口にする。

「黒髪ロングストレートに加えて、運転免許を持っている女を指定してきた。早苗は確かにそう証言しましたね」

碇はタブレット端末をいじくりながらも「ああ」と淀みなく答えた。

「もし海底の道化師が毎年六月に事件を起こすシリアルキラーなら、法則や慣習にこだわる潔癖性という見方ができる」

連続猟奇殺人鬼をそうプロファイリングする犯罪心理学者は多い。

「そういう輩《やから》は収集癖があり、戦利品を欲しがるからな」

「なるほど——免許証が戦利品」

「中央防波堤外側埋立地付近で相次いで見つかった四枚の免許証が、その一部だろう」

碇が警視庁のデータベースを確認しながら、続ける。

「中川万理――Ｍ号には引っかからないな」

「誰も捜索願を出してないだろうって、早苗も言ってましたからね」

だいたい、売春で生計を立てている女性は身寄りがないことが多い。

「二〇〇一年は歯抜けだったからな――この年の六月に犠牲になったのは、中川万理ということか」

「いよいよ、毎年六月にやっている可能性が高くなりましたね。今年は大丈夫だったんでしょうか――」

「コレクションになっているはずの免許証が海底にばらまかれ、近くに水死体が漂っている――となると、コレクションを持ちだそうとした何者かを海底の道化師が殺害して遺棄した、という推理もできるな」

碇は早苗の言葉を思い出す。「弓ちゃんのときはね」と店の食品衛生責任者なのに平気でカウンターで煙草に火をつけて話した。

あの時分にはコンパニオン派遣業は急成長を遂げており、裏の売春部門については部下が取り仕切っていた。部下は海底の道化師のことを知らず、黒髪のロングストレートで運転免許証を持つ弓子を、浦安に派遣してしまった。

「そのとき、待ち合わせはホテルじゃなくて妙見島《みょうけん》のマリーナだったのよ。ほらあそこ、水辺に素敵なレストランがあるでしょう。そこでデートしてくれる女性を派遣してくれと。セックスはなし、おしゃべりだけで二時間三万円という約束。目印は大きなスーツケース。地方から来た旅行者だから、って。電話をしたときは、スズキって名乗ったらしいけど。ホテルでの待ち合わせじゃないから、合い言葉を決めさせたの。するとあいつはこう言った」

『海底』とこちらが尋ねたら『道化師』と答えてくれ――。

顧客のスーツケースは弓子の体を詰め込むものだったのか。弓子は妙見島のマリーナに向かった。その最後の姿を捉えたのが、やなぎ通りのT字路の監視カメラ映像だったのだ。あの先の浦安橋を降りた先がもう妙見島だ。

早苗は、幹部から弓子が戻らないと聞いた夜、腸が煮えくり返ったという。

「また海底の道化師が現れた――もう我慢ならなかったわよ、大切な女の子たちを二人も連れ去られたのよ」

それで、危ない橋を渡ってでも、捜索願を出した。だが皮肉なことに、警察は早苗が売春組織の元締として逮捕されるまで、動いてくれなかった。

売春業界じゃ海底の道化師は有名よ――早苗は身を乗り出し、碇と日下部に言った。

「私、刑が確定したあと大阪矯正管区に連れていかれて、和歌山刑務所に入ったんだけどねぇ。末端で売春して半年とか一年とか軽くぶち込まれちゃう子は結構いたわけ。で、やっぱり関西圏でも噂《うわさ》になってた」

海底の道化師に気を付けろ——。どこそこの組織の誰ちゃんがいなくなった、あそこの暴力団で身売りさせられていたナントカちゃんも連れ去られた、ヤクザが追っているけれどすぐ海外に飛んでしまうようで、見つからない——。

「本当に海外に飛んだのかな」

碇もまた赤マルに火をつけながら、カウンターの向こうの早苗に尋ねた。まるで自分は味方だと言いたげに。

「陸から出ただけなんじゃないの。例えば、船乗りが連れ去ったとか」

すべての女性が港のある街で失踪している。そしてガイシャたちの免許証だけが海底から見つかる——船員と思しき水死体も同じ場所に浮遊していた。

おもしろい、と早苗は気っ風のいい江戸っ子のようにカウンターを叩き、身を乗り出して碇に言った。

「あんた、ガチでやってくれそうね。海底の道化師にワッパを掛ける——」

「もちろんだ。絶対に尻尾を摑む」

「それならとっておきの情報、教えてあげる——北関東の元同業者がね、教えてくれたのよ。今年二〇一八年、海底の道化師は鹿島に現れた、と」

鹿島——茨城県鹿嶋市。港町だ。

「先週、水戸《みと》の売春宿にいた子が鹿島に派遣されて、いなくなっちゃったみたい」

ぼそぼそと碇と日下部の耳元で囁くと、早苗は間髪入れずに言った。

「絶対に逮捕してよ、海底の道化師を。アングラな商売でしか生きていけない女たちの天敵なんだから。あいつは」

思わず日下部は言った。

「天敵は警察じゃないの」

「とんでもない。女の子たちはね、逮捕されたってかまわないのよ。だって逮捕されて留置場ぶちこまれたら、三食寝床が保証される上、刑務所に送られたら仕事だってさせてくれるでしょう」

底辺の女たちは娑婆《しゃば》でそれにすらありつけないのよ、と早苗は言った。その表情に、自分は社会の底辺で生きる女たちに仕事を提供しているのだという矜持《きょうじ》が見え隠れしていた。

碇と日下部がミックスフライ弁当と唐揚げ弁当をぶら下げ、さなゑ・デリを立ち去るのと入れ違いに、労働者風の三人組の男がカウンターに立った。早苗はもとの営業スマイルで彼らを受け入れた。「ミックスフライ弁当と唐揚げ弁当はもう売り切れました」と——。

早苗は、その三人の男が変装した湾岸署の生安刑事だということを知らない。

碇は十五時間の猶予を与えた。それは嘘ではない。十五時間の間、早苗はその周囲を百人規模の生安の刑事が張る中で証拠隠滅、逃亡を図ろうとすることになる。

日下部と碇の乗る車は首都高羽田線に入り、やがて品川埠頭と本土を繋ぐ五港大橋を渡った。五臨署に戻る。

もう、第一水難救助隊の特化車両はいなくなっていた。日下部が東子を探すようにきょろきょろしているが、碇はそれを揶揄する気持ちの余裕がなかった。

礼子と連絡がつかない。

碇は面パトを降り、後ろ手に扉を閉めながらついこぼした。

「礼子の奴、ちゃんと陸に戻ったのかな。全く連絡がない」

日下部は「え？」と腕時計を見た。午後一時半。

「礼子が救難に出たの、朝の話ですよね」

「ああ。もう七時間も連絡がない」

ばら積み船の海難場所は、若洲沖南東へ三キロの海だ。携帯電話の電波は入る。だが、電話を掛けても電源が入っていないか電波の届かないところにいるとアナウンスされるばかりで、呼び出し音すら鳴らない。救難活動で多忙とはいえ、件の船が転覆して救助活動に手まどっているという情報は入っていない。礼子が勝手に動くのはいつものことと当初碇は放っておいたが――。

「救難活動の進捗情報を確かめたほうがいいですよ。いま、礼子がどの船に乗っているのかも含めて」

だな、と碇は同意し、日下部と急ぎ足で刑事部屋に戻った。

まずは礼子を乗せた潜水支援船みたけの船長、鮎川に連絡を入れるべく、港湾会社の名簿を繰る。電話を掛けた。

藤沢や由起子、遠藤は相変わらずデスクのパソコンに張り付き、全国の港湾・海運企業の社章をネットや港湾会社便覧で一つ一つ目視で確認している。日下部が碇に代わり、一同に尋ねる。

「どう。該当はあった?」

碇と日下部が早苗から得た情報は、すでに五臨署へ戻る道中、碇が電話で説明している。直近では恐らく、海底の道化師は鹿島港近くで黒髪ロングストレートの女性を攫っている。鹿島港に船籍を置く内航船を所持、または運航している海運・港湾会社に絞り、社章を確認させていた。

由起子が首を横に振る。

「だめ。鹿島港の企業は全滅だったわ」

日下部ががっくりといすに腰を落とすのを横目に、碇は船会社から鮎川のスマホの番号を聞き、掛けなおす。呼び出し音を聞きながら、日下部にアドバイスした。

「あえて母港は外しているのかもしれん」

藤沢も同調した。

「俺もそう思います。港町で女性を攫い、船で連れ去っているのだとしたら――船の籍を置く港では犯罪をやらないのかもしれない」

鮎川が電話に出た。礼子の所在を尋ねる。一人で救難信号を出した船に乗り込んだようだが、巡視艇で帰ると件の船長から聞いたと、鮎川は言った。潜水支援船みたけは八時には工事現場へ戻っていた。

碇は電話を切り、すぐに海保の東京海上保安部の番号を押した。

日下部が碇の様子を気にしつつ、一同に指示する。

「これまで失踪者が出ている港を除いたすべての港町をもうかたっぱしから調べていくしかない。藤沢さんと由起子さんは引き続き、お願いします。遠藤君」

日下部は、眠そうな遠藤の肩を強く揺さぶり、言った。

「六月初旬に鹿島港を利用し、ここ数日、東京港を利用した海運・港湾会社を徹底的に絞り込む」

「え？　なんでです」

「ちゃんと推理についてこいよ。早苗の証言が本当なら、『海底の道化師』は先週鹿島港を利用している。そして、ここ数日の間に東京港内にガイシャたちの免許証が漂流している——つまりここ最近、東京港を利用した船かもしれない」

そうか！　と遠藤は手を叩き、すぐ受話器を手に取った。

「都の港湾局に問い合わせしてみます」

「俺は鹿嶋市の港湾局に問い合わせする。後でリストを突き合わせていこう」

碇の耳に当てた受話器の向こうで、海保の東京海上保安部が応答する。礼子のことを尋ねると、確認して碇のスマホに折り返すといわれた。

「日下部、悪いがちょっと桟橋に降りる」

碇は言ってデスクを立った。舟艇課の誰かが礼子の所在を知っているかもしれない。いてもたってもいられない、というのが正直なところだった。

碇は五臨署の桟橋に出た。

雨脚は変わらず淡々と小雨《こさめ》が降り注ぐ。傘も差さず、救難に出たはずの警備艇たかおの姿を探していると、海保から碇の携帯電話に折り返しの電話が掛かってきた。巡視艇は礼子を乗せていない。誰も姿を見ていないという。恐らく、警視庁の警備艇に乗ったのではないか——と答えた。

真っ青になった碇は舟艇課に出向き、君原に声をかけた。礼子の元後輩で、たかおの船長・磯部の部下だ。すでにたかおはばら積み船救難現場から離れているが、タグボートの手配や曳航作業の打ち合わせのため、タグボート基地がある埠頭に立ち寄っていて、一度も署に戻っていないという。これから曳航作業の先導のため、若洲沖の海難現場に戻るらしい。

磯部の携帯電話番号の呼び出し音を聞きながらも、気持ちが急いて桟橋を行ったり来たりしていると、本館の四階の窓から由起子が声を掛けてきた。

「係長、あのワッペン、わかりましたよ！　木更津にある海運業者のものでした！」

碇は通話口を手で押さえ、四階の窓に向かって怒鳴り返した。

「木更津!?　被害が出ていない港だな」

「やっぱり母港で騒ぎは起こさないということなんでしょう。近藤組という海運会社で、太丸の中に見えた波線は、近藤の『近』という字のしんにょう部分です」

なるほど、しんにょうが波線に見えたせいで、あれが漢字だということに気が付かなかった——。

「所有している船の数は？」

「第五洋魁丸という、ガット船一隻のみです。船員のほとんどが親類縁者で、家族経営しているみたいですね。近藤組の社長は近藤照美、船長兼社長といったところです」

第五洋魁丸。どこかで聞き覚えが——。

「碇さん！」

今度は日下部に呼ばれる。由起子とは別の窓から顔を出していた。同時に、呼び出し音が止まり磯部が電話に出た。

「ちょっと待ってろ、電話中だ！」

「礼子と連絡つきましたか!?」

焦ったような声で日下部が問う。ついていないから捜査が佳境の中、桟橋をうろついているんだろうと、ただ日下部を睨みあげる。日下部は何も言わずに顔をひっこめ、窓も閉めずに脱兎《だっと》のごとく駆けだした。とにかく磯部に問いかけた。

「突然すまない、有馬はたかおに乗ってるか！」

「有馬？　いやうちには乗ってないよ。だって警備艇ふじに乗って出航してきたんじゃないの」

こっちに彼女を乗せて帰る責任はないと言いたげな、責任回避しようとする物言いだった。磯部らしい。

「警備艇ふじは朝九時にはドックに戻っている。有馬はまだそのとき救難中だったでしょう」

「だから、その救難中のばら積み船の船長から、有馬ならみたけで現場に戻ったと」

碇は拳を震わせた。

「潜水支援船みたけの船長に問い合わせたが、彼女は巡視艇に乗って帰ると聞いたと――だが海保の誰も礼子を見ていない。鮎川船長にそう伝えたのはばら積み船の船長だ、いったい事故を起こした船長は何者なんだ!?」

「何者って、第五洋魁丸というガット船の、普通の船長ですよ」

碇は呼吸を忘れた。

「――第五洋魁丸？」

「碇さん!!」

ほとんど絶叫するような日下部の声が、真後ろから聞こえた。彼は一枚のファックス用紙を摑んで、本館を出てドックへ降りてきたところだった。

「海底の道化師が現れた鹿島港の、直近十日間の出入港記録を確認しました!」

日下部は、鹿島を出て東京港界隈を通り過ぎた船、もしくは入港した船を調べていた。碇は電話を切り、日下部を見た。

「──確認するまでもない」

日下部も、絶望的な表情で続ける。

「由起子さんたちが水死体の社章から引き当てた、近藤組の第五洋魁丸。五日前に鹿島港に入港、砂を積んで昨日、中央防波堤外側埋立地に向けて、出航していました。しかし、今朝六時に若洲沖南東三キロの地点で横波を受け、航行不能に──。礼子は」

日下部はそこから先、言葉にならないようで、ただ唇を震わせた。

礼子は、まだ第五洋魁丸にいる。

海底の道化師に、捕らわれているのだ。

第四章　霧の中

東子は新左近川沿いの遊歩道をランニングしていた。

江戸川区臨海町――第二機動隊のある街に昼前に戻り、一時間ほど仮眠をとった。腕時計を見る。午後一時。まだ一時か、と東子はうんざりする。

今日は長い一日だ。

ほとんど寝ておらず、徹夜状態のまま朝を迎えたからか。先ほどの仮眠も、たったの一時間で彼氏からのしつこい着信に起こされ、寝られなかった。まだ今日が続いていると思うと、どっと疲れを感じる。

彼氏の電話には出なかった。付き合って三ヵ月、「東子ちゃんのことを大事に思っているから」という意味不明な理由で押し倒してこない恋人にはもう興味はなかった。日下部からの電話こそ待っていた。だが電話番号の交換をしていないことにふと気が付いて、笑ってしまう。気晴らしに、ランニングに出た。

東子は男癖が悪い。そんなにモテないし、長身の東子を敬遠する男が多いから、ちょっと東子に気のあるそぶりを見せる男がいると、彼氏がいるとか好きとか嫌いとか関係なしに、とりあえずセックスしてみたいという気になる。セックスしないと男の本性はわからないし、一度してしまえば壁を取っ払えた気がして気兼ねなくその男性と接することができる。品行方正とかどうでもいいし、尻軽女で結構。

人はいつ死という波に呑まれるかわからない。いい子ぶって何かを我慢し続けるより、享楽的な時間をどんどん消費してぱっと果てたほうがいい。

巨大な東京臨海病院と団地群を隔てる一本道をひた走る。しばらくまっすぐ走ると、第二機動隊の真新しい施設が見えてきた。寮に入る。機動隊員のほとんどは、ここで寮生活を送っている。

女性の数が圧倒的に少ないので、女子寮というものはない。寮の最上階の一部に女性隊員がより集まっていて、『男子禁制』の張り紙が廊下にぶら下がるだけだ。東子はシャワーを浴びて、部屋で新しいTシャツとジャージに着替えた。礼子と同部屋だが、彼女は海難救助に行ったまま、まだ戻ってきていない。

潜水支援中に船を離れるなど潜水士としてはあってはならぬ行為だ。戻ってきたらしっかりしごかないと、彼女はまたトラブルを起こすだろう。下手に海を知っている相手だけに、また指導が厄介だと思う。海上も海中も同じだと思っている。海中は全くの異世界なのに。ああいうタイプは職務中に殉職しやすい。

東子のデスクに置いたスマホがバイブする。発信者表示を見て、笑っちゃうほどに自分の顔面が硬直したのがわかった。

菱沼順一《ひしぬまじゅんいち》。

空から見られていたのだろう。あのヘリから視線を感じていた。その真下で碇に指摘されたのだ、「あんた、海保から来た人間なんだろ」と。

東子は電話に出ず、しつこくバイブを続けるスマホをポケットに突っ込んで、食堂に入った。第一救助隊の林田と池内が、昼食を食べていた。林田は陸に上がってすぐ病院で診察を受けたが、軽い減圧症で済んだ。いまはすっかりもとの調子で、ちらちらと東子を見ている。

池内があからさまに舌打ちし、東子を睨む。席は自由でどこもかしこもテーブルがあいているが、東子はおかずと副菜をお盆に載せると、あえて林田の真横の席に陣取った。炊飯器から山盛りのご飯を盛って、林田の隣に座る。

池内は即座に立ち上がって「あっちで食おうぜ、飯がまずくなる」とお盆を持つ。東子は構わず、米を喉に流し込む。林田は池内を一瞥しただけで、動かなかった。池内は「なんだよもう」とぶつぶつ文句を言い、離れたテーブルで食事を始めた。

「行かなくていいの」

東子は顎で池内の背中をさした。

「だから、言葉遣い。隊長にすら時々タメロだろ、こっちがビビるよ、全く」

味噌汁を忘れた。東子が立ち上がろうとすると「俺が取ってきてやる」と林田はカウンターに行き、味噌汁の具を大量にトングで掴んでお椀に入れた。自動サーバーで味噌汁を入れ、東子に差し出した。

「気持ち悪い。なんで急に親切?」

「今日のこと。いやこれまでのこと——申し訳なかったと思って」

林田は臆することなく言うと、膝に手を置き、頭を下げた。

「俺は海中捜索を確かに、舐めていた。お前のことも。聞いたよ。海保どころか——特救隊にいたんだって?」

テーブルに置いたスマホが鳴る。菱沼順一。

「彼氏?」

東子は咀嚼しながら「元カレ」と一言答えた。飲み込み、改めて言う。「で、海上保安庁第三管区海上保安本部羽田特殊救難基地、特殊救難隊の隊長」

「――元カレで元上司、ってこと？」

東子は水で口の中のおかずを流し込むと、電話に出た。

「もしもし」

「――俺だ。わかるか」

「もちろん。菱沼隊長。お久しぶりです」

相手に無言があった。東子も黙る。なんのつもりで電話を掛けてきたのか。

「七年ぶりだな。今日、お前を見かけた」

「私も隊長の視線を感じていました。空、飛んでましたね」

「お前、警備艇に乗っていたな。いま警視庁なのか」

電話の向こうのかつての上司へ――というより、隣の林田にアピールするように答えた。

「はい。震災の年に特救隊も海保も追い出され、数年腐った後、やっぱり海でしか生きられないと思って、またこの仕事に戻ってきました。二〇一七年度警視庁採用、いまは警備部第二機動隊の水難救助隊にいます」

「いますぐ辞めたほうがいい」

間髪入れずに菱沼が断言した。

「周囲が迷惑する。警視庁の迷惑だ。お前のせいでいつか、仲間が死ぬ」

東子は喉に引っかかった米粒を味噌汁で流し込み、はっきり言った。

「菱沼さん、いつまで根に持っているんです」

「は？」

「私に二股掛けられてたこと、まだ怒ってる」

相手に深い沈黙があった。屈強な太い首筋を震わせ、顔を真っ赤にして怒る菱沼の顔が簡単に想像できる。いつだったかも、東子が菱沼と付き合いながら、主計課の料理上手な海保職員にも手を出していたと知るや、ゆでだこのように怒っていた。

「ふざけるな！　お前のような女……！」

菱沼は黙り込んだ。どんなひどい言葉を使っても東子を罵るのに足りないと言わんばかりだ。やがて菱沼は怒り任せに電話を切った。横で聞いていた林田は、肩を震わせて大笑いしている。

「何がおかしいの」

「いや、だって——特殊救難隊の隊長でしょ、二股かけてたの!?」

「悪い？」

「徹底的にコケにするねぇ、男を。特殊救難隊っていったらエリート中のエリート、海保の歴史を見ても、累計で百人くらいしかいないんだろ」

「ええ。常時三十六人しかいないし、設立が昭和五十年だから」

「そりゃ、男はプライドへし折られるよ。仕事でトップに上り詰めた男を、部下の女が二股って――」

林田は身を乗り出し、興味津々と言った様子で尋ねてきた。

「部屋に、いい酒があるんだけど。飲まない？　新政《あらまさ》の№6」

「知らない」

「なかなか手に入らないんだよ。特別な席でしか開けないんだ。君と飲んでみたい。特救隊時代の武勇伝を、教えてよ」

「あんた、頭おかしいんじゃないの」

林田の表情が強張《こわば》る。なんとか体裁を保とうとしているが、こめかみの血管が青く浮き立っている。

「今日、あんたは空間識失調を起こした挙げ句に軽度の減圧症にかかって隊の足を引っ張った。そして濃霧の予報が出ていて海難事故がいつ起こってもおかしくないいま、酒を飲むの？　アルコールが入ると減圧症にかかりやすくなるというのに――」

「うちはいま、当番じゃない。お呼びがかかったら第二・第三水難救助隊が現場に」

「救助要請が三件、四件と続いたら？　私たちにだって出動要請がでる」

「海保が代わりにやってくれるだろ。なんてったって東京湾は第三管区、お前がいた特救隊がいる管轄なんだぜ。警視庁の水難救助隊なんて、お呼びでないよ」

「だからイライラするのよね、この隊に所属しているのが」

水死体の引き上げや凶器・遺留品の捜索だけしていればいいと思っている。人命救助、特に手に負えない現場に入ったら、海保に頼めばいいと思っている。だから警視庁は腹が立つのだ。

「さすがよね。今日、海中で大失態を犯した反省もせず、濃霧の予想される日に、酒を飲んで女を口説く」

「——誰がお前のような大女を口説くかよ、電柱」

辛辣な言葉が返ってきた。

「お前の失敗談を聞いてやりたかっただけだよ。松原隊長からちょろりと聞いたぜ。お前がなぜ特救隊を追われたのか」

眩暈《めまい》がする。強く目を閉じた。青い世界に反射を受けて光る、鱗《うろこ》——。あれが、脳裏にフラッシュバックする。林田は容赦なく責め立てた。

「二〇一一年、三月。宮城県石巻市金華山沖三キロ、水深四十メートル地点で震災の行方不明者捜索中にお前が演じた失態を、だよ。人魚が見えたんだって?」

頭が重い。

礼子は屈辱を首筋の裏に感じながら、震えるため息をついた。ああ――という悦楽の吐息が、耳に降りかかる。これで、海底の道化師こと第五洋魁丸の船長・近藤照美が射精をしたのは、三度目だ。三度とも、礼子の頭にかぶせられたガイシャ女性の黒髪に、精液をかけた。

べとつく生臭いものを次々とかつら状態の髪に引っかけられている。地毛が引っ張られ、重い。

最初は恐ろしくて、初体験のことを正直に話してしまった。だが二度、三度と平手打ちを食らううちにだんだん腹が立ってきて、今度は口から出まかせを次々と話した。碇とは、日下部とまだ別れきらないうちに、勢い余って警備艇の中でことに及んだとか。その晩には、断りきれずに日下部ともセックスしたとか。その月に生理が来なくて焦ったとか、実際にはそんな尻軽なことをしていないが、近藤の反応を見てどんどん話を盛っていった。

「はあ。ずっとシンディ・ローパーは疲れるねぇやっぱり」

近藤はくたっと力を失った下腹部をぶらぶらさせて、スマホの音楽を切った。

「僕のこと――変態だと思っている？」

　変態以上だ。

「まあね。変態です。僕はこういう行為でしかイケないの。女性の性器の中になんて、いれられない」

「――汚いから？」

「それもあるけど、汚いのは洗えばいい。傷つけちゃうのが怖いんだ。傷つけてしまうと思うと、挿入する直前ですぐ萎えちゃう」

　人を散々ひっぱたいておいて、いまさらナイーブなフリをする。近藤は悦に入ったように、一人語りを始めた。

「最初に殺したのは母だった。母も船に乗っていたんだ。第四洋魁丸からね。幼馴染《おさななじ》みだった父と結婚して、司厨長としてギャレーで船員に賄いを作っていた。僕は第四洋魁丸で生まれて、その船で地獄を見てきました」

　父が変態だったからさ、と笑う。

「戦前はまともな船乗りだったらしいんですがね。戦争に船ごと駆り出されて、沈没してみんな死んで、でも一人だけ生き残って戻ってきてからもう、頭がおかしくなった。酒を飲んで飲んで、お母さんや僕を殴って、平気で僕の目の前でお母さんを凌辱するんだ。黒い艶々の髪が潮風になびいてきれいなお母さんを、いつもいつもあいつは殴って押し倒して『お父さんやめてください』と止めに入ると、こっちがボコボコに殴られる。だからお母さんは言うんです、照美、甲板に出ていなさい、お母さんは大丈夫。そしてお母さんはぐっと歯を食いしばり父を受け入れるんです。いつも、いつも――」

酒を飲んでいないときは、それはそれは礼儀正しい船乗りだった、と近藤は父を語る。

「僕はお母さんと凪いだ海を眺めているのが好きだった。その黒い髪がさらさらと流れて小さな僕の頭をくすぐる。この髪が大好きで宝物だよと言ったら、その晩からですよ、父のあれが始まったのは」

父が嫌がる母を組み伏せて、その黒髪に射精する――。

「僕の目の前でするんです。そしてお父さんは僕を見て、鼻で笑う。地獄か、と。こんなものが地獄かと。お前にとっての地獄はこんなものか。お父さんが見た地獄に比べたらと、最後は号泣する」

家族経営の小さな船会社で、その会社が所有するたった一隻の船で家族が生活する。子どもにとっては逃げ場のない世界だ。そこで、近藤のトラウマが凝縮されていくさまが、手に取るようにわかる。

「朝、船で目覚めて、出航を見送って、学校で勉強して港に戻ると、仕事を終えた第四洋魁丸が木更津に戻ってくる。船は家でしたから——僕はそこで夕食を取って風呂に入って寝るという生活をしていたんですけどね、小六のある朝、目が覚めたら、下着がべとつく。射精していた。精通ですよ。夢精していたんですね、僕は夢の中でお母さんとセックスをしていた、そしてその黒髪に射精をしたんですよ——ああ、いやな夢だった」

その朝も、ギャレーで母がいつも通り、朝食を作っていた。

「デッキの水道でお母さんにばれないように、必死に精液まみれの下着を洗っていたら——お母さんに、見られた。照美、洗濯ならお母さんがしておくわよ、と。あのきれいな黒髪がさらりとなびく。僕はまた勃起したんですね。ああ、このままではお父さんと同じことをしてしまうと恐ろしくなって——」

それで、お母さんを殴り殺し、黒髪を切り刻んだ。

何かを突き放したような淡々とした調子で、近藤は言った。

「あのときちょうど——木更津の街に、サーカス団が来ていたんですよ。前日に、お父さんに連れられてサーカス一座の芸を楽しんだばかりでした。お父さんはピエロをえらく怖がっていましたねぇ……。戦争中の記憶と結び付く何かがあったんです。そして朝、目が覚めたら息子が妻を惨殺している。びっくりしたでしょうねぇ」

父親は息子を学校に送り出し、妻の死体を乗せたまま、第四洋魁丸で出航した。そして二度と戻ってこなかった。

「父は沖に出たところで船員を救命ボートで逃がした。そして自分で第四洋魁丸に火を放って、石廊崎沖二十キロの地点に沈んでいきました」

近藤はビルジだまりに煙草の先を浸す。ジュッと音がして、火が消えた。ニコチンのにおいだけが船底の空間に残る。

「まあ僕が殺人鬼になったいきさつはこういうわけです。学校を出て海技士の免状を取った後は、必死に船で働いて金をためて——頭金一千万円で、一千万円のローンを組んでね。中古船を買い取って第五洋魁丸として艤装しなおして、解散状態だった近藤組を復活させた」

近藤が船長、機関士長と機関士は叔父、一等航海士や司厨長は当時、外部の船員を雇っていた。平日のみ運航スケジュールを組めば、週末の夜から月曜の朝まで、船員は船に来ない。金曜日の夜に女を誘い込んで週末に散々楽しみ、日曜日の昼に殺害して解体する。後部甲板――キャビンの後ろに備え付けの焼却炉で、バラバラの死体を少しずつ燃やした。燃え残った骨は焼却炉から取り出し、ハンマーやノミで砕いて海に撒《ま》いて捨てようとしたが――。

「なにか、物凄《ものすご》く勿体《もったい》ない気がしたんですよね。砂状になった骨を海に撒く――白波が筋を引いて滑らかに動く海に、骨の粉が霧散していってしまう様子が。ああ、いやだった。あのバラバラに薄くなっていく感じ。ぎゅっと凝縮して記念碑にして並べたいくらいなのに。そこでふと思いついたんです」

荷倉にある砂に混ぜてしまえば、やがてこれはケーソンの中に入れられ、防波堤になる――。

近藤はそれを試さずにはいられなかった。骨を砂状になるまで砕き、荷倉の砂と混ぜる。防波堤工事現場に運ぶ。ケーソンに砂ごと流し入れる――。

「バケットで掬《すく》った骨交じりの砂が、さらさらとケーソンに入る。あっという間にコンクリート業者がやってきて固められる。数日のうちに固められた防波堤の上に土が撒かれ、一年もせず防波堤は緑豊かな鳥の楽園になる」

これに味をしめた近藤は、売春婦を攫い、凌辱し、ケーソンに遺棄して永遠に固めるという犯罪を繰り返すようになった。慎重に。年に一回だけ。北九州のあの防波堤にはマナミちゃん、関西のあの防波堤にはエリコちゃんが埋まっている――近藤は日本中の港にある防波堤を女性の名前で呼び、ある種の墓標と見立て、殺人を楽しんでいた。

そのうち、妻という協力者を得た。叔父二人は借金の肩代わりをすることで黙らせると、週末に殺してしまうのがもったいなくなり、一ヵ月、半年、長い時は一年と、監禁の期間は延びていった。

一等航海士として船員になったいとこは、近藤が連れてきて船室に監禁する女の存在に、当初は困惑、船長の近藤に恐怖心を抱いたようだ。だが酒を飲むと、翻って女を強姦しようとした。近藤は激怒し、彼を徹底的に折檻《せっかん》して女を傷つけないように命令した。いとこはそれにすごすごと従ったようだ。

なんという船だと礼子は思う。この第五洋魁丸は近藤の王国であり、さらわれ監禁された女たちは毎年梅雨の季節にすげ替えられる期間限定のお姫様、というわけだ。

「すべての災厄の始まりは、いとこの病死でしたね。一ヵ月前肝硬変であっという間に死んじゃってね。僕の言うことに従順な、いい男だったのに。新たにチョッサーを雇ったら――あの部屋には入るなとあれほど注意したのに。人は不思議ですね。この部屋には入るな、と言われると、入りたくなっちゃうのかな。仕事の間は女が騒がないように、ずっと薬で眠らせておいたんですが。彼、開かずの間をのぞいちゃったんですよ」

礼子は改めて背筋が寒くなった。

「それで——チョッサーを、一等航海士を殺したの」

礼子はほとんどひとり言のようにそう言ったが、近藤には礼子が近藤の話に疑問を抱いて質問しているように聞こえたようだ。

「僕の話にリアリティはなかったですか。それなら有馬さんの話も、いまいちリアリティがなかったなぁ」

近藤がようやくブリーフを穿いて、作業着のズボンのチャックを閉めながら言った。もう殺される時間なのか。礼子はもう用なしか。

「まさか、嘘ついたりしてないよね」

「嘘なんか——正直に全部、話してる」

「だって、初体験が二十四なんだよね？　奥手だったのに、なんで急に二股状態になっちゃったんです。しかも一日のうちに違う相手とセックスしちゃって、生理が遅れるなんて。下手な昼ドラでもいまどきそんな安普請な筋書きを作りませんよ」

礼子は言葉に詰まりそうになった。必死に、尻軽女を演じる。

「――目覚めさせられたの」

「目覚めさせられた？」

「碇さんが――すごくて」

近藤の目が、また淫靡《いんび》に輝く。

「そうか。彼、マッチョなんでしょ。もういろんな体位で？」

そうそうと礼子は何度もうなずく。

「どの体位。どんな体位が好きなの？　どれだとすぐイッちゃうの!?」

言葉に詰まっていると、突然、近藤が「もう飽きた！」とロッキングチェアごと礼子を持ち上げた。思わず口から悲鳴が漏れる。礼子の存在に飽きたのか。殺されてしまうのか――恐怖で心臓が縮み上がるが、近藤はロッキングチェアの向きを変えただけだった。

これまで礼子は船首を向いていたが、今度は船尾のほうを向かされる。目の前にむき出しのコンクリートの壁と、左舷側に狭い通路が見える。コンクリートは、船腹にある巨大な荷倉の壁だろう。あの通路は船内で船尾と船首を繋ぐ唯一の通り道か。なんとか逃げ出せないか――。

「四回目は雰囲気を変えよう。模様替えだよ。怖がらないで」

優しげに礼子の顔をのぞき込んだ近藤だが——その足元に、スピーカーが転がっているのを見つけた。コードが、礼子の足首に絡まっている。

ぎろりと、近藤が礼子を睨み上げた。

「……悪い子だ。このスピーカーのコードを足に巻き付けて、何をするつもりだったの?」

礼子はごくりと唾を飲み込もうとした。だが喉がからからに渇いて落ちる唾すらない。近藤は腕時計を見て、丁寧な調子で言った。

「なんとか君をここに隠して、この先しばらくは一緒にきれいな黒髪を育てていこうと思っていたのに——。こんな反抗的な女はだめだ」

もう殺される、ということか。待ってろ、と近藤は目で強く礼子を牽制《けんせい》すると、踵《きびす》を返し、荷倉横の通路の奥に消えた。船底の梁の上に渡されたスチール製の通路が、近藤の長靴の足が歩くたびにカンカンと響き渡る。しばらく扉をどったんばったんやっている音が聞こえたのち、近藤の足音がまたカンカンと鳴り、近づいてくる。だんだん大きくなってくる足音。礼子の脳がその足音で満たされる。恐怖で背筋が粟立《あわだ》っていく——。

近藤は工具箱を三つも抱えて戻ってきた。しゃがみこみ、一つの工具箱を開けて、金属の大きな塊を構えた。

「いい斫《はつ》りだろ。反抗的な悪い女を捕まえちゃったときは、これでお仕置きすることにしているんだ」

電動ハンマドリルだ。コンクリートに穴を開けることができる。人の体に使うものではない。次に近藤が開けた工具箱には、エンジンカッターが入っていた。警視庁でも所有している。金属を切断できるものだ。立てこもり事件などで家屋に突入する際に使用する。船に必要なものとは思えない。人体を手軽に解体するために用意したものだろう。三つ目の工具箱には、大型のノミやハンマーがきれいに並べられていた。骨を砕くのに使用していたのか。

近藤は礼子の顔と、電動ハンマドリルの刃を見比べながら「どれにしようかな」と顎に手を当てる。女に似あうアクセサリーを探すような真摯な目つきが余計に不気味で、礼子は誰もいないとわかっているのに叫ばずにいられなかった。助けて、お願い、殺さないで、碇さん、助けに来て、早くお願い……！

「喚《わめ》かない、喚かない！」

近藤が怒鳴り、礼子の髪を摑んだ。ホチキスだけで繋がっていたガイシャの黒髪がするりと頭上から落ちる。近藤は礼子のホチキスだらけの短い髪を鷲摑みにし、散々揺さぶり、ニタリと笑った。

「最後に彼氏とのセックスの話を聞かせてよ。話が尽きたら、終わり」

近藤のすぐ頭上に白熱灯が眩《まぶ》しく光っていて、不気味に彼の彫りの深い顔に翳《かげ》を作る。

碇の顔が近藤の肩越しにぼんやりと、見えた気がした。涙で視界がにじみ、よくわからない。恐怖から来る幻影を見ているのか。両手を拘束されているので、涙をぬぐうこともできない。

近藤が更に顔を近づけて「さあ、話して」と迫る。彼の顔以外何も視界に入らなくなる。碇の幻影は消えてしまった。礼子は一度呼吸を整え――近藤に、挑んだ。負けない。

「――彼、本当にすごいの」

「そう。どうすごいの。腰を振る速さ？　持続力？」

「私、前にも一度、半グレに捕まって船底に閉じ込められたことがあって。でもいまよりまだましな恰好だった、制服ははぎ取られたけど下着姿にさせられて」

「え？　半グレにレイプされたの」

「いいえ。碇さんが助けに来てくれた」

つまらないと言いたげに、近藤が電動ハンマドリルに細く鋭利な刃を取り付けた。

「もうそれ以上、僕が萎えるようなことを言わないで」

「おととし、江東区が水没するほどの高潮被害が出た台風があったでしょ。あのときだって彼、すごかったの」

「台風の夜か——燃えるね。沖を警戒中に警備艇の中で、セックスか——」

「あのとき、私と彼は沖に出てアングラな連中とドンパチやりあったの。AK47とかコルト45とか平気でぶっ放してくる連中とよ」

近藤はすっかり白けた表情だ。

「君にはがっかりだよ、有馬さん。こんな退屈な女、初めてだ!」

礼子は近藤の背後に一瞬視線をやり、必死に恐怖を飲み下す。

「そういうのはホント、萎えるどころか反吐《へど》がでる話だね。B級ハリウッド映画みたいな話。怒りすら込み上げてくる」

「——彼は必ず来るわ。あなたを逮捕しに」

「どうして嫌いだかわかる?　B級ハリウッド映画って、ご都合主義な展開ばかりじゃない。ヒロインの危機一髪のところでなぜか間に合うヒーローとかって……」

「後ろ」

え、と近藤は後ろを振り返った。背後に立っていた男――碇拓真に初めて気が付いた。驚く暇もなく、近藤は混乱した顔のまま吹き飛んだ。梁に体を強打し、ビルジまみれになっている。言葉にならず、迫ってくるヒーローと礼子を交互に見上げている。

「い、いつの間に……！」

「あんたが防波堤に女の名前を付けて気色悪くその名前を読み上げているときだよ」

「ど、どこから……！」

「ここへは天井のハッチか、機関室から延びる通路からしか入れないだろ」

「俺はついさっき祈りを取りに機関室の倉庫へ――」

「ああ。俺が抜き足差し足で通路を渡ろうとしたら、あんたがつかつかとやってくるんで慌てて機関室のエンジン横に隠れたんだよ」

近藤はまだ混乱している様子だ――というより、あっさり刑事に踏み込まれた現実を信じたくないようで「嘘だ、嘘だこんなのは」と繰り返している。

礼子は最初、暗闇に溶けてじりじりとこちらに近づく碇が、幻影にしか見えなかった。頭上の白熱灯の明かりが眩しすぎたせいだが、二メートルほど手前でようやく本物だとわかり――必死に近藤の注意を引き寄せようと、話し続けたのだ。

碇は慣れた手つきで近藤の右手に手錠を掛けた。立て、と腕を強く引く。恐怖で腰が抜けたのか、腕からぶら下がるだけだ。もたつく近藤の尻を、一発、二発と蹴り上げる。近藤は悲鳴を上げてようやく立ち上がった。碇は横から突き出た梁に手錠の反対側を通した。

やっと礼子に向き直り、碇はため息をついた。

「お前、なんて恰好をさせられてるんだ」

「ごめんなさい、碇さん――」

終わったはずの恐怖がせり上がる。嗚咽《おえつ》もなく、ただ瞳から涙がぽろぽろと落ちた。

「いや、気づくのが遅かった。すまない」

碇が気遣うように言う。その声と「お前は海を舐めている」と礼子に忠告した今朝の声が重なる。碇は大人だ。頭ごなしに叱らない。自分はまだまだ全然だめだ。警察手帳を貸与され正式な警察官になったことで碇に追いついたような気になっていた。

「ごめんなさい、碇さん。ごめんなさい」

「謝らなくていい。けがは？　どこか痛いところはないか」

嗚咽で言葉にならない。ただしゃくりあげて泣いていると、よほど怖い思いをしたのだろうと、碇はますます優しくなる。

「みんな来てる。日下部や高嶺や松原隊長も、上で待ってる。大丈夫だから、泣くな」

みんなで礼子を助けに来てくれた——嬉しいという以上に、自己嫌悪のほうが強くてまた、泣けてくる。お前、そんなに泣き虫だったかと、碇が困ったように眉を寄せて、礼子の顔をのぞき込む。軽蔑する様子もなく——変わらぬ愛情を感じる。

「とにかくこのラップを外さなきゃだな」

「碇さん」

「ん？」

「なんで私のことなんか——」

「え？」

「なんでこんなどうしようもない私のことなんか、好きでいてくれるんですか」

「えっ……」

横やりを入れたのは近藤だった。手錠の手で不器用に耳をふさぐ。

「やめてくれ、そういう愛情あふれるやり取り。反吐が出る、体中に湿疹《しっしん》が出る！」

反吐が出るのはお前の性癖だ、と碇はまた容赦なく近藤の尻を蹴り上げた。

礼子が保護された。

東子はほっとため息をついて、第五洋魁丸のクレーン操縦席に手をついた。

第一水難救助隊に礼子が殺人鬼に捕まったと一報が入ったのは、東子が寮の食堂で林田と取っ組み合いのけんかをしているときのことだった。松原は、礼子の救出に向かう碇らとともに隊を率いて警備艇たかおに乗り込むつもりだったが、状況を見て東子のみを乗船させた。礼子が女性であり、性被害にあっている可能性が高かったからだ。

東子がいまいるクレーンは第五洋魁丸の船首部にある。この脇に、船底の空間に直接降りることができる小さなハッチがあった。近藤がここから出入りしているのを、碇らは駆けつけた警備艇たかおのデッキから双眼鏡でしっかりと視認していた。

第五洋魁丸に乗り込むと、碇は船底部へ降りるべく、一旦キャビンに入った。一階は厨房兼食堂のギャレーと呼ばれるスペースで、その下は機関室だ。碇は機関室脇の通路を抜け、船腹にある大きな荷倉脇の狭い通路をひっそりと進み――礼子が監禁された船首部に突入。無事、礼子を保護した。海底の道化師こと第五洋魁丸の船長・近藤照美も確保。

日下部がハッチのもとに屈《かが》みこみ、碇とやり取りしている。何か着るものをと言われ、東子は警備艇たかおで待機している松原隊長に予備のウェットスーツを持ってきてくれるように一報を入れた。日下部はハッチの穴から毛布を投げ入れたのみで、一旦待機とばかりにふうとため息をついた。

「この船が連続猟奇殺人の現場とはね……死体の解体はギャレーでやったのかな」

船底に入れないのならと、日下部は斜めになった甲板を横切り、キャビンへ向かった。手袋をしながら歩くさまは、まさに刑事の背中そのものだ。ふうんかっこいいじゃんと思いながら、東子も日下部の後に続いた。

日下部はギャレー内の様子に目を光らせながら、キッチン台に置かれたコンテナボックスを、何気ない様子で開けた。人間の手足が無造作にぶち込まれていた。強烈な腐臭が鼻をつく。

「ちょ……！」

東子は絶句し、口を押さえると――傾斜したままの床を転びそうになりながら走り、デッキへ躍り出た。左舷レールに手をついて、生唾を何度も飲み込み堪えていると、日下部の手が東子の痙攣《けいれん》する背中をさすりはじめた。

「ちょっと、吐いちゃうからやめてよ」

日下部の手を振り払う。

「吐いたほうがすっきりするよ。ここなら現場汚染にならないし」

「吐けるわけないじゃん、見られたくないし」

「平気で全裸でバスルームから出てきたくせに――」

からかい調子だった日下部の言葉尻がふと、途切れる。南に広がる海に魅入られたように見えたが、その視線が刑事らしく鋭く左右に動く。

温かく湿った霧雨《きりさめ》が降り続いているが、視界はある。南側三十メートルの位置に赤い布を垂らした警戒船がいる。更に南の海を、千葉方面へ船首を向けて横切るLPGタンカーが見えた。

LPGガスを専門に運ぶ船だ。ガスを搭載した楕円状のタンクが船腹で白く浮かんで見える。あたりは低い雲が垂れ昼間なのに薄暗いせいか、タンクだけが東京湾を横切っているように見えた。LPGタンカーがそんなに珍しいのかと東子は日下部の顔をのぞき込んだ。その横顔を見て、日下部が異変を感じているのは海ではなく空だと気が付いた。

「飛行機が一機も見えない。この時刻あたりから着陸ラッシュのはずなんだけどな」

羽田空港はラッシュ時になると、二、三分おきに着陸する飛行機がやってくる。それが東京湾をまたいだ木更津方面の空にまで続くので、飛行機が連隊して飛んでいるようにすら見える。それが、いまは一機も見当たらない。

「曇っているからじゃない？　飛行機は雲の上」

「いや。着陸するんだよ、高度はもっと低い。一機も見えないのはおかしい」

「どういうこと。空港が着陸制限している、ってこと？」

「――濃霧だ。もう羽田沖で発生しているのかも」

第五洋魁丸のいる若洲沖から羽田空港まで、直線で七キロほど距離がある。ここまで濃霧が広がるのは時間の問題かもしれないと、日下部は慌てて踵を返した。

警備艇たかおを出した磯部がちょうど、第五洋魁丸の甲板によじ登ったところだった。たったいま、警備艇たかおと第五洋魁丸の船首部とを繋ぎ係船を終えたようだが、いまにも出航したそうな顔をしている。

「羽田沖で濃霧発生。滑走路も閉鎖されたという情報が入ってきた。ここもじき濃霧に包まれる、早くこの船を運河に回さないと」

東子は驚いて眉を上げた。

「そういえば、この船の荷崩れ事故は早朝の話ですよね。なんで警戒船が出ているだけで、こんな時間までここに放置されているんです？」

「曳航ロープの固定に数時間かかったし、曳航時刻を打ち合わせしたくても近藤船長から応答がなくて――」

近藤は礼子に夢中でそんな暇がなかったのだろう。日下部がクレーンのたもとに入り込み、開いたハッチに叫ぶ。

「碇さん、急ピッチでお願いします。霧がやばいことになりそうで」

碇が「霧？　くそ、タイミングが悪い」と悪態をつく声を聞こえた。礼子が洟《はな》をすすりながら必死に自分の声に鞭打《むちう》つように、日下部に答える。

「見張りを十分にしていてください、すぐに行きたいんですけど、このラップが頑丈すぎて……」

続けて、拘束されている近藤船長と思しき声も聞こえてきた。

「何重にも巻かれた業務用ラップは手では引きちぎれませんよ。ナイフを使わないと。まな板の上の、ペティナイフを使ったらいいじゃないですか」

「あれは証拠品。碇さん触らないで、あれでガイシャの頭皮をはぎ取って――」

なんて凄惨な現場だったのかと、東子はまたしても吐き気を感じる。「これ使って」と日下部伝いに水中ナイフを渡した。

ハッチの脇で、磯部が苛立たしげにうろつく。

「参ったな。濃霧に包まれたら一時間は身動きが取れないぞ。この船に何かあったら係船しているたかおも道連れだ。とにかく一刻も早くたかおに乗って」

礼子に着せるウェットスーツを掴んだ松原が、第五洋魁丸に乗り込んできた。

「有馬は無事なんだな!?」

松原はまだその姿が見えないせいか、不安そうに呼びかける。

「大丈夫ですよ。もうすぐ姿を現しますから。松原さんは警備艇で待っていてください」

日下部はウェットスーツを受け取り、東子に言う。

「この船は危険だから、高嶺さんも警備艇に戻っていて」

まさか、残る、と言い返そうとした東子だが、ふと気になるものが視界に入る。

南の海のずっと先——恐らくは一キロ近く離れた海上を横切っていたはずのＬＰＧタンカーが、船首をこちらに向け、近づいてきている。なぜ方向転換したのか。この第五洋魁丸は航行不能だ。回避できないし、真横を通られたら、引き波で転覆しかねない。しかも、ＬＰＧタンカーの後を追いかけるように濃い霧の壁がわき立っている。

「どういうこと、なんであの船、こっちに向かってきてんの!」

東子はすぐさまキャビンのある船尾へ走った。操舵室のある船橋はキャビンの三階だ。鉄の階段を三階へひた走る。日下部もついてきた。

船橋に飛び込む。運河への曳航まで重油やバッテリーを持たせるためか、エンジンはかかっておらず、船は完全に沈黙していた。ＡＩＳやレーダーの電源まで切ってあった。

これはまずい。

ＬＰＧタンカーがＡＩＳ情報を頼りにしていたとしたら、あちらのＡＩＳ画面に第五洋魁丸の情報があがっていなかった可能性が高い。ＡＩＳは小型船には搭載義務はないので、間にいる警戒船にも搭載されていない。ＬＰＧタンカーのレーダー上に第五洋魁丸と警戒船の二隻が映っているはずだが、ＡＩＳに情報がない以上、ＬＰＧタンカーはこちらも小型船だと思い込んでいるかもしれない。しかもこの船は艤装が黒で、唯一暗闇に浮かぶ白いキャビン部分は北へ二十度傾いているから、南にいるＬＰＧタンカー側から見えづらい。霧雨が降り注ぐ視界不良の状況下で、あちらの船が第五洋魁丸の存在に気が付いていない可能性が出てきた。

東子は大急ぎでＡＩＳのスイッチを入れた。双眼鏡を取り、南の海をのぞく。目の前の光景に戦慄し「うそでしょ」と震える声で言うのが精いっぱいだった。

「どうしたの」

「LPGタンカーが、消えた……！」

「消えた!? もう通り過ぎた、ってこと？」

「違う。霧にのまれて見えなくなった！」

日下部も近くにあった双眼鏡を取り、南の空を見た。言葉もない――。

目の前にあるのは、靄《もや》がかかったような白い壁だ。空港の滑走路を閉鎖させるほどの濃霧が、とうとうこの海域にまでやってきた。じわじわと侵食するように、第五洋魁丸に迫っている。三十メートル先の警戒船も、濃霧に飲まれる寸前だ。

「まずいぞ。早くLPGタンカーに状況を伝えないと！」

「日下部君、VHF無線でもう一度救難信号を出して！ 私は警笛で知らせる」

東子は霧中信号と呼ばれる警笛を鳴らし続けた。長音と短音が混ざった独特のものだ。霧中信号を繰り返しながら、AIS情報にかじりついた。

「あのLPGタンカー、このままだとこの船に突っ込んでくる」

「東の千葉港に向かってたんじゃないの。なんで直前で北東方面に針路を変えたんだ！」

東子はAIS画面で、LPGタンカーの航路を確認した。浦賀水道を通って東京湾に入ってきた外航船で、韓国船籍。千葉港に入港するところだったが、そこを出港する大型貨物船とすれ違うところだった。

「視界不良だから、船間距離を取ろうと、あえて大きく舵を左に切ったのよ。ここに第五洋魁丸がいることに気が付いてなかっただろうから」

東子は言いながら、VHF無線機を取った。LPGタンカーに呼びかけた途端、聞いたこともないような言語で一方的にまくしたてられた。

「なに、いまの何語」

「英語でしょ。でもすごい韓国語なまりだ」

あーもう面倒くさい、と東子は英語で怒鳴った。

「ディスイズ第五洋魁丸、ウィーアーノットアンダーコントロール！」

LPGタンカーの船長がオーマイガーと叫んだのが聞こえた。操舵手に全速後進を命令している様子がなんとなく聞き取れる。

東子は更に、AIS画面からLPGタンカーの情報を取る。全長百五十メートルのLPGタンカーは、この第五洋魁丸の約一・五倍の大きさがある。船にはブレーキがないので、エンジンを停止しても行き脚でかなり先まで進んでしまう。基本的に船の全長の十倍と言われているから、このLPGタンカーは一・五キロ進む。全速後進したとしても、その半分の八百メートルほどは進んでしまうだろう。

第五洋魁丸との距離、もう百メートルを切っている。あちらは止まれない。ＡＩＳ情報から、ＬＰＧタンカーが再び大きく舵を左に切ったのがわかった。第五洋魁丸を回避しようとあちらも必死だ。間に合うか――。

東子はもう一度、双眼鏡で窓の外を見た。ＬＰＧタンカーどころか、三十メートル先にいたはずの警戒船の姿すら、見えない。真っ白の壁が目前に迫っている。

デッキにいた磯部が大慌てで船橋に乗り込んできた。

「まずいぞ、このままじゃＬＰＧタンカーと接触する、この第五洋魁丸は傾斜二十度、あっという間に沈没するぞ。碇君に急げと言ってくれ！　あと三分で警備艇たかおは速やかに避難する」

日下部はもう船橋にいても仕方ないと、キャビン内の階段を駆け下りる。東子も彼を追い、デッキに出た。傾いた右舷側は絶えず波に洗われていて、足を突っ込むともうくるぶしまで水がくる。東子はスマホを出し、着信履歴を見る。菱沼――。スマホを耳に当てる。日下部が東子を見て叫ぶ。

「東子さんは戻って！　ていうか電話してる場合じゃないだろ」

「救難は早ければ早いほどいい。いま、特殊救難隊を呼ぶ」

「特殊救難隊!? 呼ぶほどの事故は起こってない」

「この船は接触したらすぐに転覆する。そうなる前にヘリから吊り上げ救助をしてもらう」

たぶんあの警備艇の船長は逃げ出すでしょ、と東子は、警備艇たかおに飛び乗った磯部を顎で指した。

日下部はクレーンのたもとへと急いだ。ちょうど、礼子がハッチから上半身を出したところだった。ウェットスーツをまとい、ベリーショートの髪は汗でぐっしょりと濡れていた。なぜだか、ホチキスの針があちこちに絡みついている。事情を聞いている暇はない。日下部が叫んだ。

「礼子！　すぐに避難だ、濃霧で視界ゼロ、その上LPGタンカーが異常接近している」

「嘘でしょ!?」

礼子は言うと、後から登ってくる碇を待たず、すぐさま三階の船橋へ向かおうとした。東子がそのウェットスーツの腕を摑む。

「違う、避難！　この船は航行不能！」

東子は厳しく礼子に言った。

「わかっています、でもなんとか衝突だけは回避しないと」

礼子は涙で目が真っ赤で、まだ膝ががくがくと震えている。それなのに自分に鞭打つように歩き出した。東子はその姿を見て、何も言えなくなってしまった。戻ったらしっかりしごかなくては、と思っていたが、あんな目に遭っていたのに果敢に海難を防ごうとしている。

碇もハッチから這《は》い出《で》てきた。周囲の海を見て、碇はきょとんとしたように言った。

「おい……ここは、どこだ」

「どこって、若洲沖——」

即座に答えた東子だが、改めてその周囲を見て、茫然《ぼうぜん》とする。

何も見えない。まるで船の周囲を白い布で覆われているようだ。とうとう第五洋魁丸も、濃霧に飲み込まれたのだ。周囲の海どころか、三十メートルほど先にあるはずのキャビンすらも見えない。上を見上げても、三メートル先のクレーンの頭が見えない。キャビンに向かう礼子の背中が白い霧に包まれて見えなくなる。東子も慌てて礼子の後を追った。

船橋に飛び込む。東子も礼子もまずは、ＡＩＳとレーダーにかじりつく。北東に向けていたLPGタンカーの船首はいま、衝突回避のために完全に西側を向いている。この第五洋魁丸も西向きなので、二隻の船は平行状態にあると言っていい。その距離、五十メートルを切っている。LPGタンカーの全長は百五十メートル。

「LPGタンカーの船首部は間違いなく衝突回避できるでしょうけど——このままじゃあちらの船尾がぶつかる」

「この船を後ろ、東方向に三十メートル動かせば、ぎりぎり回避できるんじゃ？」

右に傾いた船だが、後ろへ数十メートル直進することくらいできるはずだ。

「エンジンを掛けなきゃ……！」

碇と日下部が飛び込んできた。日下部が言う。

「二人とも、総員退避だ！　諦めろ」

「諦めない。ここで挽回《ばんかい》させてください！」

礼子は言うといきなり碇に抱き付いた。えっ、とひるんだ碇の懐から手錠のキーを出し、アッと言う間にキャビンを出る。碇は慌てて礼子を追いかけた。

「まさか近藤に操船させるなんて言うなよ。お前はあいつに監禁されていたんだぞ」

「犯人と被害者という前に、いまは海難危機に面した船長と、海技職員です」

「だからお前は水難救助隊員だろ、お前、さっきまで勝手な行動を反省していたのに、また――」

「だからこそ、ここでがんばらせて！　情けない自分のままでいたくない。リベンジさせて！」

言い終わらぬうちに、礼子は斜めのデッキを走り抜け、ハッチの下に入った。やがて近藤が、血相を変えてハッチからよじ登ってきた。

「ＬＰＧタンカーが急接近？　なんだって急に――」

キャビンの外階段で待っていた東子は初めてシリアルキラーの顔を見たが、吟味する余裕もない。叫んだ。

「とにかく、エンジンを掛けたい。そしてすぐに全速後進三十メートル、それだけで衝突は回避できる。早く機関室へ行って！　あなたの船でしょ、機関士がいなくても絶対にエンジンを掛けて！」

「もちろんだ！」

加害者と被害者だったはずの二人は揃ってキャビンに入ると、近藤は船内の機関室へ降りていく。礼子は階段を上がり、船橋に戻ってきた。そわそわするしかない碇や日下部を見て、なんでまだいるの、と礼子は咎める。

「刑事は警備艇に避難してください！」

「バカか！　お前と近藤を残して立ち去れるわけないだろ！」

「じゃ、見張りをお願いします！　碇さんは左舷船腹を、日下部君は船尾から、LPGタンカーを見張っていてください！」

三階の船橋に引っ込んだ礼子が、次々と救命胴衣、それから双眼鏡をみなに配る。救命胴衣を装着した碇の背中を、礼子が投げた双眼鏡が直撃する。この野郎、と碇は怒鳴り散らしたが、その太い眉毛のすきを縫うように水が滴り落ちる。気が付けば全員が、霧でびしょ濡れだった。

「畜生、また今回も俺たちはずぶ濡れか」

「とにかく、俺は船尾に行きます！」

日下部は言うと、もう一度東子を振り返った。警備艇に避難を、と言われると思ったが、腕を摑まれた。

「東子さんも一緒に来るだろ」

「もちろん」

「――海保にいたこと。黒歴史なんかじゃないじゃん」

それを誇っていいと言いたげに、日下部は東子の肩を叩いた。

待って、と上から礼子の声。「これも！」今度は三階の窓から無線機が降ってきた。東子がキャッチし、救命胴衣のポケットに無線をねじこんだ。日下部と船尾へ走る。

相変わらず、あたりは真っ白で何も見えない。音だけが頼りだ。海は恐らく、鏡のように凪いでいる。波の音もほとんど聞こえない。LPGタンカーのエンジン音と思しきもの、霧中信号の音が聞こえるのみだ。それも、どんどん近づいてきている。

不意に甲板にぶるりと振動が走り、東子の半長靴の足を揺らした。重油のにおいが漂う。キャビンのファンネルから黒煙が上がっているはずだが、白い霧に負けて何も見えない。黒が白に負ける。よほど濃密な霧が発生しているのだ。

エンジンが掛かった。

さあ、動くか――。

「バカやろー!」と怒鳴り散らす声が、霧の中のどこかから聞こえてきた。警備艇たかおの磯部の声だった。

「動かすなら動かすと無線しろ、殺す気か‼」

東子は慌てて、たかおが係留している船首へ向かった。一メートル以内に近づいて、その姿がやっとぼんやり見える。磯部が係留ロープに斧《おの》を振り降ろしたところだった。礼子は、磯部が船を出して碇らを乗せてきたことを知らない。東子や日下部が伝えるべきだった。茫然とデッキに立つ松原を乗せ、警備艇たかおが北へ向けて急発進、あっという間に見えなくなった。

追いついた日下部が「ふざけんな！」と叫び返す。「見捨てるのかよ、磯部！」すぐに、霧の中から磯部の罵声が飛んできた。

「見捨てるわけない、だが傾いているのにエンジンが掛かった船と仲良くロープで繋がれ続けるような危険な真似《まね》ができるか！」

互いに霧の中にいて姿が見えないせいか、日下部も言葉が辛辣になる。

「だからってあんたはいつも逃げる！」

「安全を優先しているだけだ！　有馬をはじめあんたら強行犯係はいっつも無茶ばっかりする！　これまでいくつ警備艇を壊してきたと思っている。だいたい、濃霧注意報が出ているのに有馬を助けるために俺は無理に船を――」

東子は日下部の腕を引いて、言った。

「文句は言っているけど、あの人、近くにはいてくれるみたいよ」

救命胴衣の無線機から礼子の怒鳴り声が聞こえる。

「峻、東子さん、スクリューを確認して！」

二人は慌てて船尾へ戻る。

日下部が「了解」と短く答えて、低い滑り台を下から上がるようにして船尾の左舷に上がった。下をのぞき込んだ日下部は、猛烈な水飛沫《みずしぶき》を顔面に受けてひっくり返った。

「くそっ、なんだこれ！」

「船の傾きのせいで、スクリューが空転してる！」

畜生、と顔の水を振り払いつつ、日下部は礼子に無線で知らせる。

「こちら日下部、だめだ！　スクリューが空転している」

この船はもう、みじんも動けない。

東子は日下部の無線機を奪い、船橋の礼子に訴えた。

「すぐに警備艇たかおに避難する。もう一度接舷するよう、無線で伝えて！」

「警備艇たかお？　たかおで来てたの？　早く言って！」

礼子が無線の向こうで叫ぶ。日下部はつい叫び返した。

「泳いでくるわけないだろ！」

礼子はもう日下部を無視し、無線で磯部とやり取りを開始する。その声が、霧の中、そして無線機越しに聞こえてくる。ひどいけんか腰だ。

「接舷は無理だ、もう五十センチ先が見えない！」

「そこは海技の腕の見せ所でしょ。磯部さん怖がってないで、接舷して！　あてもなく泳いで警備艇たかおに辿り着けというの」

「お前に指示される覚えはない、もう海技職員じゃないだろうが！」

「ええ、私はもう警察官です、だから従って！」

「警察官やら刑事がそんなに偉いのかと、海技職員時代はぶうたれていたくせに、立場が変わった途端にその態度か！」

元上司と部下の激しい応酬の横から、冷静な殺人鬼の声が割り込んできた。

「けんかしている場合か、ＬＰＧタンカーまでの距離、三十メートルを切った！　もう無理だ、恐らくあと一分で、タンカーの船尾と本船の左舷が激突する！」

右に傾いたこの船はひとたまりもなく、転覆・沈没だろう。

不意にぬっと白い靄から現れたのは、疲れ切った様子の碇だった。

「磯部は怖がって接舷できないだろう。警備艇には戻れない。衝突は時間の問題だ、一旦キャビンへ避難だ」

「絶体絶命――」

日下部が呟いた。

「そんな簡単に絶望しないで」

言って東子は東の空を指さした。希望の音を聞いたのだ――。

強い照明を放つものが、雲と水の幕を透過し、東子たちを照らす。プロペラの爆音を立てて東の空からヘリが一機、近づいてきた。

特殊救難隊のスーパーピューマ『うみたか』だ。巨大なサーチライトで照らされて、若干視界が見通せるようになった。LPGタンカーの船体は見えないが、船舶灯火が目視できる。近藤の言う通り、その距離、三十メートルを切っている。

碇は、上をまぶしそうに見てあんぐり口を開けた。

「信じられない。この濃霧の中、どうやって飛んできたんだ」

警察も自衛隊も躊躇《ちゅうちょ》する、この濃霧での救助活動――それでもやってくるのが、海保の特殊救難隊なのだ。

うみたかがまっすぐ第五洋魁丸上空に到達した。強烈なヘリのプロペラの風、ダウンウォッシュが霧を一掃してくれる。LPGタンカーまでは見えないが、船尾にある三階建てのキャビンの姿が見えるまでに視界が開けた。

LPGタンカーのほうを見た。白い霧の隙間に赤いスモークがあがっている。信号紅炎だ。

そこで、東子は空を瞬くもう一つの光に気が付いた。

特救隊のヘリがもう一機、来た。サーチライトの向こうに見える機影が大きくなっていく。東子はまさか二機も来ると思っておらず、仰天して霧の空を見つめた。碇も、顔に張り付く水蒸気をぬぐいながら感激というより呆れたように言う。

「水上警察、出番ナシだな」

スーパーピューマ『わかわし』が、LPGタンカー上空に到着。ホバリングする。船同士の距離は五十メートル。ヘリ同士が接近しないよう、うみたかは第五洋魁丸の船尾上空へ少しバックし、安定した調子でホバリングした。

一方のわかわしは、LPGタンカーの船首部上空をホバリングしている。LPGタンカーは船尾をこちらに向ける形で、船首は南西方向を向いている。全長が百五十メートルあるので、ヘリ同士の距離は十分保たれている。

ヘリに装着されたスピーカーから、救助を呼びかける声が聞こえた。

「こちら第三管区海上保安本部羽田特殊救難基地、特殊救難隊です。いまから順次、吊り上げ救助を行います。船員のみなさんは一ヵ所に集まり、待機してください」

これから降下ロープが下ろされる。東子は全員を一旦、キャビン一階のギャレーに集めた。

「いい？　ここから先は私の言うことを聞いて。吊り上げ救助は二人いっぺんに行う。私が順番を決める。まず、礼子ちゃんと日下部君が一緒に上へあがって」

二人同時に、抗議の声が上がった。後でいい、というものだ。

「だめ。二番目が、碇さんと殺人鬼」

「ちょっと待って、じゃあ最後は東子さんなのか！」

日下部がそれこそだめだと激しく首を横に振りながら言う。

「最後は私じゃない。いまから降りてくる特殊救難隊員よ」

東子は言って、再びデッキに出た。ちょうど、降下ロープで隊員が一人、着地したところだった。吊り上げ救助中にこの船が沈没する可能性に備えているのだろう、ドライスーツ姿でゴーグルとシュノーケルを身につけている。

菱沼だった。

相変わらずの太い首。情熱的な分厚い唇。切れ長の瞳が静かに東子を捉えている。

つかつかとこちらに近づいてきた。

「お疲れ様です。吊り上げの順番は決まっています。若い二人を先に――」

と、後ろに立つ礼子や日下部をちらりと見やる。東子が菱沼の顔を改めて見た途端、拳が飛んできた。不意打ちだったから、東子は簡単にその場に倒れた。

「ふざけんな、なにしてんだお前……！」

日下部が激昂《げきこう》し、倒れた東子の体をまたいで菱沼に飛びかかる。

「やめて！」

「やめておけ！」

東子の声と、背後の碇の声が同時に重なった。東子は血の味をかみしめながら、立ち上がった。菱沼が言う。

「高嶺。なんで殴られたのかはわかっているな」

「わかっています。この海難を引き起こし、大変申し訳ありません」

「この船はそもそも一四〇〇に砂町南運河へ曳航するための準備が整っていた。なんで警察官が四人も乗っているんだ！」

礼子がまた涙目になり、謝罪した。

「すいません、私が殺人鬼に捕まってしまったからで」

日下部が抗議する。

「彼女を救出するためだった。高嶺さんはそれを手伝ったのに、なぜ殴るんだ！」

菱沼はほかの要救助者には一瞥もくれず、あくまで東子を叱った。

「お前それで元特救隊員か。素人ならまだしも、濃霧注意報が出ていて集団海難が予想される中、転覆しかけた船に乗るなんて――」

「申し訳ありません。彼らの乗船を止められませんでした。犯人逮捕に夢中で――私、もう陸の警察官なので」

東子は菱沼を思い切り、睨み返した。菱沼は顎を突き出して更に東子を睥睨してきたが、「あとで警視庁に厳重抗議する」で切り上げると、日下部と礼子を呼びつけた。

「そちらの二人からですね。こっちへ」

菱沼はバックパックに背負った袋から、救助用縛帯を出し、二人に装着の仕方を教えようとする。日下部がまた優先順位を辞退しようとするので、東子が強く言った。

「隊長に従って。そうじゃないとまた私が殴られる」

日下部は渋々、菱沼がしゃがんで広げたエバックハーネスの二つの穴に、足を入れた。礼子も従う。柔軟性が高い素材でできていて、体をすっぽりと包みこまれるので、安定感がある。菱沼がヘリを見上げ、グローブの指で合図すると、吊り上げ用のホイストケーブルが降りてきた。ケーブルの先に、もう二つ分のエバックハーネスがぶら下がっている。順次効率よく要救助者を引き上げるため、日下部と礼子を吊り上げている間に、次の順番の者にエバックハーネスを装着してもらう。

菱沼はホイストケーブルをキャッチすると、カラビナでホイストケーブルと、礼子と日下部のエバックハーネスのフックを次々と装着していく。

「二名、吊り上げ準備完了」

菱沼が無線で呼びかけた。礼子は無意識といった様子で、碇のほうに手を伸ばした。碇もその手を握り返す。

「大丈夫、すぐ追いつく」

日下部を見る。東子のことをじっと見つめていた。碇と礼子カップルと同じことを言うのはなんだかなと思ったので、日下部にアドバイスした。

「巻き上げ途中、かなり揺れるけど、落ちないから安心してね」

「わかってるよそんなこと」

それより東子が心配だ、と言わんばかりに切なげに眉を寄せ、日下部は吊り上げられていった。

新たに受け取ったエバックハーネスを広げ、碇と近藤に装着してもらおうとして——船にどすんと衝撃が走る。屈みこもうとしていた東子は前につんのめった。

「ぶつかったぞ！」

ＬＰＧタンカーの船尾が目と鼻の先に、壁のようにそびえていた。飛び移れるほどの距離だ。互いにフェンダーをぶら下げているしスピードが出ていないので、舷側が大破壊となることはないが——執拗《しつよう》に嫌がらせをするように、ＬＰＧタンカーの船尾が第五洋魁丸を、ぐいぐいと押してくる。ググググ、と嫌な音を立てて、第五洋魁丸がきしみ、右への傾斜がきつくなってくる。まるで船が悲鳴を上げているような音だった。

「巻き上げ急げ！」

菱沼が上に叫ぶ。ホイストケーブルの巻き上げ速度をあげたことで、日下部と礼子が何かに弄ばれるようにくるくると回転しはじめた。舞い上がった日下部の金髪と礼子の黒髪が、金と黒の横じま模様と化す。なんとか耐えて、と東子は祈りつつ、LPGタンカーの接触部位近くへ上がった。LPGタンカー側には、乗組員の気配はない。救命艇が出るのも見える。吊り上げは少数で済んだようだ。菱沼に言う。

「あちらのわかわしはもう乗組員の救助が終わったようです、上の二人を揚収して再びケーブルが降りてくるのを待つより、LPGタンカーに移動、わかわしから救助されたほうが早いかもしれない」

わかわしのホバリング位置であるLPGタンカーの船首まで百五十メートル。東子は碇と近藤に尋ねた。

「百五十メートル、どれくらいでいける？」

碇と殺人鬼が連続して答える。

「学生時代は百メートル走、十二秒でいけたが、障害物だらけじゃないか」

「百五十メートル……僕は三十秒は見てほしいな」

　二人の回答を受け、東子は計算する。

「ホイストケーブルの完全巻き上げ、日下部君と礼子ちゃんの完全揚収にあと二分、ホイストケーブルが降りてくるまでに更に一分」

　東子の独り言を、菱沼は「計、三分か」としっかり受け取める。話している間にも、ＬＰＧタンカーとの接触で、傾斜がどんどん、急になっていく。

「わかわしまで走ったほうが早い！」

　東子は決断し、碇と近藤をＬＰＧタンカー側へ促した。

「菱沼さん、無線でわかわしのパイロットに連絡を。あと二人の揚収を願うと」

　菱沼はすぐ無線を入れつつ、「お前はどうする」と尋ねた。さっきはいきなり殴りつけてきたが、怒りの沸点はあの瞬間だけだ。いまは冷静に、全員が生きて帰る道を模索している。

「私は菱沼さんと一緒、最後でいいです」

　碇と殺人鬼はすでにＬＰＧタンカーの船尾へ乗り込み、走り出した。その姿が見えなくなった途端、ＬＰＧタンカー上空をホバリングしていたわかわしが動き出すのが見えた。ふらっと舞い上がると、北の方向へ――第五洋魁丸上空へ向かっている。確かに、第五洋魁丸側の要救助者二名の揚収を頼んだが、まだこちらの上空にはうみたかがいる。双方のパイロット二人と菱沼の間で、うまく連携が取れていない。

わかわしの接近に驚いたように、うみたかが上空へと高度を上げた。席を譲るように、北の空のほうへ飛び立つ。

無線連絡を受けた菱沼が、慌てて碇や近藤に「戻ってこい、いや、そこで待機してろ！」と叫ぶ。菱沼は二度、三度と無線に怒鳴り返し、ようやく碇たちに指示する。

「わかわしは第五洋魁丸上空でホバリング、ケーブルを下ろす！」

「早く言ってくれ、バカやろー！」

碇は叫び、近藤と共にLPGタンカーの甲板を引き返してくる。だが――つい一分前まで、第五洋魁丸が押される形で接触していた双方の船が、いまはLPGタンカーが前進する力で引き離されていた。その距離、三メートル。簡単に飛び移れる距離ではない。

菱沼は「畜生！」と舌打ちし、無線でわかわしのパイロットに、ホバリング位置の修正を指示する。

「わかわし、LPGタンカー上空へ戻れ！　要救助者はLPGタンカー側だ！」

うみたかは戸惑ったように、更なる上空を旋回しているだけだ。

下手にわかわしにヘルプ要請するべきではなかったと、東子は額を押さえる。うみたかの揚収作業とケーブル降下を待てばよかった。することなすこと、すべてが裏目に出ている。

ホイストケーブルを中空に垂れた状態で、わかわしは若干、ホバリング位置を南のLPGタンカー側にずらす。パイロットと、ホイストケーブルの巻き上げを担当するホイストマンが何度も下をのぞき込んでいる。後ろ4――後ろ4。右1――右1。そと、互いの声を繰り返し、一メートル単位でホバリング場所の微調整をしている。そのやり取りが、菱沼の無線越しに聞こえる。

ヘリの風で細かくさざ波が立っている程度で、海は静謐《せいひつ》だ。海が、その背中でどたばたやっている人間たちをあざ笑っているかのような、凪《なぎ》だった。

わかわしは、ホイストケーブルの巻き上げが完全に終わっていない状況で、二隻の船の上空にいる。菱沼が「おいわかわし、ケーブルを……」と注意を呼びかけたとき、上空を旋回していたうみたかのダウンウォッシュで、ケーブルが左右に大きく揺れはじめた。大きな振り子のように、第五洋魁丸の船腹と、LPGタンカーの船尾を、まるで人間を弄ぶように行ったり来たりする。それが碇の体を直撃しかけた。

「危ない、伏せて！」と東子が叫ぶのと同時に、碇が「おわっ」と声を上げてしゃがみこむ。やがて大きく振れたホイストケーブルは第五洋魁丸のクレーンに引っかかってしまった。

「くそ！」

菱沼が悪態をつく声がする。東子はケーブルを外そうと、クレーンのある船首へ走った。衝突で傾斜がかなりきつくなった第五洋魁丸は、転覆直前といった様相だ。クレーンは斜め横に向かって突き出ている。クレーンに足を掛けて登りながら、東子は叫ぶ。

「ホイストケーブル、切断して！」

菱沼が無線で同じことを指示しているのだろう、ヘリの中でホイストマンが慌てている姿が見えた瞬間——クレーンの、錆《さ》びついた根元にバキッと亀裂が入った。空ではヘリがバランスを崩し、ホイストマンが落下しかけて足をぶらつかせている。

東子はクレーンによじ登り、ホイストケーブルが引っかかる箇所へ急いだ。次の刹那には鉄骨の一部が根元からぐにゃりと折れ曲がる。東子の手が届かぬうちに、折れた。

ホイストケーブルが、鉄骨の一部を巻き上げる形で、空高く舞い上がる。すぐ目の前にいた東子に、錆の粉や鉄の破片が降りかかった。

「危ない！」

誰の叫び声なのか、もうわからなかった。東子は頭を守りながら、上を見上げた。

それは、スローモーションのように見えた。

鉄骨を摑んだまま跳ね上がったホイストケーブルが、ヘリの機体より高く舞い上がり、プロペラを直撃する。金属同士が激しく接触し、破壊する音と同時に、プロペラの破片が回転しながら東子に降り注いできた。

慌ててクレーンの下に潜り込む。舞い上がったホイストケーブルはそのまま、破壊されてバランスを失ったプロペラの軸――ローターシャフトに絡みつく。ぎゅうぎゅうと金属のワイヤーが金属を締めあげる、嫌な音。これでもかと言わんばかりに東子の耳に届き、恐怖を逆撫《さかな》でする。

プロペラは急速に回転力を失い、ヘリの機体が降下を始めた。だが、尾翼のテールローターがまだ回転している。墜落スピードはゆっくりで、ふらふらと羽根が地面に舞い降りていくような光景だった。

「逃げろ、落ちるぞー!!」

ＬＰＧタンカー側から、碇が菱沼に叫んでいる声が聞こえた瞬間、東子の目の前にスーパーピューマの機体がどすんと落下した。

とてつもない音がしたはずだが、東子の耳には音として認識されなかった。

無音――いや、無常の世界だった。

ひどい衝撃で船が左舷側に大きく傾き、ずうんと沈む。どさどさどさ、と荷倉の砂が左舷側へ流れていく音が振動となって、東子の足の裏から耳に届く。甲板は完全に海面下に沈んだが、ゆっくりと浮き上がってくる。

機体は船腹の荷倉のフタである、ハッチカバーの左舷側に墜落していた。長い尾翼をLPGタンカー側に突き出した恰好だ。皮肉なことにヘリが左舷側に墜落した衝撃で、右舷側に偏っていた荷倉の大量の砂が、いっきに左へ流れたのだろう。傾斜が直り、船はほぼ水平に戻っていた。だが――。

スーパーピューマが堕《お》ちた。

プロペラを失《な》くしたローターシャフトが、ぎしぎしと鈍い音を立てて、のんびりと回っている。東子の目と鼻の先で。

ヘリの扉が、バタンと開いた。うめき声が聞こえる。中から特救隊のオレンジ色の出動服に身を包んだ隊員が一人、出てきた。血まみれだ。もう一人、操舵席からも、安全ベルトを外しながらヘリの外に脱出しようとする隊員がいた。高度が低く墜落スピードがゆっくりだったため、即死や重傷は免れたようだ。

東子も慌ててヘリに駆けより、中に取り残された隊員や、救助されたLPGタンカーの乗組員を次々と外へ脱出させる。菱沼はすでにヘリの中に入り、血まみれの隊員を背負って、ヘリの外に出ようとしている。

「飛び込め、ガスが漏れている！」

LPGタンカーのほうから聞こえる碇の声に、東子は戦慄して顔を上げた。

横倒しで墜落したわかわしの尾翼部分が、LPGタンカーの楕円のタンクを直撃していた。シューという嫌な音が聞こえる。碇と殺人鬼が同時に、海に飛び込むのが見えた。

東子の目の前にあったものが、真っ赤な炎に包まれる。一瞬遅れて、爆音が東京湾に轟《とどろ》いた。

第五章　ピエロと人魚

日下部はスーパーピューマうみたかが着陸し完全停止するのも待てず、ヘリのドア枠を摑む。コンクリートの地面に飛び降りた。

羽田特殊救難基地。特殊救難隊の基地で、羽田空港の中にある。

着陸したうみたかから吹き下ろすダウンウォッシュで髪が目の前で踊っている――黒い。日下部は手を頭にやって、掌を見た。煤《すす》で真っ黒だった。

後ろを振り返る。礼子が降りてきたが、足を下ろした途端に腰が抜けたのか、へたり込んでしまった。白地に水色のラインが走る海保のヘリは、爆発炎上の煙と煤をもろに受けて、機体が真っ黒になっている。

日下部は慌てて礼子のもとに駆けより、腕を摑んだ。ガクガクと震えていて、足が内股になっている。これまで数多くの海難を乗り越えてきた礼子であっても、ヘリの墜落と爆発炎上を目の当たりにし、下からの黒い爆風をもろに受け、完全に恐怖に支配されているようだった。

「——碇さんが」

　わかっている。あの現場に、東子も取り残されたままだ。うみたかは爆発炎上から来る火災旋風を避けるため、一旦羽田特殊救難基地に戻ってきた。

　特救隊員が咳き込みながらヘリを降りてきた。礼子と日下部に毛布をかけてやろうとしながらも、煤をもろに吸い込んだようで、肩が激しく上下している。顔が、真っ黒だった。自分も礼子も肌が黒く煤けている。あの炎のさなかにいたはずの碇はどうなった。東子はどうなった——。

　体を引き裂くような悲痛な思いが込み上げる。

「とにかく中の救護室へどうぞ——」

　隊員が咳き込みながら、二人を保護しようとする。日下部は断った。

「我々は水上警察です、救護の必要はありません。いま現場の状況は？　次のヘリはいつ飛び立つんですか」

　冷静でいようと努めても、声が震え、裏返る。

「ちょっと自分にも……」

　わからない、と隊員はがっくりとうなだれた。

パニックに陥っているはずの羽田特殊救難基地は、不思議と静まり返っていた。人がいないわけではない。二階建ての建物や、隣の航空基地をうろつくオレンジ色の救難隊の制服を着た隊員たちの姿が見える。だが、なぜかみな動きが鈍い。

「とにかく現場に戻りたい、ヘリを早く……！」

峻——と、礼子が日下部の腕を、強く引いた。煤で顔が真っ黒だが、瞳から絶え間なく流れた涙の跡が白く光っている。

「峻。無理よ。ＬＰＧガスタンクにヘリの尾翼が直撃してガスが漏れている。あの現場はたぶん——一週間は燃え続ける。煙や火災による旋風で上空は大気が不安定になる。ヘリでの吊り上げ救助はもう無理だわ」

「だったら船で——」

「現場は灼熱《しゃくねつ》地獄よ。そこに突っ込める船なんかない」

「礼子！　なに弱気になってんだ、碇さんがあそこに残されたままなんだぞ！」

わかってる、と礼子はこれまでになくヒステリックに叫んだ。

「全部私のせい。私が潜水支援を放棄して好き勝手に殺人鬼の船に乗り込んで捕まったせい！　そして助けにきてくれた碇さんや東子さんが取り残されてしまった——わかってる、全部全部私のせいで……!!」

喚くだけ喚いて泣き出した礼子を、日下部は落ち着かせようと肩に手を置く。

「絶望するな、まだ助けられるはず――」

「爆発炎上しているのよ！　海保の特殊救難隊でも失敗したのに、設備も技術も足の爪の先にも及ばない警視庁の水上警察や水難救助隊に、何ができると言うの……」

ふざけんな。諦めない。

日下部はふらつきながら、特殊救難隊の二階建ての建物に向かった。偶然出てきた一人のベレー帽の隊員の肩を、乱暴に摑む。

「あんた、特救隊員だろ。潜水士の中のエキスパートなんだろ！　まだ何人も取り残されている、なんとかしてくれ！　なんとかできないなら、自衛隊を呼べよ、原子力潜水艦とかで海中からさ――」

「潜水艦は水深十メートルでは航行できませんよ」

冷静な言い草に腹が立つ。突っかかろうとして、相手が日下部の肩を叩く。

「落ち着いてください、我々はいまいぬわしを現場付近上空に送り、ヘリテレ映像を分析中、上が救助作戦を立案中です。現場で無用な混乱を引き起こすおつもりなら、いますぐ警視庁にお戻りください」

――さすが、落ち着いている。だが納得いかない。地団太を踏むしかない日下部に、「それから」と特救隊員は静かな瞳で振り返った。

「この羽田特救基地では自衛隊の話はタブーです。ご承知おきを」

「は？　どういうこと――」

「とにかく絶対に自衛隊の話は出すな、絶対だ……!!」

そう口にすると、隊員は突如、感情を爆発させた。

「俺たちだって仲間を見捨てやしない。要救助者は全力で救助する、これは俺たちが引き起こした二次災害なんだ！　てめぇの尻ぬぐいぐらい自分でする」

隊員は巻き舌で日下部に凄《すご》み、行ってしまった。

うみたかの操縦席から、ひっきりなしに無線交信が聞こえてくる。霧の中で激しい応酬をした磯部が、震える声で現場報告をあげていた。

「――墜落したわかわしの乗員四名並びに救助されたＬＰＧタンカー船長については、墜落後にヘリから脱出。爆発寸前に海に飛び込み、付近で待機していた本船が揚収。二名が重傷だが、問いかけには答えられる状態。えー、救助したヘリ隊員によると、第五洋魁丸側では二名の警察官と第五洋魁丸船長、そして一名の特救隊員が取り残されたままとのこと」

二名の警官――碇と東子だ。

礼子は打ち捨てられた人形のように、放心状態でヘリの足場に座り込んでいる。続けて、別の警備艇から現場報告が入った。

「こちら警備艇ふじ、爆心地より一キロ西、若洲公園沖より現状報告」

竹岡船長の声だった。今朝、城南島沖で一緒に捜索した。朝と夕でこの落差はなんだろう。連続猟奇殺人の捜査から、なんでこんな状況になってしまった。

「えー……ヘリは爆発したLPGタンクの黒煙に隠れて、機体が見えない。第五洋魁丸はヘリが左舷側に墜落した衝撃で、右舷三十度傾斜から回復、現在は水平を保っているように見えるが、ヘリの堕ちた船腹は完全に水中に没し、乾舷ゼロ状態」

竹岡が淡々と現場を報告する声が続く。礼子は私のせい、私のせいと泣いてばかりで、竹岡の声も耳に入っていない様子だ。

「LPGタンカー側は炎上で船体流出。船本体は、船尾より三十メートルほどの地点で真っ二つに割れている。第五洋魁丸は——ブリッジの窓が煤けていて、中に人の姿は確認できない」

竹岡の現場報告にかぶせるようにして、次々と消防船の無線が続く。海保だけでなく、港湾局や高輪《たかなわ》消防署の消防艇も全艇が出動し、現場海域に接近、消火活動の準備をしているようだ。

日下部は人がいなくなったうみたかの操舵席をのぞいた。備え付けのモニターで、ヘリテレ映像を見ることができた。いまは、いぬわしが映したヘリテレ映像が映し出されている。

海難現場上空やや南側から映し出したもので、画面の上が北。ゲートブリッジや若洲公園のある西方向が画面左に見える。

黒煙の隙間から、接触、墜落、爆発炎上を経て、L字を形成する二隻の船が映っていた。

第五洋魁丸はキャビンのある船尾を北に向けた状態だ。LPGタンカーは船尾から三十メートルあたりで船体が真っ二つに裂け、船首部は沈没したのか、姿が見えない。全長三十メートルになったLPGタンカーは、裂けて破壊された断面を東の千葉方面に向けている。そんなLPGタンカーと第五洋魁丸とを蝶《ちょう》番《つがい》のように繋いでいるのが、墜落し横倒しになったスーパーピューマわかわしだ。上空から見ると、二隻の船は見事なまでのL字型になっていた。

あんなところに人が残っている。

碇も、東子も——。

なんで、置いていってしまったのか。なんで自分が先に救助されてしまったのか。

日下部はヘリから出て、コンクリートの地面にへたりこんでいる礼子を見た。私のせいで、だったのが、いまは「私なんか」と自分を呪っている。その震える肩を摑んだ。

「行くぞ」

「――行くって、どこへ」

「俺は水上警察署員だ。五臨署に戻り、警備艇に乗って現場に出る」

息を切らし、ギャレーの水密扉《すいみつひ》に寄りかかっていた碇は、その熱さを背中に感じて思わず身を起こした。

炎の勢いが増している。

目の前では、近藤がどこか達観した瞳で、ぼんやりと宙を見ていた。七三にきっちりと分けていた髪は海水に洗われて、カッパのように顔まわりに張り付いている。

わかわしの墜落直後、ガス漏れを察知した碇は近藤を促し、すぐに海へ飛び込んだ。海面へ浮上すると、黒煙。右も左も、東西南北もわからず、海面にいるのに呼吸もままならない。これはたまらないと再び海に潜った。どこにいるのか正確な位置がわからない警備艇たかおまで、あてもなく泳ぐ余裕はない。ガスをまき散らすＬＰＧ

タンカーに戻れるはずもなく、碇と近藤は第五洋魁丸の船底めがけて泳ぐしかなかった。

幸い、炎の勢いをまともに受けているのは第五洋魁丸のクレーンがある船首部で、船尾にあるキャビン周辺には火の手は上がっていない。碇と近藤はなんとか甲板に転がり込んだ。だがそこは黒煙や火災旋風による火の粉が降り注ぐ地獄だった。碇と近藤は命からがらキャビン一階のギャレーに逃げ込み、出入り口の水密扉を閉めた。水も通さなければ、火も通さない。

内階段から三階の船橋に行き外部との接触を試みたが、電波の送受信ができない。どの計器も電源は入っており作動している。どうやら、キャビンの屋根についた無線送受信機が爆風で吹き飛んだらしい。そもそも窓の多い船橋は外の灼熱地獄の影響をもろに受け、耐えがたい暑さだった。碇は三十秒とそこにいられなかった。

信号紅炎は最初の海難で、近藤が使い切ってしまっている。

碇のスマホも近藤のスマホも、水没して使用不可だ。

生きている、と外の人間に知らせることができない。

東子や菱沼、そしてヘリの乗組員は無事か。だがこの丸腰状態からどうやってあの火の海の中、救助に向かうのか――。次の救難隊の到着をここで待つべきか。あれこれ考えていると、突然、近藤が言った。

「ピエロがいた」

ギャレーの中は静寂に包まれている。時折、コンクリートの壁の向こうで船の部品が爆風ではじけ飛ぶ音が聞こえる。もう人を解体していた不気味な空間ではなく、ただの海難中の船内といった様相だ。近藤は頭を抱え、河童《かっぱ》のようになっていた頭髪をぐちゃぐちゃに掻きむしる。

「ここまで泳いでくる最中に。海底に、ピエロがいた」

「なんのことだ。あんたのニックネームじゃねぇか」

「おもしろがってつけたニックネームじゃない。第三洋魁丸はミッドウェー海戦でピエロに撃沈された」

なんの話をしているのかさっぱりわからない。完全に錯乱状態にあるようだ。近藤は矢継ぎ早に続けた。

「第三洋魁丸についての話は、ちゃんと召集令状とか予測沈没地点とか、史料が残っているので。本当ですよ」

「ミッドウェー海戦に貨物船が？　まさか」

近藤は、哀愁漂う目で碇を見返す。

「みんな知らないんですよね。国家総動員法てのが戦中はあったでしょう。あれで民間の船は戦時徴用船として召集されたんですよ。民間フェリーも。貨物船も。漁船ですらも。その数、七千二百四十隻です。乗組員に、船長の息子とかね、まだ十代の少年なんかいても、平気で港から港へ兵器を輸送させてました。戦没者の数も半端ないんですよ。戦争に駆り出された海軍兵士の戦死は三割弱。だけど召集された船員たちなんか四割死んでますからね。みんな、国に命令されて死にに行ったんだと、父はよく話していました」

「――あんたの父親が?」

「ええ。戦争へ行く前は、優しい人だったと、父と幼馴染みの母は言っていました。戦争に行って変わってしまったと。父はまだその時船長ではなくて、たった十六歳の雑用係でした。私の祖父が船長だったんです。学徒出陣なんていうころですから、十六歳でも戦場に行かされる。第三洋魁丸はラバウル港で、空から機銃掃射を受けた。降り注ぐ銃弾で、ぱーっと水飛沫があがる。船の高さを越すほどに。こっちはただの貨物船だから、丸腰。鉄砲一つ持ってないからもう、やられっぱなしですよ。船長だった祖父も、機関士長も機関士も、みんな体を蜂の巣にされて血の海に沈んだ。自分だけが生き残ったと――父は泥酔するといつも泣きながら話していました」

その後、艦隊からの砲撃を船体に受け、第三洋魁丸は真っ二つに裂けて沈没。近藤の父親は海に投げ出された。少年ということもあったのか、それ以上の攻撃は受けず、米艦隊の船に引き上げられた。そこからが地獄の始まりだったらしいです、と近藤はなおもしゃべり続ける。いまこの海難現場で、あまりにのんきな告白だが、のんきと形容してよいのか戸惑うほどに、悲惨な話を。

「未成年だから戦争捕虜とも認定できない民間人というわけで――捕虜だったら良心的に扱ってもらえたのに、それにもなりきれなかった父親は米兵のおもちゃです。毎晩毎晩、一人の白人にレイプされ続けた。赤髪で分厚い大きな唇をした、青い目の男に――最初は親近感ある態度で父と接していたんですよ、風船をあげたり、ジャグリングをしてみせたりね。戦争が始まる前は母国でチンドン屋みたいなことやっていた男らしいですね。ある晩、父は耐えかねて、米兵がことに及んでいる最中に喉を切って殺害して、海へ逃げた。なんとかシンプソン湾の反対側の陸へ泳ぎ着いて、山へ逃げ込んでいた日本軍と合流できて生還したんだ」

だが生還してからも地獄は終わらなかった、と近藤は呟いた。

「終わらないんだ、戦争は、一度始めると、永遠に――」

密閉したハッチの扉を激しく叩く音がして、碇は現実に目覚めた。

「誰か外にいる……！」

まだ戦時中の世界にいる近藤を横目に、碇は慌てて水密扉のハンドルを回し、扉を解放した。体が溶けそうなほどの熱風が入り込む。火元はこのキャビンから五十メートル近く離れているというのに、この灼熱地獄。

ほとんど倒れるようにして中に入ってきたのは、びしょ濡れの東子だった。ヘリの墜落時、彼女は船首のクレーンのたもとにいた。猛火が襲いかかる甲板を抜けてキャビンに来ることは不可能だから、海に飛び込んで泳ぎ着いたようだ。ところどころ焼け焦げた出動服の隙間から、透き通るような白い肌が見えた。

「大丈夫か。けがは」

倒れ込んだものの、すぐに立ち上がって東子は「かすり傷一つない」と言い放った。破れた布の隙間からのぞく白い肌の上で、血と煤が混じっている。近藤が戦時中の話をしていたせいか、碇には空襲を逃げ延びた女のように見えた。

「なに言ってんだ、傷だらけだぞ。墜落したヘリの目の前にいただろ」

「いたけれどすぐ海に飛び込んだ。百メートル先に警備艇たかおがいて、みな救助されたわ」

「ヘリの中にいたのは全員、助かったのか」

驚愕《きょうがく》した碇だが、東子は当たり前のような顔をしている。

「隊員は厳重装備をしている。あの程度の高度の墜落ならよほどの悪運が重ならない限り、死なないわよ」

ただ――と東子が続ける。

「ヘリの中に入って、脱出を手助けした菱沼さんは、間に合わなくて――」

「彼だけはまだ、ヘリに取り残されているのか……？」

東子はうなずいた。呼吸を繋いだのか、涙を堪えたのか、一瞬、黙り込んだ。

「――碇さんたちの姿も見えないから」

「引き返してきたのか」

「置いていけないもの。あなたたちも、菱沼さんも」

「日下部や礼子が乗ったうみたかはどうなった」

「西の空に飛び去った。いまごろ基地で保護されている。大丈夫」

「次の救難態勢が整うまで、この船がもつかどうかだな」

碇は近藤を振り返った。まだ、父親が近藤の心に刻んだ悪夢の中にいて、ブツブツと独り言を繰り返している。仕方なく碇は東子に尋ねた。

「スーパーピューマは何トンくらいある？」

「燃料や積載している機材を含めると、おおよそ五トンよ」

「このガット船は満積載で三百トン近い砂利を積むことができるはずだな？」

碇は近藤に確認する。目の焦点が定まっていない。碇は近藤の前にしゃがみこみ、頬をぺちぺちと叩いて、積載量を確認する。

「おいしっかりしろ。いま、荷倉の砂の総重量は？」

「え？　なんの話だ」

「第五洋魁丸の現在の積載量だ」

「もちろん、適量の二百トンだ。うちの荷倉なら、三百トンでも航行できるが」

五トンのヘリ一機乗っかっているくらい、へでもないだろう。すぐに沈没はしないはずだと、碇は安堵《あんど》のため息をついた。

「問題は、タンカー側から噴き出している爆炎だな。この船の船首はあれを左手からもろに受けている」

東子は考え込みながら言った。

「あの規模のＬＰＧタンクだと……ほっといたら一週間は燃え続けるでしょうね。そして熱風と黒煙のせいで普通の巡視艇は近づけないし、火災旋風で空からの救助も厳しい」

「消防艇が消し止められるか、だな」

「微妙なところよ、LPGガスの噴出を止めないとどうしようもない。それに――」

東子は頭を抱えた。

「特救にとっては、最悪の二次災害になってしまった。二次災害を引き起こしたというだけで最悪なのに。よりによってLPGタンカーの事故って……」

独り言のようにまくしたてると、とにかく、と東子は強引に断ち切って顔を上げた。東子がイニシアチブを取るように、碇と近藤を交互に見る。

「しばらく船は沈まない、そして救助も来ない、ということね。それなら私たちで、ヘリの中にいるはずの菱沼隊長の救難を行います」

さすがに碇はひるんだ。近藤は東子の提案でやっと我に返ったのか、目を丸くして抗議した。

「冗談――あの爆炎の中に飛び込むつもりか。三次、四次災害が起きて全員死ぬぞ。あんた、バカじゃないのか」

「バカでいい。死んでもいい。後であのときどうして助けなかったのかと、後悔し続けて生きるぐらいなら」

重々しい言葉を東子はずいぶんあっさりと言った。だが不思議と軽率さはない。

「俺はいいよ、生きないから」と近藤は態度で示すように、でんとギャレーの床に座った。「陸に戻ったってどうせ死刑台送りだろ。ここで静かに船と運命を共にする」

「運命を共にするのは結構だが、ただで死なせてくれるかな」

碇の言葉に、近藤がどういうことだと腰を浮かせる。

「前例がある。昭和四十九年の第拾雄洋丸というＬＰＧタンカーと、貨物船パシフィック・アレスの衝突・炎上事故が東京湾であった」

東子は驚いたように、碇を見返した。知っているのか、と。

「あのときも海難現場は火の海。しかも最悪なことに強風で爆発炎上を繰り返すＬＰＧタンカーが、川崎方面へ流されていた。このままでは陸も火の海になる。だが、海保は十日経《た》っても鎮火できずにいた。そこで登場したのが、自衛隊。そうだったな」

碇は同意を求め、東子を見た。東子は苦々しい顔でうなずいた。彼女はやはりまだ心根が海上保安庁なのだなと思う。東子が続きを話す。

「海保の役立たずということで、自衛隊の艦隊がやってきて、爆発炎上する船を撃沈。事態はようやく収まった――」

「その反省を受けて発足したのが、海上保安庁の特殊救難隊だったか」

「碇さん、物知りなのね」

誉《ほ》め言葉とは思えないほど軽蔑したように東子は言い、続ける。

「特殊救難隊にとっては、海難の後処理を自衛隊に頼むというのはトラウマなわけ。だけど、今回の事故は明らかに特殊救難隊の連係プレーがうまくいかずに起こった二次災害よ。そして海保にはもう特殊救難隊より上の救難技術を持つ隊がいない」

「——さてこの炎上する船は今後、どの陸地に向かって流されるか」

「また自衛隊が出動する可能性は、なきにしもあらず」

近藤は何かに急かされるように、立ち上がった。

「まさか……撃沈処理前に生存者の捜索がされるはずだろ」

その通りだが、この船を知り尽くしている近藤の助けがないと、ヘリに取り残された菱沼を救助することができない。近藤にやる気をだしてもらうため、碇は嘆いた。

「どうやって生存を確認する？　キャビンの屋根の無線送受信装置が吹き飛んで、無線は使用不可能だし信号紅炎もない。船橋の窓を開けておーいとヘリに手を振りたいが、窓を開けたら灼熱地獄で火の粉を浴び、キャビンまで延焼してしまう」

「のろしをあげても、あの黒い煙と混ざって意味がないでしょうしね。警笛は使えない？」

「スピーカーも無線と一緒に吹き飛んでいるんだろう。音が鳴らない。だがヘリの中にいけば、救難信号を出せるかもしれない。なんとか生存を陸の人間に知らせないと、風向きによっては即座に俺たちは自衛隊に撃沈されてしまう」

近藤は膝を叩き、立ち上がった。

「よし。すぐさま、隊員を救助しよう！」

わかりやすい男だ。碇はこの後の救難手順を任せるべく、東子に視線を送った。東子は大きくうなずき、近藤に言う。

「何か書くものと、船内無線機三つ。それからこの船の構造を知りたい」

近藤が船橋から、端の焼け焦げたメモパッドと、ガット船の構造に関するファイルを持ってきた。中は灼熱だから、戻ってきた近藤は汗まみれで息が上がっている。プラスチックのファイルは熱を帯びていた。

東子は船腹にある荷倉の構造をくまなく読み込む。

「いま船腹は乾舷ゼロ状態だから、ハッチカバーを開けられない？」

「開けたら即、水が船腹に入って沈没だ。それに、ハッチカバーの上にヘリが横倒しになっている。ハッチカバーが可動するかどうか」

「デッキからヘリに近づいたほうが早いんじゃないか？」

「よほどの防火服がないと、全身火傷《やけど》を負うわよ。それにヘリの機体も相当な熱を帯びているはず。扉に触れた時点で、掌の皮膚が火傷でズル剝《む》けになるわね」

近藤が身を震わす。女の頭皮は平気で剝ぐくせに。

「爆炎で前後左右からヘリに近づくのは無理、火災旋風で真上からの救助も無理なら、真下から助けるのはどう？」

「真下？　下はハッチカバーだろ」

「更にその下。荷倉から、という意味」

どうやって、と碇が尋ねる前から、近藤が鼻で笑う。

「いま、ハッチカバーを開けられないと言ったばかりだ。乾舷ゼロなんだぞ」

「ハッチカバーじゃないところから、荷倉の中に入れない？　船内から荷倉の壁を壊すとか」

「荷倉の中には二百トンの砂が詰まっている。壁を壊した途端に蟻地獄《ありじごく》だ」

東子はめげない。

「礼子ちゃんを閉じ込めていた船首部の船底に空間があるわよね。この部分に荷倉の砂を逃がして荷倉を空っぽにして、その内側からヘリの内部に侵入できないかしら」

「無理な話だ。あの狭い空間に二百トンもの砂は入らない」

「船尾部に空間は？」

「船尾は機関室だ。砂をやるスペースはない」

「二百トンすべては無理でも、半分か三分の一でも荷倉から出して、中に入れれば――」

「ちょっと待て。そもそも、荷倉の壁を外側から壊すことは可能か？」

機関室から船首部へと続く通路の壁を壊せばよいのではないか、と東子は言う。礼子を救出する際に碇が通った、人一人がやっと通れる簡易的な通路だ。様々な配線やパイプがあちこちにむき出しになっていた。

「電動ドリルとかで破壊できないかしら」

東子の問いに近藤は目を輝かせた。「いい工具がある」と内階段を下りていった。礼子を殺害しようとして、大量の工具を見せびらかしていた。電動ハンマドリル、エンジンカッター、大型のノミ、ハンマー……。それらを持ってくるに違いない。

連続殺人鬼の所有物だから殺人捜査の刑事としては手を触れずに押収したいところだが――背に腹は代えられない。

やがて近藤が、船首船底部に置きっぱなしになっていた工具箱を三つ抱えて戻ってきた。汗まみれだ。

「あそこ、えらい暑さだったよ。サウナ状態だ」

「船首船底部の真上はＬＰＧタンカーの爆炎にあぶられている状態だものね」

東子は、ヘリに残された菱沼の状態を更に心配したのか、唇をかみしめ、工具箱を受け取った。まずは電動ハンマドリルの工具箱を開ける。なんの説明も必要とせず、何種類かある刃を吟味し、ドリル状のものを選び取って、装着する。動作確認までした。エンジンカッターも同様になれた手つきで作動させる。水中仕様のものを、海保の潜水士たちは海難現場で使いこなすから余裕の体だ。さすが元特救隊員、と思う。

東子はあまりに頼もしい。

「問題は、荷倉のどこから穴を空けるか、だな。やみくもにやっている時間はない」

船の艤装に立ち会った近藤は、荷倉の構造にも詳しかった。鉄筋コンクリート製で、壁の厚さは十センチほどだという。

「荷倉の内側を清掃する際に水を流す排水口が、荷倉の底にある」

船内図を指す。正方形の荷倉の左舷船首付近に近藤は×印をつけた。

「人の頭くらいの大きさだ。通路脇の外壁ではなく、荷倉の底にもぐりこんで、排水口の穴を工具で削って広げる。あふれ出てきた砂を、船首部の空間にスコップで投げ捨てていくしか方法がない」

東子は大きくうなずく。

「いいタイミングのところでハッチカバーを開ければ、ヘリを荷倉に落とせるわよね。そこで救助ができるわ」

碇は慌てて言った。

「待て。ヘリを荷倉の底に落下させるのか。深さは三メートルある。菱沼がけがをするかもしれない」

東子は首を横に振る。

「ヘリの全長は十八メートルあるのよ。尾翼がどこかに引っかかって完全には落ちないわ。でも、ヘリの機体が少しでも荷倉の中に落ちれば、爆炎からは逃れられる」

待て待て、と近藤が口を挟む。

「そもそも二百トンの砂を船首部の船底スペースに出す余裕はないと言ったろ。そんなことクレーンなしに手作業でやっていたら何日かかる。しかも下手をしたら砂が通路を塞いで、船首と船尾部が分断される。キャビンに戻れなくなるぞ」

砂まみれの荷倉か、サウナ状態の船首船底部に閉じ込められてしまうことになる。菱沼を救助できたとしても、ハッチカバーの向こうは爆炎。いまより悪条件下で船に取り残されることになる。東子と近藤は腕を組み、考え込んでしまった。

碇は再度、確認する。

「いま荷倉の砂は満積載じゃないんだよな」

「ああ。二百トンしか入ってない。満積載で三百トンだ」

「つまり、荷倉には百トン分のスペースがあるってことだ——俺にいい考えがある」

なに、と二人の目が揃って碇に注がれる。

「この第五洋魁丸をもう一度、右舷側に傾斜させる」


午後四時、日下部と礼子は警備艇たかおで沖へ出た。

若洲公園と中央防波堤内・外側埋立地に挟まれた位置——つまり、東京ゲートブリッジの真下だ。ほかに五臨署の藤沢と遠藤、由起子まで乗り込んできた。殺人捜査専門の刑事たちが集って海難現場に急行しても、どうしようもないのに——。

いつの間にか濃霧は晴れ、海は拍子抜けするほど凪いでいる。濃霧が海に残したのは、この爆炎船と気まぐれに吹く北からの風のみだ。

海難現場から二キロ弱離れているが、現場は猛烈な暑さ——いや、熱さだった。

バーナーのように炎を上げ続ける二隻の船は、海上を吹き下ろす風に右へ左へ流されている。いまは北からの風を受けて中央防波堤内・外側埋立地へ近づいているようにも見えた。

日下部は礼子と並び、デッキに出て双眼鏡をのぞいていた。熱さに耐え切れず、Tシャツを脱ぎ捨てて上半身裸になった。礼子がちらりと日下部の裸体を見る。

「羨ましい。私も全部、脱いじゃいたい」

幾分気持ちが落ち着いたのか、礼子が言う。ヘリから降りた直後はパニックになっていたが、慣れた警備艇で海に出た途端、少しは前向きになったようだ。殺人鬼から救出されたときのまま、上下ウェットスーツ姿の礼子は、海難現場からの熱風圏にいると、サウナスーツを着ているようなものだろう。ウェットスーツの中の自分の汗で溺れそうだ、と嘆く。

「脱いじゃえよ。いつだったか下着姿で悪党と水上チェイスを繰り広げただろ」

「下着、つけてない。我慢する」

元恋人からの衝撃発言も、日下部を動揺させるには程遠い。

「それに――碇さんはもっと熱い思いをしているかもしれないし」

また礼子は目に涙をためた。自分のせいで、と何度も自己嫌悪に陥っている。こんなに不安定な礼子を見るのは久々だった。碇と出会う前、仕事にやりがいを見出《みいだ》せずにいたころ、よくこんな態度をとっていた。水難救助隊に配属されたことがよほど堪えているらしい。

藤沢は押し黙り、ひたすら双眼鏡をのぞいている。遠藤はＶＨＦ無線で繰り返し、第五洋魁丸に呼びかけ続けている。頬に次々と伝い、顎から垂れる水は汗なのか涙なのか。

高輪消防署と港湾局の消防艇、海保の消防艇合計四隻が四方八方から消火剤をまき散らしているが、ＬＰＧタンク内のガスをどうにかしないことには火を消しようがない様子だ。火の手が収まる気配がない。

海上は海難現場をぐるりと取り囲むように、東京、木更津、川崎、横浜にいる海保の巡視艇が詰めかけていた。警視庁の警備艇もふじを筆頭に十メートル以上の大きさのものは沖へ出て状況を見守っている。神奈川県警の水上警察の警備艇しょうなん、千葉県警に所属する警備艇いぬぼうも海へ出ていた。

空は相変わらず特救隊のヘリいぬわしとうみたかが巡回。警視庁航空隊も出て情報収集に努めている。時折それをマスコミのヘリが邪魔をするが――日下部は上空を飛び交うヘリの中に、見慣れぬ迷彩柄の巨大なヘリを見つけた。思わず二度見する。双眼鏡の倍率を上げた。

「――自衛隊のヘリかな」

迷彩柄のヘリはスーパーピューマよりも一回り大きい。キャビンに引っ込んでいた藤沢が顔を出し、空を見上げた。

「習志野駐屯地の第一空挺団のヘリじゃないか」

「海保に変わって自衛隊機が吊り上げ救助を行うんですかね」

希望を見出したように、遠藤が日下部に問う。礼子が双眼鏡から目を離さず、声を震わせて言った。

「違う――あれは、偵察用だと思う」

「偵察？　やっぱり潜水艦？」

「違うわ。自衛隊が撃沈することになったときのために、いまから視察を始めているのよ」

撃沈――。

信じがたい言葉が出てきた。冗談、と思う。映画かドラマの話だろうと笑ったら、礼子は首を横に振った。昭和四十九年の、ＬＰＧタンカー第拾雄洋丸と貨物船パシフィック・アレスの衝突事故は、自衛隊が撃沈処理したことでやっと終焉《しゅうえん》したと――。

「そんな話、初めて聞いた。自衛隊が訓練以外で火器使用したなんて」

警備艇たかおの操船をしていた磯部も、件の事故のことを知っているようだ。海に生きる人々は陸の人間より、多くの海難事故を当たり前のように知っている。

「あのときと状況はよく似ている。皮肉なのは、あの四十四年前の教訓でできた海保の特殊救難隊が、二次災害で今回の海難事故を起こしてしまったことだな」

日下部はようやく合点《がてん》がいった。羽田の基地で特救隊員が、自衛隊という言葉にあれほど敏感だったのは、そんな事情があったからか。

「まさか、今回は撃沈なんてことは――」

遠藤が目を丸くして、誰にともなく問う。磯部が素人の疑問を玄人の疑問で返した。

「確か四十四年前の自衛隊の撃沈は、事故発生から二十日近く後だったはず。どうしてこんなに早く登場するかな」

日下部は首を傾げつつ、推論する。

「四十四年前と状況があまりに似ているからか――。撃沈処理の依頼がされる可能性があるから、いまのうちに現場を見ておこうということかもしれない。海保の中でもトップに君臨する特殊救難隊が起こした事故だから……」

由起子が気象庁からファックスで受け取った最新の天気図を持って、デッキに出てきた。少年犯罪に特化した刑事だったのに、雑学好きの彼女はいつの間にか天気図まで読めるようになっていた。

「ねえ、最新の気象図を見たんだけど、今後は北東の風が強く吹くと予想されている。このままあれが風に流されはじめたら、中央内・外側防波堤埋立地に激突、被害が波及するかもしれない。この船も錨泊地点を変えるべきよ」

日下部に嫌なひらめきがあった。

「――そういうことか。自衛隊の登場がこんなに早いのは、天気のせいだ」

「どういうことです」と遠藤が、急いたように日下部に問う。

「中央防波堤内・外側埋立地は、東京オリンピック会場になっていたはずだ」

「海の森水上競技場のことか！」

磯部が目を丸くして、後ろ――西の海を振り返る。

中央防波堤内・外側埋立地を隔てている運河を、まるでアーケードを形作るように連なっている、無数のクレーン。その真下が、海の森水上競技場予定地だ。

「まだ会場はできあがっていない。再来年の開幕に合わせて急ピッチで工事中だ」

「あの船が現場に突っ込んで周囲が火の海になったら、工事は台無し。オリンピックに間に合わなくなる……！」

中に取り残されている碇たちはもう死んだとみなされ、撃沈される可能性がでてきた。

一歩歩くたびに、スチール製の通路を革靴が蹴る音が甲高く響き渡る。

最初、碇がこの狭い簡易通路を渡ったときは、恋人をかっさらった殺人鬼といよいよ対決だという高揚とプレッシャーで極度の緊張状態にあったが、いまは別の緊張で額にびっしりと玉の汗をかいている。爆炎を噴き上げるＬＰＧタンカーに近づいている。鉄製の舷側を通して、熱が船内に伝わってきていた。

碇は顎に伝った汗を手の甲でぬぐい、手に持った船内図と周囲の景色を確かめる。

「いま、このあたりか。排水管はこの真下を通っているはず」

後ろをついてきていた東子がしゃがみこみ、通路の隙間をのぞき込む。

この通路は、船体の基礎である鉄鋼の梁の上に渡された、簡易的なものだ。歩くたびに金属がやかましく鳴る。あちこち錆び落ちているところもあり、網状の通路の隙間から排水管ほか、船底にたまったビルジが見える。この暑さでビルジも煮立っているのか、結構な悪臭が漂う。

やがて通路を抜け、礼子が監禁されていた船首船底部に出た。さっきは右舷側に二十度傾いていた三角形の空間は、水平になってみるとずいぶん広さがあり、解放感があった。だが、そこには場違いなロッキングチェアと、板の上に置かれた生首――。

忘れていた。

「え、あれなんですか」

「二十一人目の犠牲者の頭部だ」

言って、うなだれる。ここは事件現場なのに、現場保存どころか、荷倉の砂を大量に移す必要がある。強行犯刑事が自らの手で現場汚染せねばならぬなんて――。

東子はすでに梁をまたぎ、ビルジに足を汚しながら、排水管を探している。これだけの規模の船だから、種々様々なパイプが縦横無尽に走っている。

「これかしら」

東子が指さしたパイプは直径十センチほどだ。通路の下から延びているが、途中、九十度ぐにゃりと曲がり、その先は荷倉の底へ向かう。東子は梁と梁の隙間に入り込み、巨大な荷倉の下をのぞき込む。髪や耳が、ビルジに濡れてもかまわない様子だ。懐中電灯を照らし、興奮気味に言う。

「やっぱりこれだわ」

「よし、まずはこの排水管を切断しよう」

東子がエンジンカッターの準備をする。碇は延長コードリールを置いてコードを伸ばしながら、無線で近藤に連絡を入れ、電源の場所を聞いた。電源は通路の天井付近にあった。東子がエンジンカッターを稼働させ、排水管の切断に入る。男の仕事じゃないかと思うのだが、東子は臆することなく、スチールの管を切断していく。

——耐えられない。

「高嶺、ちょっと一旦現場を任せていいか」

東子は、碇が何をしたいのかわかっていたようだ。勝手にどうぞという一瞥を送ったのみだった。碇は軍手の手で放置されたガイシャの首を摑んだ。何か包むものがあればいいのだが、何もない。頭皮を剝がされ頭蓋骨がむき出しになったそれと目を合わせぬようにしながら、碇は狭い通路を引き返した。上のキャビンには殺人鬼がいる。生首になってからも殺人鬼と二人きりにさせるのはガイシャが不憫《ふびん》で、碇はそれを機関室の床に一旦置いて、手を合わせた。

慌てて戻る。

東子はすでに、排水管を切断し終えていた。梁と梁の間にサンドイッチされたような恰好で、仰向けに荷倉の下の隙間にもぐりこんでいる。体の半分をビルジに浸していた。声をかける。

「おい、大丈夫か」

「ええ。これから排水口と排水管を切断します。ていうか、強行犯の刑事ってめんどくさ」

「え？」

「死人の首と、生死を彷徨《さまよ》っているかもしれない人、どっちが優先よ」

碇が答えられぬうちに、電動ハンマドリルの稼働音が聞こえてきた。刑事の性だ、と言い訳しても仕方がない。すぐに音は止んだ。

「結構腐食してる。引っ張るだけで取れるかも」

「よし。ここから引っ張ってみるか」

碇はしゃがみこみ、排水管を摑んで縦に横にひねってみた。バキッと聞こえた音は明らかにプラスチックが割れた音だ。排水管はスチール製のようだが、排水口との接合部分はプラスチックだったのだろう。中にたまっていた汚水がいっきに噴き出したようで、荷倉の底に入り込んでいた東子から悲鳴が上がった。

「大丈夫か！」

「足を引っ張って！」

碇は荷倉の底からちょこっと出ている東子の半長靴の足を思い切り引っ張った。東子が摑んでいた排水管も一緒に引き摺り出されてくる。

「おえー、気持ち悪い」

東子は汚水で顔が真っ黒だ。顔をぬぐっていう。

「一度顔を洗ってこい、続きは俺がやる」

碇は電動ハンマドリルを担ぎ、梁と梁の隙間にもぐり込んだ。だが、体がやっと入る程度で、身動きが取れない。

「碇さんのマッチョな体じゃ無理よ、梁と梁の間、五十センチもないもの」

東子も大柄ではあるが、肩幅は碇ほどはない。

「私がもう一度行く、排水管は外したから、後は排水口の蓋ね」

打ち合わせ通りの工程を、東子はしつこいほどに確認し、再び荷倉の底に入り込んでいった。電動ハンマドリルの作動音は、鉄鋼に囲まれている場所だからか、ひどく反響する。鼓膜が震え、痛い。

碇はキャビンで待機している近藤に無線を入れた。本格的な作業に入ったことを告げる。

「砂がパラパラと落ちてきた！」

咳き込みながら、東子が言う。その声を拾ったのか、無線の向こうで近藤が注意を促す。

「荷倉の底の排水口は、マンホールの蓋みたいなのがかぶせてあるだけだ。あれが外れたらいっきに砂が落ちてくる、気をつけろよ」

碇は無線を切り、「――だそうだ」と、東子のほうへ叫んだ。

「砂がいっきに落ちてきたら、呼吸の確保がやばそう」

「俺が一秒で引き出してやる」

言って碇は、荷倉の底から突き出た東子の半長靴の足元に再びしゃがみこんだ。

「酸素ボンベがあれば余裕……」

どーっと音がして、東子の声がかき消された。もう砂が落ちてきた。碇はいっきに東子の足を引っ張った。東子は砂まみれになって姿を現し、猛烈に咳き込んだ。砂はあっという間に荷倉と船底の隙間を埋め尽くし、じわじわと通路や船首船底部の空間へその触手を伸ばしていく。猛烈な砂埃《すなぼこり》が立って、まるで砂嵐の中にいるようだ。そういえば近藤に積み荷の種類を詳しく聞いていなかった。こんなに乾いた砂だったのか。もっと粒の大きい砂利だと思っていた。

碇も咳き込んでしまい、東子と会話にならない。碇はワイシャツを脱いで二枚に引き裂くと、片方を東子にやった。残りを自分の口の周りに巻く。

「ありがたいけど、オッサン臭そう」

日下部君のだったら喜んでつけたのになぁ、と東子は軽口を叩き、苦笑いで碇のシャツを口元に巻いた。まだまだ余裕がある。

東子は通路のほうにあふれた砂を、スコップで船首船底部の空間に投げ捨ててい く。碇は東子が投げた砂と共に、船の左舷側にあふれた砂を次々とすくって、右舷側に放っていった。船の重心を右舷にむけるためだ。

近藤によると、この荷倉は底が平らになっている。そして排水口の位置は、左舷側にある。船が右舷側に傾けば、荷倉の砂は更に右に寄り集まり、荷倉内部の排水口周辺にスペースができる。つまり、船を右舷に傾けることで、元々上部にあった百トン分の空間を左舷の方へ広げるのだ。そうすれば、中の砂を排出しきることなく、排水口から荷倉の中に進入することができる。

碇と東子はただひたすらに、左舷側へたまりがちな砂を、右舷側に追いやる。

サウナのような暑さの中、ひたすらに砂をかく作業が続く。普通の人間なら音を上げる作業だが、東子は愚痴一つこぼさず、淡々と体を動かしている。

「――特救隊員の訓練はよほど凄《すさ》まじいんだろうな。女でも、精進を続ければそこまでタフになれる」

東子は苦笑いで、続けた。

「潜水士の訓練の百倍は厳しい。というよりもう、最後は自分との戦い」

垂直百メートルの切り立った崖っぷちに降り、滝に打たれながら行う登攀訓練、極寒の凍《い》てついた湖に潜りこみ、分厚い氷に覆われているという圧迫感に耐えながらの救助訓練、実際に専門施設で炎を起こし、黒煙が上がる中を真っ黒になりながら行う火災救助訓練……。

「うちの名物訓練といえば、真夏の百キロ行軍とかもあるし」

米軍は五十キロ行軍なのに、と東子は苦笑いする。

「百キロ離れたところから地図も水も食料も持たず、ヨーイドンで基地に戻る。時間内にゴールできなかったら、即、クビなの」

百キロ……東京から前橋や宇都宮《うつのみや》、甲府あたりまでか。誇らしげに訓練内容を語っていた東子だが、表情を曇らせて続けた。

「あれだけの訓練を積んでいても……ほんの一瞬の気の緩みで、今日のような二次災害が起こる」

「ホイストケーブルを引っかけてしまったのは気の緩みじゃないだろ。運が悪すぎただけだ、現場は混乱していたし」

東子は碇のフォローをあっさり否定した。

「碇さん、災害救助の現場で起こったことを運・不運で片づけてはだめなの」

プロの言葉だなと碇は感服する。まさにその通りだ。

「救助の現場では、いつも隊員たちはとっさの判断の連続、その繰り返し。まずは救助に出るべきか、否かの判断があるでしょ。今日のような濃霧の中での出動判断もそうよ。それから、ホイストケーブルを下ろすタイミングもそうだし、二機のヘリが救助に出動しているときは、どちらのヘリが誰をどの順番で救助するのかも、現場は瞬時に判断しなくてはならない。その判断の間違いが積み重なると、今回のような二次災害が起こる」

いつも私たちは運命の三叉路に立たされているようなもの、と東子は喩えた。

「運命の三叉路？」

「どの道が正解なのか。どの道が生き残れる道なのか――経験と訓練で瞬時に正しい道を判断するのがプロよ」

運命の三叉路――なぜ交差点でも分かれ道でもなく〝三叉路〟なのだろう。

「なあ、高嶺」

改めて呼びかけた碇に、東子はきょとんとした視線を投げかけた。砂まみれ、汗まみれでも、男まさりの言動でも、時々垣間見《かいまみ》える女性特有の甘い目元。頰の上のそばかすが妙にかわいらしい。白い砂にちりばめられた貝殻の欠片《かけら》のようだ。

「お前はまだまだ、気持ちが特救隊員だな。特救隊のことを、うち、だもんな」

「だってまだ警視庁の現場配属になって一年もたってないし」

「別にいいんじゃねぇの。確かにうちのカッパは特救の足元にも及ばないし、そういうのを求められる部署でもない。だけど技術の底上げは必要だ。あんたがその役を担えばいいと思う」

「――へえ。みんな私のことを嫌っているのに、碇さんは理解ある。礼子ちゃんはそういうところにやられたのかな」

顔がいいとかセックスがいいとかじゃ、礼子ちゃん男を選ばなそうだし、と東子が揶揄する。碇は咳払《せきばら》いした。

「それで、ひとつ質問だ」

「なに」

「性根はいまでも特救なのに、なぜ特救を辞めた?」

東子は黙り込んだ。砂を右舷側に勢いよく二度放ると、顔の汗を腕でぬぐい言った。

「人魚が見えて」

潜水四十メートル地点の海中捜索での出来事を、東子は淡々と話した。

「そこは海溝になっていて、足を踏み外すと六十メートル水深の崖っぷち。当時の法律では、特救隊員は海底四十五メートルまでしか捜索できなかった。私は窒素酔いを起こしてしまって、人魚が見えた——人魚に襲われて、ウェットスーツごと肉を引きちぎられる幻覚を見て、パニックに。足を踏み外した挙げ句に、海底六十メートルの底に落下した。

「——そんな事故が。潜水墜落、という奴よ」

「当時の隊長が法律を無視して、潜水六十メートルまで潜って私を引き上げに来てくれた。それで一命をとりとめたの。でも私も隊長も重度の減圧症にかかって、現場離脱を余儀なくされた。隊長は私の命と引き換えに法律違反を犯したわけで、訓告処分も受けた。私のことなんか見捨てていれば、いまごろどっかの管区の副本部長ぐらいになれてたんじゃないかと思うんだけど。未だに特救隊の隊長に甘んじている」

「菱沼か」

東子は否定も肯定もせず——スコップ作業を急ぐ。今度は自分が彼を助ける番だと、そのしなやかな腕の筋肉が語る。

「あんたはその事故がきっかけで、海保を去ったのか」

「ええ。減圧症の治療が長引いたというのもあるし——私、特救隊としても潜水士としても、海保としては女性初だったから……」

「そうだな。女性はいない、それほど体力的に厳しいところだと聞いた」

「女性初の私が失敗したことで、後に続こうとした女性職員たちの道を閉ざしてしまった。海保にどの面下げて残れっていうの」

ていうかコレ全部黒歴史なんだけどな、と東子は自嘲した。

「日下部君にすら話さなかったのに。なんで私、碇さんにペラペラしゃべっちゃったんだろう」

碇がしゃべらせているのではなく、この海難現場がしゃべらせているのだ。

「ちなみに、なんの捜索中の事故だったんだ？」

「東日本大震災。石巻市の金華山沖の海で、行方不明者の捜索をしていたの」

そもそも私、津波でトラウマがあるんで――と東子はさらりと言う。

「それを隠していたのがいけなかった。菱沼隊長が知ったら私を捜索から外すだろうと思っていたから、あえて言わなかった。生還した後も、隊長は失敗したことではなく、トラウマを言わなかったことを叱責した。あれをちゃんと報告していれば、あの潜水墜落事故は起きなかっただろう、と」

「――津波のトラウマが？」

「私、奥尻島出身なの」

「北海道南西沖地震か」

「そう。小四のとき。一度は母と共に津波に呑まれたけど、私だけ生還した。母は未だに見つかっていない」

東子はしばし、無言で砂をかき出す。碇は何も尋ねなかったが、東子は勝手に話を再開した。

「私のせいなの。私が選択を間違えた。高台へ避難するルートの途中に、三叉路があって」

碇はつい手を止めて、東子を見た。

「私が選んだ道に、多くの犠牲者が出た。私はあのとき、確実に選択を間違えたんだと思う。母は灯台のあるほうへ逃げようとしていたけれど──私が、こっちだと。死の道へ母を引っ張っていった。それで津波に呑みこまれた」

その後の記憶が一切なくて……と東子は戸惑ったように続ける。

「津波に呑まれた後、なぜ私だけが助かって、母だけが呑まれてしまったのか。全く覚えていない。しかも人魚の話をしていたと周囲は言うのだけど、私はそのことすら思い出せなかった──それから十八年後、震災派遣で遺体捜索中に、窒素酔いで人魚

話す。

東子はそこで一呼吸置いた。一瞬迷ったようにも見えたが、思い切った様子で碇に

「私は一九九三年のあの日、津波に呑まれて浮上しようとして——母にすがりつかれた。私は潜水夫だった父親としょっちゅう潜っていたから、水の中には慣れている。だけど母は泳ぎすら苦手で、パニックになって浮かび上がろうとする私の体にしがみついてきた。十歳の私には重くて、自分の体が沈んでいくのがわかった。私は、私の体にまとわりつく母親の体を、蹴落としていたのよ」

沈んでいく母親の長い髪は、人魚のように見えた、と東子は言う。

「人魚だと思いたかった。自分が見捨てた母を、自らの意思で身を翻して海に帰った人魚だと思い込むことで、必死に罪悪感から逃れようとしていたのよ」

東子は決して作業の手を緩めずに話していたが、瞳から涙がぼろぼろとあふれ出ていた。泣いていることに気が付いていない。碇は作業も忘れ東子に見入った。

近藤がまくしたてていた幻覚をふと思い出す。海底のピエロ。父親が戦時中に殺した米兵が、世代を超えて、海底の道化師として近藤のトラウマに根付いている。一方の東子は、人魚。

「――海の中というのは、不思議な空間だな」

「え？」

「人のトラウマをぎゅうっと凝縮させ、増幅させて人を惑わす。そんな、異次元空間のようだ――泣くな」

碇は東子の頬に伝う涙を、指でぬぐってやった。東子はそこで初めて、自分が泣いていたことに気が付いたようだ。ぼけっと、碇を見て言う。

「やばい」

「ん？」

「惚れそう」

「――それはだめだ」

ちょっと慌てた碇を見て、東子はふっと笑い、目を逸らした。冗談か。スコップ作業を続ける。どれだけ続けたか、時間の感覚がわからなくなるほどの単純作業を必死で続けていると、やがて、近藤から無線が入った。

「傾斜が右舷側十度に達した。そろそろ砂の勢いが収まってくるんじゃないか」

近藤が言い終わらぬうちに、東子が「本当だ、もういけそう！」と荷倉の下の隙間に入り込んだ。排水口から落ちる砂の音が、ぱらぱらと聞こえる程度までに収まってきた。

「碇さん、工具一式持ってきて。排水口の穴を更に広げる」

「わかった。待ってろ」

いよいよ、荷倉の内部に進入する。

第六章　海底の少年

午後六時。礼子は日下部と共に西新宿の東京都庁にいた。

晴れている。夏至が近いいまの季節はまだ周囲は明るい。つい数時間前のほうがあたりは薄暗かった。海上は濃霧で夜以上に先の見えない世界だったが、ちょっと内陸に入った新宿では、この安定した天気。雨すら降っていない。多少、上空の雲の流れが早いようだが、陸の人々はごく普通の日常を過ごしている。東京湾で大規模海難事故発生中、という臨時ニュースがあっても、人々は自分の日常に忙しい。

碇や東子たちを救出するまでは、絶対に撃沈処理をさせない――。日下部はここまでくる車中で何度もそう息巻いて、乱暴にハンドルをさばく。そして何度も、礼子の肩を揺すった。

「大丈夫か。ずっとぼんやりしている。しっかりしろよ」

礼子は思考停止していた。天気の繊細な移り変わりは手に取るように理解できるのに、碇や東子が危機的状況にあり生死もわからない――その事実だけがなぜか、靄の向こうにぼやけて見えて、うまく自分の中で咀嚼できない。碇や東子が死んじゃうかもしれない、がんばらなきゃ――と必死に気持ちを鼓舞し目の前の事実を何度も脳内にリピートするのだが、すればするほど混乱して思考停止してしまう。礼子はまだ、昼間の霧の中にいるような気分だった。いや、もうずっと濃霧の中だ、第二機動隊への配属を記した辞令を見た、あの瞬間から。

「鷲尾《わしお》がどう判断するか、だな」

日下部が地下駐車場に入りながら、言う。鷲尾――東京都知事の鷲尾賢一郎《けんいちろう》だ。それはわかる。だが、日下部がなんの話をしているのかがよくわからない。

「一昨年も似たようなことがあったろ。オリンピック会場を高潮被害から守るとかで、前都知事は水門を開けさせなかった。あれで江東デルタ地帯が水没。俺も死にかけたし、三十名以上の死者を出した」

当時の都知事はそれで職を追われた。それはもちろん知っている。礼子はそのとき、碇と羽田沖の海で半グレが支配する浚渫船上で戦っていた。孤立無援の荒れた海上で、銃器を持った半グレたちにたった一人、立ち向かった碇のあの背中――。礼子はまだ海技職員で、碇のように拳銃を携帯することもできなかったが、あるだけの船船用具で必死に戦った。よくあんな無謀なことをしたと思う。警察官になったいまだからわかる。いまやれと言われても、同じことはできないだろう。

「礼子、一昨年のクリスマスの豪華客船乗っ取り事件のとき、都知事とどれくらい親しくなった？　船橋でしゃべってたろ」

日下部が突然、問う。あの事件のとき、礼子はレインボーブリッジに激突寸前だった大型豪華客船を止めるため、船橋でイニシアチブをとった。乗船していた鷲尾の指示の下――。

よくあんな無謀な操船を引き受けたと思う。警察官になったいまだからわかる。いまやれと言われても、同じことはできないだろう。

「おい礼子。聞いてるか」

聞いてる、と答えた自分の声が、他人の声のように聞こえる。

都庁に到着し、一階の受付で日下部が事情を話す。

「鷲尾都知事と話がしたい。警視庁五港臨時署、刑事防犯課強行犯係の日下部峻と言えばわかる」

日下部は警察手帳を示し、強気で迫った。受付の女性は怪訝《けげん》な顔をしながらも、都知事の秘書官に連絡を取ってくれた。だが――。

「都知事は多忙でおられます。アポがない方は申し訳ございません」

日下部は諦めない。

「それじゃ、五港臨時署、刑事防犯課強行犯係長、碇拓真と言ってください」

「――失礼ですが、他人の名前を名乗るのは」

「俺たちの上司で、あと数分でここに到着するんだ！　早くしろ！」

受付の女性は渋々、内線を入れた。数分待たされた後、直接、都知事執務室に来るように指示された。受付職員も意外そうな顔をしている。

「碇さんのネームバリュー、凄いな。まぁ俺の名前で通じるわけないか」

エレベーターに乗りながら、日下部が自嘲する。

「――ていうか、嘘ついていいの」

「え？」

「碇さんがあと数分でここに来られるわけない。公務員なのに、嘘ついていいの」

日下部は心の底から驚いたように、ただ言葉もなく、礼子を見返した。

「――礼子。お前、どうしちゃったの」

エレベーターが到着した。案内がいないので右往左往していると、劇場出入り口のような仰々しい観音扉が廊下の先で開いた。防災服を着た男が仁王立ちしている。

鷲尾賢一郎都知事。

就任以来、支持率は低迷しっぱなし、豪華客船事件では関係者から逮捕者が出て、徹底的に叩かれた。だが、オリンピックを前にコロコロ都知事を変えられないという世論に助けられ、なんとかその座を守っている、強運の都知事だ。

最近は飽きられてメディアで取り上げられることもなくなっていた。それでもやはり、日本の首都の長だ。豪華客船で顔を合わせたときは、親から受け継いだ大会社を率いる金持ちビジネスマンという雰囲気だったのが、いまはそれなりに政治家風情があった。今日は東京湾での大規模災害を受けて、防災服姿だ。

礼子は四十五度腰を折り、最敬礼する。だが日下部は頭を下げるとイニシアチブを取られると思ったのか、無言で突っ込んでいく。

「碇君は？　遅れてくると」

ほら突っ込まれたじゃないかと、礼子は鋭く日下部を見る。日下部の背中は微動だにしない。その自信あふれる背中は碇にそっくりだった。

「碇さんの名前を出さないと都知事にお目見えできないかと。彼はまだあの海難現場に取り残されたままです」

「それは把握している。警察官二名、海保職員一名、殺人鬼一名、合計四名があの爆炎の下に取り残されている。警察の一人は水難救助隊員だろ。てっきりカップルで取り残されたのかと」

鷲尾が礼子を一瞥する。

「取り残されたのは私ではなくもう一人の女性隊員です」

礼子は恐縮して答えたが、ふと首を傾げ、尋ねる。

「なぜ、私の異動先を知っているんです？」

鷲尾はつと視線を逸らした。日下部と礼子を中に促し、肩越しに話す。

「碇のことだから、奇跡を起こしてあっという間に生還してきたのかと。秘書官から連絡を受けてそう期待したのに」

広々とした執務室の中央には会議用の重厚なテーブルが置かれている。いすに防災服姿の都庁職員や、海保の制服姿の幹部、特救隊のオレンジ色のつなぎをきた基地長と思しき人物もいて、神妙にヘリテレ映像に見入っている。

その中に、迷彩服に階級章をつけた自衛隊幹部と思しき人物が二人いるのを見て、礼子は息を吞んだ。

鷲尾は、テーブルの上座に対し斜めに鎮座する都知事執務デスクに座ろうとしていた。日下部は臆することなくデスクに手をついて訴えた。

「お願いします、自衛隊の撃沈処理だけはやめてください！　まだ生存者が中にいるはずです。碇さんは絶対に生きています」

「なんの根拠がある。彼と連絡はついているのか」

ついています、と日下部の口からいまにも嘘が出てきそうで、礼子は強く日下部の肘をつつき、牽制した。都政を担う重鎮を前にして、公務員が嘘をついていいはずがない。日下部はじっと礼子を見ている。お前も何か言え、という顔だが、何も言葉は出てこない。日下部は呆れたように礼子を一瞥し、再度、都知事に訴える。

「生存はわかりませんが、死亡も確認できない状況で、自衛隊が攻撃していいはずがありません。特に、オリンピック会場を守るためという判断でなされるのは我慢なりません」

都知事は神妙に日下部を見上げるのみだ。やがて礼子に目を止めて言った。

「彼女のほうはどうした。今日はやけに大人しいじゃないか。昔は威勢がよかったのに」

礼子が口ごもっていると、横やりが入った。

「三階の船橋は窓が煤で真っ黒で中が見えない。アンテナが吹き飛んでいるからＡＩＳもＶＨＦも反応がない。信号紅炎も上がっていない」

まるで生存者はいないだろうというような空気をまとって言ったのは、迷彩服の自衛隊関係者だった。そもそも末端の公務員と話すつもりはない、と言わんばかりに、自衛隊関係者は鷲尾を見た。

「この爆炎を上げる二隻の船は確実に、中央防波堤内・外側埋立地へ流されています。いまの速度のまま計算すると、日付の変わるころには沿岸に到達、建設中の海の森水上競技場を火の海にします。ご決断を一刻も早くお願いします」

おわかりでしょうが——と自衛隊関係者は上目遣いに鷲尾を見る。

「四十四年前の第拾雄洋丸事件とは比べものにならないほど、今回の件は逼迫している。今回はより陸に近い場所で起こり、陸に影響を及ぼしかねない爆発炎上事故です。爆炎がしばらく収まる気配がないことから、曳航ロープすら張れない。四十四年前のように燃え盛る船を太平洋へ引きずり出し、そこで自衛隊が撃沈処理するという時間がない。つまり——」

自衛隊幹部はたっぷり意を含ませた沈黙を挟み、まくしたてた。

「我々は史上初めて、東京湾内で火器使用する必要に迫られているんです……！　災害派遣での火器使用であり、治安出動のように国会の承認も首相の命令も必要ないが、東京湾での火器使用となれば、防衛大臣が簡単にゴーサインを出せるものでもない。各方面への調整の時間が必要なんです」

日下部は果敢に言い返した。厭味ったらしく。

「自衛隊は撃沈処理をしたくてしたくて仕方ない様子ですね」

「我々は国民への被害を最小限に――」

「何が国民だ、中央防波堤に人は住んでいない」

「住んではいないが工事関係者が――」

「そっちを避難させればいいだけだ」

「コンテナヤードだってある。物流に影響が」

「物流と人命、どっちが大事だ！」

「君はそもそも、どこの誰だ、偉そうに！」

鷲尾都知事が答えた。

「そこの彼は碇拓真君の直属の部下だよ。そこの彼女は恋人」

「碇拓真……？」

「あの海難現場に取り残されている刑事の一人だ」

自衛隊関係者はため息をついた。

「直接の利害関係者が上級者会議の場に入ってくるなど言語道断。会議が紛糾し、決断が遅れて最悪の事態となる。気持ちはわかった。君たちは速やかに退席を」

そして鷲尾を見据え、判断を仰ぐ。

「都知事殿、一刻も早いご決断を！」

「待ってください！」

オレンジの出動服にオレンジのベレー帽をかぶった中年の男が突然、立ち上がった。海上保安庁羽田特殊救難基地の制服だ。鷲尾が「なんだね、三田《みた》基地長」と静かに呼びかけた。基地長——つまり、特殊救難隊を束ねる長だ。彼は、テーブルの下で基地との緊急連絡用と思しき携帯電話を握り締めていた。

「あと五分——いやあと三分、決断をお待ちいただけますか」

「というと？」

「海難地点より半径五百メートル以内の海面は、灼熱と流出した重油のため隊員が近づくことはできません。海面の温度は報告によると、七十度から八十度近い。重油に引火する危険もあります。ですが、海底にまで熱水は到達していないことがわかりました」

「——つまり、海底を五百メートル泳いで当該船に到達し、生存を確認すると？」

「海底十五メートル地点を五百メートルも泳ぐなんて——」

自衛隊幹部が口を挟む。三田は即座に言い返した。

「特救隊員なら可能です。すでに、葛西臨海公園沖一キロの地点から巡視艇で潜水士を下ろし、出発させています。到達予測時刻は一八四〇。そこで打音反応を見て、生存の可能性があれば、脱出の道を探るべく――」

無茶な、と笑ったのは、自衛隊関係者だった。

「現場はLPGタンカーが爆炎をあげていて、消防艇が四隻出て一斉放水しているのにまだ燃え続けているんだぞ。上空は火災旋風が起こっているはずで、濃霧以上にヘリでの出動は危険だ」

「それなら海中から――」

「周辺の海中だって水温が高いだろう、船外に出た途端に全身火傷だ」

「ドライスーツと防火服を着こめばいい。爆炎地より半径百メートル地点の海底温度は四十度です」

四十度なら風呂と同じだ。だが、百メートルも離れているのに四十度もあるのかと、礼子は暗澹《あんたん》たる気持ちになる。

「なんとか海底から――」

言いかけた三田基地長を、都知事が咎めるように遮った。

「その百メートル地点の、海上の温度は何度なんだ」

「――六十度です」

「海底から脱出したとしても、とてもそれじゃ浮上できない。何メートル進めば、海上に浮上できる」

「五百メートルあれば――」

自衛隊関係者はちゃんちゃらおかしい、と鼻で笑った。

「徐々に温度が下がるとはいえ、水温の高い海底十五メートル地点を五百メートルも泳げるはずがない。どれだけ訓練された特救隊員でも往復は無理だ、ましてや残されている警察官二人や殺人鬼を抱えてまた半キロ戻るなど――耐えられるはずがない」

「それなら、我々は再び、スーパーピューマで吊り上げ救助を――」

必死に食い下がる三田基地長に、鷲尾は呆れたように言った。

「現場は爆炎による火災旋風が起きている。ヘリが近づけるはずがない」

「それでも出動するのが海上保安庁特殊救難隊なんです！」

「だから！　お前たちはつい三時間前に、濃霧の中での誤った出動判断でヘリを墜落させ、二次災害を起こしているんだぞ！」

鷲尾の荒々しい口調には、一度失敗した者に有無を言わせない残酷さがあった。それでも三田基地長は食い下がる。こちらにも、救難の最高峰部隊だというプライドが鋭く光る。

「消火ヘリと連携を行います。上空から消火剤を撒いて爆炎や煙を一旦小康状態にさせたところで、吊り上げ救助を行えば――」

「絵空事を言うな。ヘリを二台出動させて連携がうまくいかず、一機は墜落したじゃないか」

「次は失敗しません。もう一度、吊り上げ救助を実行させてください」

「救援に次もくそもない。一度失敗した部隊に――」

「もう一度、吊り上げ救助を実行させてください……！」

三田基地長の握った拳の中で、携帯電話がバイブしている。三田基地長と睨み合っていた鷲尾はふと視線を逸らせ、顎で携帯電話を指した。

「電話に出ろ。打音反応の結果を知らせるものじゃないか」

三田基地長は額に血管を浮き出させたまま、携帯電話に出た。報告を聞き、その手に力が失われていくのがわかる。やがて三田基地長は携帯電話を持った手をだらりと垂らし、一同に言った。

「打音反応、なし――」

そうか、碇は死んだのか。私の好きな人はもうこの世にいないらしい。ふうん。そうか。なぜ涙が出てこない？　こんなに大好きなのに。死んだ、もういない、もう会えない、という事実がよく理解できない。また頭に靄がかかっている。礼子はいつまでも濃霧の中に一人、立ち尽くしたままだ。霧の向こうから、鷲尾の咳払いが聞こえた。重々しく言う声が、濃霧の中から――。

「自衛隊各部署に撃沈処理を含めた事態の打開をゆだねるべく、防衛大臣に打診をする」

日下部が鷲尾に食ってかかっている。

「ふざけんなよ、打音反応なんかどこまであてになるんだ、碇さんを見捨てるのか！」

激情をほとばしらせる若い公務員を白けたように見て、上級者会議は散会となった。みな出ていってしまい、日下部と礼子も廊下につまみ出される。

日下部はなおも都知事に食ってかかろうと、秘書官らしき人や都庁職員ともみ合っている。付き合っていたころはいまどき男子らしいもやし体型だったのに、いつの間にか碇のように筋肉を体にたくさん蓄えた、まるで碇そのもののような背中。礼子は日下部の肩を摑んだ。

「は？　無理。無理ってなんだ。何言ってんだお前」

日下部は今度は、持て余した怒りを礼子にぶつける。八つ当たりがひどい。出動服の襟首を掴み上げられた。

「礼子、お前どうしちゃったんだよ。強気で舵を握っていたお前はどこにいったんだよ、え!?　隅田川で果敢にボートチェイスしただろ、荒れ狂う海で半グレとドンパチやってもくじけなかっただろ、暴走する豪華客船を止めたのもお前だろ！　お前、いつからそんな意気地なしになった、警察官になってから――」

「警察官になったから、わかるの！」

叫んだ途端、礼子の目から、ぼろぼろと涙があふれた。なぜ泣いているのか、自分でもよくわからない。濃霧の中にいるように思えるのは、心と体がバラバラになっていたからだと、ふといま、わかる。礼子は再度、繰り返した。

「水難救助隊員になったから、わかるの。もう、彼らを助ける方法はない。海上保安庁の特殊救難隊でも手出しができない状況なの。警備艇だって近づけないし、ただの警察官で、死体や凶器しか捜索してこなかった水難救助隊にこれ以上の救助ができるはずがない」

「峻――もう、無理だよ」

礼子は冷静に、日下部にわかってもらおうと丁寧に説明した。熱くなっている日下部を一旦落ち着かせようと思ったのだ。だが、予想外の言葉を浴びせかけられた。

「何もできないと思うのは、お前が中途半端な警察官だからだ……！」

礼子は二の句が継げず——日下部を見返した。碇の顔に見える。お前は何者だ、と警備艇ふじのキャビンで礼子に問うた、碇。

「海技職員なのか水難救助隊なのか。どれにもなりきれなくて迷ってばかりいるから、何もできないと思ってしまうんだ。お前は中途半端に警察官になったから、なんにもできなくなったんだよ!!」

礼子は目頭が熱くなるのを感じた。さっきぼろぼろと勝手に出た涙は冷たかった。いま、眼窩にあふれてくるものはなぜこんなにも熱いのか。

「海技の免状もある、潜水士資格も取ったんだろ。だったら、両方できるエキスパートになれよ。そう思ったら、いま海に出ても何もできない、なんて言葉は絶対出てこないはずだ……！」

礼子はふっと足に力が入らなくなり、座り込んでしまった。お前は何者だ。自分は何者なのか。決めるのは辞令でも肩書でもなく、自分自身だろうと——碇はそう礼子に、言いたかったのだろう。

礼子は大きく一つ、ため息をついた。改めて世界を見る——霧は晴れていた。

「何碇さんみたいなコト言ってんの」

ていうか何度も言ってるでしょ、と礼子は自らの足で立ち上がった。

「私は碇さんみたいな刑事になりたくて警察官になったの。両方できるエキスパートになんか、ならない。両方できる上に強行犯事案にも対処できる警察官になる……！」

よく言った——日下部は礼子の肩を二度叩いた。

碇は荷倉の中に立った。

右舷側に斜めに傾いてはいるが、水深三メートルの正方形のプールの底に立っているような感覚だった。

その空間のほとんどを占めているのは、砂だ。目の前に砂の斜面がそびえている。いまでも表面をさらさらと流れ、碇の足元をじわりじわりと侵食していく。荷倉の底が見えているのは排水口の周りの半径一メートルほどだけだ。右舷側への傾斜、十五度ほどか。当初この船に降り立ったときより傾斜は緩い。

碇より一足先に荷倉の内部に立った東子は、碇のすぐ隣で、荷倉の天井を見上げ、戦慄していた。

ハッチカバーはヘリの墜落でひしゃげている。その破片が、右舷側に傾いた砂の斜面に多く落ちていた。ヘリコプターの機体が、観音開きのハッチカバーの割れ目にめり込んでいた。ひしゃげた金属の隙間から、ヘリの窓が小さく見える。定期的にどすん、どすんと振動があるが、弱々しい。

菱沼か。菱沼が、窓を割ろうとしている。だが、窓を叩く音はあまりにか弱い。けがをしているか、脱水だろうか。爆炎はヘリの機体のすぐ真横だ。ヘリの扉を閉ざしたとしても機体が熱せられ、中は灼熱地獄だろう。

「菱沼さん……！」

東子が悲壮に呼びかけ、砂の斜面を駆け上がった。無我夢中といった様子で、ハッチカバーのある上へ上へと、砂を踏みしめる。最初足底を捉えていた砂の斜面は二歩三歩と進むうちにくるぶし、脹脛――と東子の足を飲みこんでいく。

「待て、やめておけ、砂にはまるぞ……！」

碇が荷倉の壁面にあるはずの固定ハシゴを探しているうちに、東子は膝までずぶずぶと沈んでいく。沈まぬように必死に足を抜いて前へ、上へ登ろうとしているが、そのたびに体が沈んでいく。砂が太腿を捉えたとき、とうとう東子が悲鳴を上げた。

「後ろへ転がり落ちるんだ、このままじゃ蟻地獄だ！」

東子は方向転換しようとしたが、体を横に向けると、まるでねじ回しのようになり、却って体が埋まってしまった。いっきに胸まで砂の海に浸かる。

「動けない……！」

「いま行く！」

碇も必死に砂をかき、前へ進んだ。東子のもとへ行こうとすればするほど、足が沈んでいく。右足を出そうと左足を踏ん張れば、その分沈む。碇ももう胸まで砂の下だ。一歩がこんなに重いとは。まるで、三十キロ近いダンベルで繋がれているようだった。

「ああ……！」

東子は喘ぐように上を向いた。砂が首、顎と迫り、反射的に上を向く。後頭部も沈み、顔だけが砂に表出している状態だ。

「高嶺、耐えろ、踏ん張れ！」

腕を取ろうとする。東子の腕がどこにあるのかわからない。碇が東子の顔周辺の砂をかけばかくほど、東子が沈んでいく。そのとき、ヘリの窓ガラスがぱりんと割れた。だがその隙間はわずかだ。腕一本が通るぐらいだろう。破壊されたハッチカバーのコードや歪《ゆが》んだ鉄板が錯綜《さくそう》しており、菱沼がヘリから脱出するのは困難に見えた。

「警視庁の人、コレを……！」

菱沼が隙間から見せたのは、ゴーグル一体型のシュノーケルだった。鉄筋やコードに引っかかりながらも、なんとか砂の上に落とす。碇はそれを受け取り、シュノーケルの先を東子の口に突っ込んだ。その瞬間に東子の顔は砂に沈む。だが、シュノーケルの先で呼吸を繰り返しているのがわかる。

やっと、砂の中で東子の右肩を探し当てた。摑んで持ち上げようとするが、その分だけ碇の体が沈む。

「そっちの状況は！　あんた、自力で脱出できないか！」

上を見上げることもできず、碇は菱沼に叫ぶ。菱沼が窓を更に叩き割ろうとしている音がする。

「もちろんだ、自力でそっちに落ちる」

デッキは爆炎地獄だから、砂の上に落ちるしかないが、ここは砂地獄。いまヘリを脱出できたとしても、疲弊している菱沼はどうすることもできず、蟻地獄にはまる人が増えるだけだ。碇も助けられない。もう首まで砂が迫る。

絶望的な状況だった。

もう全部、水で流すしかない。

碇は菱沼に叫んだ。

「あんた、砂地獄より水地獄のほうが得意だろ。潜水準備を。時間がないから詳しく説明できないが、とにかくすぐに潜水できる恰好で砂の上に落ちてこい！」

碇は言って、東子の右腕を離した。途端に東子がもがくのが、砂越しに伝わる。耐えろ。お前ならできる。碇は自分の胸ポケットのあたりを必死にまさぐって、無線機を取った。

「近藤！　俺だ、いますぐ船橋へ上がり、荷倉のハッチカバーを開けろ！」

近藤は声を裏返し、拒否する。

〈バカ言うな、いま開けたらヘリが荷倉に落下する！　尾翼はタンカーに突っ込んで燃え盛っているんだぞ、こっちの船が火事になる！〉

「だがいま乾舷ゼロだろ、ハッチカバーを開ければ、荷倉に海水が大量に入り込んで延焼を防いでくれるはずだ、とにかく海水が欲しい。蟻地獄にはまってるんだ！」

東子の呼気が激しく、シュノーケルの先から排出されている。三十センチほど長さのあるシュノーケルだが、もう半分、砂に埋まってしまった。

〈いや、そもそもハッチカバーが作動するかどうか。ヘリがめり込んでいるだろ〉

「だからこそ、ハッチカバーを開けてみようじゃないか！」

〈とんでもない。万が一、正常に作動したらあっという間に海水が機関室にまで入り込む。機関室がだめになったら――〉

「どちらにせよこの船は航行不能だろう、機関室には水密扉がある、そこを一旦閉めて扉の前で待っていろ。キャビンの空気ですぐには沈没しない」

〈か、簡単に言うな、この船が沈没だなんて――〉

「頼む。荷倉を脱出できたら扉を大きく三度、叩く。そうしたら水密扉を開けて俺たちをキャビンに入れてくれ」

〈そんな簡単にいくか、下手したら泥水で窒息死だ！〉

「だから思い切りハッチを開けてくれ！　大量の海水があれば」

〈大量の海水が荷倉に入ったらそれこそ沈没だ！〉

これでは堂々巡りだ。東子のシュノーケルの先がもう砂の中に没してしまった。気が付けば碇の顎にまで砂がきている。東子のシュノーケルから吹き出す砂が、碇の口の中に入った。

「急げ、頼む！　お前が決断しないとここにいる全員が窒息死する！」

殺人鬼に人助けなど、無用な願いか。だが近藤は決断してくれたのか〈ああもう〉

というやけっぱちの声の後、無線は切れた。ウィーンという作動音がハッチカバーの開閉装置から聞こえてきた。心の中で殺人鬼に感謝する。

さあ、開くか――。

碇は砂を何度も飲みこんでしまいながらも、ヘリの中にいる菱沼に叫んだ。

「いいか！　いまは砂地獄、ハッチカバーが開いてヘリが中へ落ちたら荷倉は火の海地獄で、同時に海水が大量に入り込むから水地獄になる、だが荷倉の底に穴を開けてある、潜水してなんとか排水口から抜け出すぞ！」

ハッチカバーが左右に割れるように、動き出した。よし、と碇は心の中で大きくガッツポーズする。だがヘリの墜落をまともに受けて部分的にひしゃげているため、ハッチカバーはレールの隙間を滑りづらくなっている。ガガガガと金属を引っかくような壮大な音が響いた。

ヘリが傾く。

菱沼が力を振り絞るようにしてボンベを窓に叩きつけている姿が見えた。一部しか割れていなかったガラスがいっきに割れ落ちる。菱沼はとうとうヘリを脱出。砂にダイブしてきた。

碇はもう砂の中に後頭部が沈み、金魚が水面で餌を求めているような恰好になった。耳に砂が入り、金属の破壊音が遠くなる。間に合え——東子は大丈夫か。ヘリが大きな音を立てて、一メートルほど傾く。同時に海水が右舷側から滝のように流れ込んできた。砂は突然の海水の流入で戸惑ったように盛大な砂埃を立てる。

海水に触れた碇はその熱さに飛び上がった。ヘリだけでなく周辺海域も爆炎で熱せられているということを、碇は失念していた。沸騰はしていないが湯気が立ち上り、強烈な潮のにおいが鼻を突き抜ける。恐らく五、六十度はありそうだ。熱水に直接触れた肌に電気が走るような痛みが起こる。だが、砂と混ざった瞬間に海水温はいっきに下がった。碇は直接海水に触れぬよう、湯気と砂埃が立ち上る荷倉の中を右往左往するしかない。

砂から出ることばかり考えていたが、いまは砂にとどまっていないと全身火傷だ。東子はどうしたか、菱沼は——考えている暇も探している余裕もない。

ハッチカバーは四分目まで開いたところで停止してしまった。やかましかった金属音や作動音が消え、海水がどばどばと荷倉に入る音のみが響く。ヘリの機体はハッチカバーに引っかかったままで、落ちてはこなかった。

やがて蟻地獄の足元は泥沼に変わり、立っていられなくなった。東子が泥からやっと顔を少し、出した。まだまだ重い泥にはまり動きが鈍い。碇は手を差し伸べるが、泥の重さで東子の手の動きも鈍い。蟻地獄の次は泥地獄か。碇も東子も互いに手を取ろうとするのだが、泥の上でバカみたいに踊っているような状況になった。

しばらくすると、泥水が黒い濁り水に変わってきた。水と砂の比率が逆転した。東子がやっと浮上してくるが、体が楽に動く代わりに海水温の高さが猛烈なプレッシャーとなってくる。いま、四十五度ぐらいか。耐えられるぎりぎりの温度だ。

一刻も早く荷倉の外に出る。全身ドライスーツ姿の菱沼が一番ダメージが少ないが、脱水症状が見えてふらふらだった。その体に鞭打って、碇や東子を誘導しようとする。ボンベは菱沼が背負おう一本のみだ。予備がヘリにあるだろうが、戻る余裕がない。

東子が必死に泥水に浮かびながら、手を挙げた。

「私が素潜りで先導します」

碇は思わず声を裏返した。

「こんな真っ黒で湯気が立つ泥水の中を素潜りだと!?」

「私ならできます。恐らく機関室まで五分でいけるはず。碇さんは菱沼さんの予備のレギュレーターを使って潜ってください。菱沼さんは碇さんを連れて私の後をついてきて」

菱沼は疲れた肩を揺らして笑い、特救隊員としてのプライドを見せる。

「おい、警視庁で仕切るのかよ」

「そう。警視庁で仕切らせていただきます。だって菱沼さん、この船の構造わかっていないでしょ。黙ってついてきて!」

菱沼が予備のレギュレーターを碇の口に突っ込もうとした。待て、と碇は息も絶えだえに言う。

「近藤に連絡を入れる」

碇は水濡れで調子が悪くなってきた無線機に、呼びかけた。

「近藤! 五分後に機関室に戻る。水密扉を開けてくれ」

近藤が弱々しい声で答える。

〈もう機関室の外は胸まで水に浸っている。完全水没した状態で水密扉を開けてしまったら、数人がかりでやらないと水密扉は二度と閉まらない〉

「俺と菱沼――もう一人の特救隊員で手伝う。高嶺もいる。大丈夫だ!」

殺人鬼は碇の勢いに負けて渋々了承した。自分だけ助かろうと考えやしないかと碇はふと不安になる。救助されたとしても近藤が死刑台送りなのは間違いない。そんな彼がここで自分の身を削ってまで警察官を助けようとするだろうか。

もし機関室の水密扉を開けてもらえなかったら――。

だがいまは殺人鬼を信頼するしかない。刑事として正常な疑心暗鬼の思考こそ、この海難現場において最も無駄なものだった。潜水士のバディは信頼がすべて、というのが身に染みてわかる。

碇は無線機を泥水に投げ捨てた。菱沼が差し出した予備のレギュレーターを咥える。

「中は視界ゼロだ。絶対に私の手を離すな」

菱沼が力強く言う。レギュレーターを咥えているので、返事ができない。碇はただ大きく、うなずいた。

右舷側から大量に入り込んだ海水は荷倉の壁にぶつかりながら行き場を求め、中心で渦を巻いている状態だった。埼玉県育ちの碇にとってそれは、大雨翌日の利根《とね》川のうねりによく似ていると思った。いや――湯気が立っている分、湯煎で溶かしたチョコレートそのものだった。二百トン近い泥とまざり、海水はそれほどにとろみがある。

ただの水ではなく、熱と黒と密度のある液体の中に入る。潜る前から強烈な息苦しさを感じた。東子を見た。彼女は引きつったような顔で、黒く渦巻き湯気が立つ水面を見ている。彼女の躊躇を痛々しいほどに感じた。

「大丈夫か」

「――津波の色みたい」

碇はそう弱々しく呟いた東子に、言い聞かせた。

「大丈夫だ、ここに人魚はいない。ここにいるのは俺とお前と菱沼と殺人鬼だけだ。何が見えてもそれは幻覚だ。気にするな」

東子は引きつった顔で笑った。

「――殺人鬼って。人魚より怖いし。行きます」

深く考えているとドツボにはまると思ったのか、東子はあっさり言って、黒い水の中に消えた。碇も菱沼に手を引かれる。目を閉じて、濁り水の中へ吸い込まれた。

菱沼はグローブをしていることもあるが、大きく頼りがいのある手をしていた。碇も手は大きいほうだが、遭難者はこの感触に安心感を覚えるだろう。

碇の分のゴーグルがないので、目を閉じているしかない。全くの暗闇――咥えているレギュレーターから出る排気の泡が、自分の顔にぶつかってくる。

先導する東子の気配を全く感じない。黒い泥水の密度に存在のすべてを遮断されているようだった。直前にいる菱沼がただひたすらに泥水をかき、下へ下へと潜っていくのがわかる。碇も下へ潜れるように手や足で水をかかないと、浮力と水圧で繋ぐ手が離されそうだ。腕がぴんと張り、肩甲骨が悲鳴を上げている。砂地獄での修羅場では感じなかったのに、いまになって突然、体中から乳酸が発生して強烈にだるさを感じた。考えてみれば、一時間近くかけて砂をかきだす作業をしたのだ。そう思った途端、水をかく手に力が入らなくなる。

ゴン、と体に何か当たった。ヘリの機体の一部かもしれない。驚きで呼吸が荒くなる。ボコボコという泡がいっきに増えて顔に大量の泡が顔面にぶつかり、シー、シー、とボンベを吸う音が脳を支配する。

碇は思わず目を開けた。ゴーグルがない上、泥水。水の中は茶色どころか全くの暗黒世界だった。菱沼が持つ水中ライトが形成する薄汚れた世界が扇形に見えるだけだった。

砂が目に入ったのか、途端に痛む。恐怖と息苦しさが増しただけだ。碇は目を強く閉じて、もう二度と開けまいと誓った。

潜るほど海水温は下がっていく。かなり水をかいて潜っているつもりだが、まだ到着しないのか。荷倉の高さはたったの三メートル。三メートル辿り着くのになぜこんなに時間がかかるのか。

恐怖からか、猛烈に苛立ってくる。そう思った瞬間、何か見えない力で急に体が下に引っ張られた。菱沼の力ではない。恐怖で背中が泡立つ。何が起こっているのかわからない。これは水の力か――泥水が、荷倉の底に開けた穴へ出口を求めて流れていく力だ。

この勢いに乗れば、手っ取り早く荷倉から脱出できて、船首部船底へ抜け出せるはずだ。碇は全身の力を抜いて流されるままになった。途端に菱沼がだめだと碇の腕を引き寄せた。邪魔しないでくれ、早く行かせてくれ、この圧迫感と暗闇から一刻も早く逃れたい。菱沼はそれでも、急流に逆らうように、行くなと、碇の腕を両腕で摑み、引っ張り上げようとする。離せともがいた途端、足が急流に乗って排水口に開けた穴の外に出たのがわかった。あとはもう、怪物に下半身を握られたようなものだった。「だめだ!」と菱沼がレギュレーターを咥えたまま不器用に叫ぶ音が、ごぼごぼという排気音とともに聞こえる。

碇は全身を急流に持っていかれた。狭い梁の隙間を水の流れに乗った体がぎりぎりで滑る。子ども用プールにある小さく短いウォータースライダーに、挟まりながらもなんとか滑っているような感覚だ。気が付けば菱沼と繋いでいた手が空っぽになっていた。息を吸おうとして、口に何も咥えていないと気が付く。

荷倉の底の排水口を広げた穴は、大人一人がやっと通れるだけの大きさだ。ボンベを背負った菱沼と碇が同時に出られるはずがない。碇は菱沼とはぐれた上、酸素も失った。

何も見えない。碇はとにかく水をかき、上へ上へと浮上した。ただ口から洩れる泡を頼りに、上へ——。

水面へ出て、頭を強打した。恐怖で頭が空っぽになる。

もう水面から天井までの高さが五センチもない。顎まで顔を出すことができず、水面に顔だけ出して呼吸する。必死に空気を吸うが、あといくつか深呼吸するだけでもうこの世界の空気がなくなってしまいそうなほどに、狭い空間しか残されていなかった。そうこうしている間にも水面がどんどん上昇していく。

叫びだしたいほどの恐怖心がせりあがる。

一刻も早く、キャビンに戻らなくては——。

ここは礼子が監禁されていた船首部船底だ。全長百メートル弱ある船だから、船尾にあるキャビンまで五十メートル近い泥流を、泳ぎ切らなくてはならない。覚悟が決まらないうちに、耳が黒い水に埋まっていく。碇は水をかきながら通路のある左舷側を目指す。天井の梁を伝うようにして、船尾に進んでいく。

通路付近に到着したがその天井もあっという間に水で埋まる。最後に大きく呼吸をした碇は、頭から水に没する。とにかく五十メートル先の機関室を目指した。もう酸素を吸える場所がない。ゴーグルがないから前が見えない。整然と並ぶ梁の一つ一つに足と手をかけ、横に倒したハシゴを進むようにして、船尾の機関室方向へ向かう。

東子や菱沼はどこか。だが、探しに戻る余裕はなかった。息を止めて二分は耐えられると思うが、三分もつか。とにかく前へ進むしかない。苦しくて、顔が赤く膨れていくのがわかる。乳酸に支配された全身は前に腕を伸ばすだけでバラバラに外れてしまいそうなほどに動きが鈍くなっていた。全身から血の気が引いていく感じがする。息苦しくてほてっていた顔から、さーっと血の気が消失していく。まるで絞殺されゆく被害者のようだった。自分は水に殺されるのか——。

落ち着け。何も考えずに梁を摑んで先へ進め。無でいようとする。無でいればあと一分は呼吸しなくても問題はないはずだ。何も見えない暗闇を、ただ梁を摑んで先へ進むというその単調な作業の中で、無であろうとすればするほど、今度は自分の内側にある弱い部分が強く鮮明化されていく。

ここは、東子には人魚が見え、近藤には道化師が見えた、海中世界だ。碇にもトラウマはある。

九歳のころ、自分が乗るはずだった飛行機が羽田空港手前の海に堕ちた。自分が座るはずだった席に代わりに座った少年は死んだ。いま自分はその東京湾で、沈みゆく船内に一人きりだ――。

次の梁を摑もうと伸ばした指先が、梁ではない何かにこつんとぶつかる。碇は手のひらでその表面をなでる。コンクリートの壁。

機関室に到着したのだ……！

碇はヤモリのように壁を伝い、時々目を開けた。視界の悪い中で、機関室に通じる水密扉を必死に探した。やがて、ドアノブを見つけた。碇は拳を握り、三度、扉を強くノックした。水密扉をガンガンと叩いたつもりだが、碇の込めた力とは比べ物にならないほどくぐもって頼りない音が鳴った。水の中にいるから、音が響かない。

早く開けてくれ。早く気が付け……！

碇はもう一度、扉を叩いた。今度は、四回連続で。

耳を水密扉につけて中の様子を窺う。水密扉の頑丈さ故なのか、それとも誰もいないのか、物音一つ聞こえない。

見捨てたのか――俺はまだ、ここにいる！

碇は今度、五回連続で扉を叩いた。握った拳の側面がずきずきと痛む。頼む開けてくれ。呼吸が持たない――。

相手は二十人以上殺してきた殺人鬼なのだ。いまさら人助けなどするか。しかもこっちは近藤にとって宿敵の警察官。俺がバカだった。近藤を信じた俺が――。

もう限界だ、荷倉へ戻る気力も、東子や菱沼を探す気力もない。足元に、少年が沈んでいた。誰だ。第五洋魁丸に少年が乗っていた記憶も記録も報告ない。この少年は誰だ？ 碇は呼吸の苦しさも忘れて、少年の沈んだ体に触れた。それは氷のように冷たい。もとは白色だったと思しきトレーナーは、黒いヘドロでところどころ黒く汚れていた。「拓真ー！」と父親が自分を呼ぶ声が、水の底から聞こえた気がした。碇は少年の肩をぱっと離した。これは、三十六年前の墜落事故で自分の代わりに死んだ少年だ。

恐怖で叫びだしてしまう。水に、濃厚に囲まれた世界で。声など響かないのに、碇は戦慄して何度も叫んだ。口からゴボゴボと大量の泡が吐き出されて一斉に上がっていく。碇の内側にあったものが全部、一斉に排出されると、碇はもう質量を持たぬただの物質になって、じわじわと、水の底へ沈んでいった。

少年の横にすとんと体が落ちる。

あの日死んだ彼と、あの日生き延びた自分の境界線がずっとわからなかった。

それは海上と海中の境界線とよく似ていた。波と風と空で躍動感あふれる海上から一転、音や光が吸収される沈黙の海中世界。

海上と海中が紙一重なら、俺と君も紙一重なのか。

あんなに苦しかったのに、いまはもう、安らかなほどだった。そこがどこの底かもわからぬまま、膝をついて、少年の屍《しかばね》を抱き上げた――。

碇さん……！

礼子の声が聞こえた気がした。突然、紺色のものに大きく包まれた。ぼろぼろのその隙間から白い肌がのぞく。礼子かと思ったそれは、東子だった。何かを強引に口に突っ込まれた。レギュレーターか。だが、吸えない。呼吸の仕方をもう、忘れてしまった。東子が呼吸をしろと言わんばかりに、碇の肩を揺さぶり、頬を強く叩く。その背中の向こうで、ドライスーツ姿の男が猛烈に水密扉を叩いている。応答がないとわかると、背中の酸素ボンベを下ろし、それを叩きつけて必死に水密扉を開けようとしている。無駄だ。殺人鬼は俺たちを見殺しにしようと――。

突如、急流に飲まれた。体が二転三転する。東子とほとんど絡み合いながら、強烈な力に吸い込まれていく。やがて転がり落ちた先にあったのは、誰かの正座した膝だった。

背後で滝のような音が聞こえてくる。同時に「早く中に入れ！」「これで全員だ、扉閉めろ！」「一人じゃ無理だ、手伝え」などと喚く声もする。背中を叩いていた水の勢いが止まった。碇はやっとそこで大きく深呼吸した。喉がひゅうとなるほどに息を吸ううちに、ひっくり返ってしまう。何がなんだかわからないが、簡素なコンクリートづくりの天井が見えた。油臭い。エンジン機器の上から、碇を静かに見下ろす女の生首があった。

ここは機関室か——。

助かったのか。

起き上がる気力もなく、水浸しの床にひっくり返って必死に呼吸を確かめる。酸素が吸いたい放題だ。涙が勝手に出てくる。すぐ目の前でちんまりと正座していたのは、近藤だった。二十一人も殺したが、警察官を見捨てなかった。死刑は免れないだろうが、裁判で証言してやろう。体勢を整えて、その太腿を叩いた。ありがとう——と言おうとして。

「え？」

近藤は、両手に手錠を掛けられていた。

「碇さん！」

礼子の声に呼ばれて振り返ると、途端に視界が真っ暗になった。礼子が抱きついてきたのがわかる。彼女のボリュームある胸が碇の顔を圧迫する。呼吸もままならない。やっと酸素にありつけたというのに。

「れ……く、苦しい」

「碇さん、よかった！」

碇はやっと礼子の巨乳から逃れ、息も絶え絶えに言う。

「お前、なんでここにいるんだ！」

「なんでって、助けに来たんです」

「助けにって、どうやって」

「空からです。特救隊がスーパーピューマを出すと聞いたので。警視庁の水難救助隊を代表して、ここまで来ました」

礼子の瞳は海技職員時代に戻ったように、輝きに満ちあふれていた。これは──警視庁代表で来たというより、絶対強引に乗り込んできたんだろうなと思った。

「日下部君に、怒られちゃって。何もできないのは、お前が中途半端に警察官になったからだと。海技なのか水難救助隊員なのか、刑事なのか──でもどれも私だと思って。だから、全部やりにここまで戻ってきたんです！」

「はい。水難救助隊として碇さんを救出して、そして私をあんな目に遭わせた殺人鬼にワッパを掛ける、絶対、って」

「──全部、やりに？」

「お前──」

ますます強くなっちゃったなと、碇はただ、笑う。再び「無事でよかった！」と礼子に抱きすくめられる。彼女の鼓動を感じる。

そうか。まだ生きていていいのか。

水密扉を三人がかりで閉め、ハンドルを回して密閉し終えたオレンジのドライスーツ姿の男たちがふうとため息をついて振り返った。疲労困憊《ひろうこんぱい》でのびている東子、菱沼、そして礼子に抱きしめられた碇に言う。

「第三管区海上保安本部羽田特殊救難基地、特殊救難隊です。救助にやってきました。これより順次、スーパーピューマうみたかで吊り上げ救助を開始します！」

*

東京都臨海エリアは平年より二十日近く早い梅雨明けを迎え、星空が瞬いていた。

碇は日下部と海岸通りを歩き、芝浦埠頭へ向かっていた。日下部は髪の色を黒に戻し、スーツ姿だ。やはり彼はこの姿が一番似合う。湾岸署にヘルプに出す前と比べ、ずいぶんスーツ姿に貫禄がついたように思う。

第五洋魁丸とLPGタンカー接触、並びにスーパーピューマわかわし墜落炎上事故の完全鎮静化から、十日が経とうとしている。

あの日——海底から駆けつけた特救隊員たちは、打音反応がなかったので生存者なしと判断、自衛隊の撃沈処理の手続きが進んでいたという。碇と東子は砂かきに忙しかったし、近藤は傾斜計の確認やハッチカバー作動のため、灼熱の船橋とギャレーを行ったり来たりしていて、特救隊員たちの外からの呼びかけに気が付かなかった。

防衛省の討議も終え、自衛隊を出動させるべく大臣が命令を下しかけた段階で——突如、ハッチカバーが開いて第五洋魁丸は沈没を始めた。ヘリテレ映像に、荷倉で泥水と葛藤する碇の姿が映っていたようで、自衛隊による撃沈作戦は保留。再度、海保特殊救難隊に救助活動がゆだねられた。

彼らは消火ヘリを伴い、再び第五洋魁丸の下へ駆けつけたのだった。

その後碇ら四人は、消火ヘリによる消火剤散布で炎が一旦小康状態になった爆炎タンカーのすぐ脇で、スーパーピューマうみたかに吊り上げ救助された。炎が見えなくとも黒煙が続く中での救助であり、碇も礼子もすっかり燻《いぶ》されて真っ黒になったが、無事、羽田特殊救難基地に生還した。

基地では日下部が待ち構えていた。日下部もうみたかに搭乗したかったようだが、特救隊から「警視庁からは一人まで」と言われ、ただの強行犯刑事でしかない日下部は搭乗することができず、地団太を踏んだらしい。

救助された東子の姿を確認すると、日下部は彼女の下へ一目散に駆けよろうとしたが——同時に救助された菱沼が一歩早く、東子を抱き寄せた、俺たち、やり直さないか、と。日下部はまたしてもここで、急ブレーキを踏まざるを得なくなった。

この三角関係がその後どうなったのか、碇は知らない。三十過ぎの男の恋愛をいちいち聞きだすのも無粋だろう。

その後の海難現場は、まさに海保のお家芸の連続だったと聞く。

風に流されていた第五洋魁丸と爆炎LPGタンカーは、海保の曳航作業の下、民間のタグボートで東西の航路から外れた、東京湾のど真ん中へ曳航された。

ここで海保の消防艇だけでなく、高輪消防署や港湾局の消防艇、並びに消火剤を撒くヘリコプターもやってきて、空から海から総出で徹底的な鎮火作業が始まった。

やがて爆炎タンカーは事故発生から二十五時間後の六月十九日一五一七、完全鎮火と同時に、東京湾に沈んだ。

まだそのとき、自衛隊の撃沈処理について防衛省で検討中のことだった。今回は、海保の名誉挽回といったところか。

あれから礼子は率先して東子のもとで訓練を重ねている。第一水難救助隊の林田ら男性陣は渋々、最強の女二人にイニシアチブを取られながらも日々を過ごしているらしい。

五港臨時署は碇の生還をねぎらう間もなく、デリヘル譲連続猟奇殺人事件の帳場が立つことになった。近藤は病院で検査入院中だが、たいした傷を負っている様子はなく、明朝にも港区の愛宕《あたご》警察署の留置場に移送される予定だ。五臨署は狭く留置施設がないため、愛宕署のそれを借りている。

通常なら、海を介して警備艇で五分で行き来できる東京湾岸署の留置場を借りるのだが、いまそこの留置場には、ＲＲＲのトップである立原早苗、並びに幹部、末端で働いていた売春婦など男女総勢十六名を収監している。そのさなかに、彼らを餌食にしてきた連続猟奇殺人鬼・近藤照美を入れるわけにはいかない。

本格的に聴取、裏取り捜査が始まっているが、全国都道府県庁の港湾局は近藤の証言に戦々恐々としているはずだ。全国の十九の防波堤に、女の骨が混ざっているのだから、放置はできないだろう。防波堤を撤去し、骨のひとかけらでも見つけなければならない。それに掛かる費用を誰が担うのかだけでも大論争になりそうだ。

碇と日下部は裏取り捜査が進むさなか、今晩はちょっとひとやすみと〝遠藤を慰める会〟をすることになった。五臨署強行犯係御用達《ごようたし》の居酒屋『月路』に入る。部下たちは宴会を始めていて、すでに酒が回っていた。初めてできた恋人にフラれた遠藤が、もうできあがっている。碇は遠藤の横に座った。涙で真っ赤になった目で、ぐずぐずと洟をすすりながら、徳利《とっくり》の首を持って酌をしようとする。

「い、碇さん、今回はホント、無事生還そして大物凶悪犯逮捕、お疲れ様です」

いきなり熱燗《あつかん》かと思いつつ、碇はお猪口《ちょこ》を持って答えた。

「ありがとう。いや、今日の主人公はお前だよ。大丈夫か」

長い人生いろいろある、時間が解決してくれる――初めての失恋にむせび泣く遠藤を、通り一遍の言葉でしか慰められない。

「いや――三ヵ月ですよ。たったの三ヵ月でフラれた。こっち、気持ちマックスじゃないですか。そりゃ、あっちがまだ俺とおんなじテンションになってないのはわかっていましたけど、そこを盛り上げようと俺は必死にがんばったんすよ」

由起子が口を出す。

「だから、女はそういうのがうざいのよ」

「うざいとかいうなよ、遠藤はがんばったんだ、なあ！」

言って碇は遠藤の肩を叩き「変な性悪女に引っかかっただけだ」と慰める。

「俺もそう思うな」と藤沢も神妙に言う。

「ほかに彼氏ができた、って言われたらしいですけど。まだ付き合って三ヵ月でそんなこと言う女、います？　あまりに誠実さに欠ける」

恐らく、遠藤の熱烈アピールに根負けして渋々付き合ってみたが、結局は感情が動くことなく、ほかの男に惹《ひ》かれてしまった、というところか。

「まあぶっちゃけ……最後まで片思いだった、ってことなのよねぇ」

また由起子が傷口に塩を塗る。

遠藤がカルアミルクの入ったグラスをガンと叩きつけ、叫んだ。

「とにかく〝君は頼りない、子どもっぽい〟って、そればっかり連発されて」

その飲み物のせいだ、と碇は思った。遠藤が続ける。

「確かに俺は頼りないっすよ。でも、新しい彼氏のこと聞いたら、そいつも年下だっていうんですよ。あり得ないでしょ！」

「そもそも遠藤君、その彼女とどこで知り合ったの？」

日下部が素朴な疑問をぶつけた。遠藤はこれまで「プライベートの話は職場に持ち込まない」とかっこつけて、恋人の素性を全く口にしていなかった。

「もう全部ここで、ぶちまけちゃいなよ」

日下部がグラスを遠藤に渡し、瓶ビールを傾ける。遠藤は、瓶ビールにたまる泡に何かを求めるようにじーっと視線を注ぐと、思い切った調子で言った。

「実は彼女、同業者なんス」

「えっ。警察官？」

あらまあ、と由起子が眉をひそめる。

「広いようで狭いのよ、警視庁は。この先の長い人生で、どっかで再会しちゃうかもしれないわねぇ」

自分もかつて、卒配先の先輩と付き合っていたときに云々《うんぬん》――と由起子が自分の話を勝手に始める。誰も興味はない。碇は遠藤に尋ねた。

「で、どこの署の女だよ」

「水難救助隊です」

まさかと、碇は思わず日下部と目を合わせる。日下部は顔を引きつらせて尋ねた。

「水難救助隊に女性って……二人しかいない、よね」

高嶺東子か。遠藤はぐだぐだと言う。

「俺、礼子さんの卒業式の日、卒配先が五臨署ってことで、うちの車で府中の警察学校まで迎えに行ったじゃないですか。そのときに彼女もいて——彼女は湾岸署が卒配先だったんで、同じ車に乗せたんですよ。そこで俺、ひとめ惚れしちゃって。めちゃくちゃクールで気が強そうなのに、頬のそばかすが超かわいくって。なんかもう釘《くぎ》づけになっちゃって……」

顔面が硬直している日下部を見て、東子との仲がその後どうなったのか知らされていなかった碇は、こんなところで二人がカップルになったことを知ることになった。日下部は菱沼との争奪戦に勝ったようだ。

日下部に恋人を取られたとも知らず、遠藤は恋敵が注いだグラスのビールを飲み干すと、言い切った。

「俺、絶対諦めないっす。絶対に、横取りした奴から東子さんを取り返す！」

碇は煙草を吸いに居酒屋『月路』を出た。

目の前は芝浦運河で、岸壁にはボートが数艘、係留されている。都会のど真ん中にいるのに、やたら静かだ。碇は岸壁に降りる段差に腰かけ、煙草に火をつけた。参ったなぁと頭を掻きながら、日下部が追いかけてくる。

「碇さん、こういうとき、どうしたらいいんすか」

「知らねぇよそんなこと。自分でなんとかしろ」

「なに言ってんすか、自分だって後輩から恋人奪ったことあるでしょ！」

碇はただもう、苦笑いだ。五臨署が発足した二年前の四月、礼子にフラれた日下部が泥酔してみなに悪態をついていた。あれもこの『月路』で、碇は日下部を岸壁に落とす手前で説教を垂れた。

あれからもう二年か。そして五港臨時署はあと三年で閉鎖される予定だ。東京オリンピックに伴う水上警備拡大のために作られた臨時の署だから、二〇二〇年度末で閉鎖、舟艇課はもともと所属していた東京湾岸署に戻り、碇ら刑事防犯課などの陸上部隊は別の所轄署へ散らばる。

刑事に異動はつきものだが、それは昇進の早い者の話だ。あと三年しか日下部やほかの仲間たちといられぬと思うと、一抹の寂しさを覚える。

まあがんばれや、と碇は日下部の肩をいつかと同じように二度、叩いた。あの日とは比べ物にならないほどに逞しくなった肩。本当に彼は目まぐるしく成長している。碇はそれが嬉しくてたまらなかった。

「俺らのときよりましだろうが。同じ署だぜ。あのときの気まずさったら」

「いまじゃすっかり笑い話ですけどね」

碇、と背後から呼ばれる。宴会に合流しにきた課長の高橋だった。今日は一日中、緊急幹部会議で刑事部屋にいなかったせいか、これから部下たちと楽しい宴会だ、という表情ではなかった。難しい顔でこちらに近づいてくると、日下部に「ちょっといいか」と席を外させた。役職者同士の話だろうと、日下部は頭を下げて店に戻った。

「どうしたんです、課長。主任の日下部に聞かれちゃまずい話ですか」

「いや、明日の正式発表のときでいいだろうと思ってな」

「――正式発表？」

そういえば事件捜査の最中、玉虫署長と共に本部に行っていた高橋が、何か五臨署に重大発表があるような話をしていた。

「いったいなんの話です。まさか五臨署、廃止ですか」

一昨年、都民の間でその世論があったのは確かだ。五臨署につけられる予算が異常に高いということが、前都知事の失脚で暴露されたことが発端だった。

高橋は大きくかぶりを振った。

「廃止どころか……規模が大きくなる」

「え？」

「係が一つ、増えることになった。水難救助係が、舟艇課に発足する」

碇は二の句が継げなかった。水難救助係？

「第二機動隊の第一水難救助隊が、丸ごとうちの所轄署に異動してくる」

松原隊長率いる、礼子と東子のいる隊が、五臨署の所属になる――。

碇はただ困惑した。

「機動隊の一部が所轄署に組み込まれるなんて編成、聞いたことないすっすよ」

「だから俺も首を傾げているんだ、この話を打診されてから、ずっと――だがまあ、お前は喜べよ。恋人とまた同じ所轄署だ」

「いや……」と、碇はため息をついた。日下部と東子と遠藤の三角関係はどうなる。

やれやれ、と碇は頭を掻いた。

「面倒くせぇことになりそうっすね」

煙草を携帯用灰皿の中で消しながら、碇は立て続けに二本目の煙草に火をつけた。

ふと、昨晩の出来事が蘇る。久々に礼子と夜を過ごした。碇に甘えていた礼子だが不安げな顔でこう言ったのだ、「都知事が私の異動先を知っていた、気持ち悪い」と。

高橋は続けた。

「結局また、この疑問が頭をもたげてくる」

五港臨時署はなんのために設立されたのか。

「東京オリンピック開催に伴う水上警備の充実――それは、東京湾岸署にかける予算を大きくすることでは成しえないことだったのか。わざわざ水上安全課を切り離し、独立させることになんの意味があったのか。碇、豪華客船乗っ取り事件のホシのこと、覚えているか」

鷲尾都知事の関係者であり、選挙参謀で、選挙中に「五臨署新設は予算の無駄、五臨署を廃止する」と鷲尾に進言していた人物だ。五臨署に割り当てられる桁違いの予算を都民に暴露し、異例のスピードで新所轄署設置の法案が都議会で通ったことをやり玉にあげていた。

「実はな」

高橋が声を潜め、顔を近づけた。これから話す内容こそ、日下部に聞かれたくないものだろう。高橋は政治的な嗅覚が鋭い。

「先の豪華客船乗っ取り事件で、ホンボシ宅のガサ入れをしたろう」

「ええ。タワマン最上階で、押収した段ボール箱、五百箱超えましたよね」

「その中に、五臨署設立に関する資料も段ボール一箱分あった。先の事件とは関係がないので、俺たちは目を通さなかったが――保管庫から、あの箱のみを持ち去った連中がいた。そしてまだ、返却されていない」

「どこの部署が持ち去ったんです」

「内閣情報調査室だよ」

碇は唇をかみしめ、天を睨んだ。今日の月は――日下部と二年前にこの場所で見たときのそれより、異常に暗く見えた。

エピローグ

碇は西新宿の高層ビル最上階にある肉割烹《かっぽう》の個室で、黒毛和牛焼き肉に黙々と食らいついていた。

十名専用の完全個室だ。高層ビルからの夜景を眼前に望むことができる上座の、いわゆるお誕生日席に、鷲尾賢一郎が座る。

ネオンきらめく都心の夜景は青みがかり、海の色とどこか似ていてた。都知事は海を背負うような恰好で石焼きの黒毛和牛を箸でつまむ。

「碇君。君、どうしてそんな末席に座っているんだ」

上座に座る鷲尾と、出入り口のすぐ目の前の下座に座る碇との間には、向かいの座席も合わせて七人分の空席があった。

「分をわきまえているからです」

「なにをまた。これから来るのは君の部下たちだろ。君は警部補。高橋課長はここに座るんだから」と鷲尾は、右手のいすを叩く。

「君は私の左隣に座ったらどうだ」

「いえ、結構」

鷲尾は不可解そうに口をすぼめる。

「それにしても、都知事を待たせるとは。五臨署強行犯係は相変わらず無礼者ぞろいだな」

「先の海難事故ではうちの日下部と水難救助隊の有馬が都知事執務室に突っ込んでいったとか。度重なる部下の無礼をお許しください」

口とは裏腹に、碇は頭を下げなかった。ビールを手酌で注ぎ、飲み干す。

「電話で急かすくらいしろよ、早く来い、と。私まで手酌か」

腰を上げて上座に参上し、酒を注ごうともしない碇に、鷲尾はこれ見よがしに手酌をして見せた。

この完全個室での食事会は、高橋が仕掛けたものだ。先の海難事故で、事故処理に当たった刑事や海保の職員たちを集めてねぎらう会を開かせる——高橋が都知事の秘書官に強く働きかけ、事故から一ヵ月経った七月中旬の今日、ようやく実現した。

すでに、第一水難救助隊の五臨署移設は正式発表されている。世論の反応は薄い。

『五臨署は都税の無駄遣い』『五臨署廃止』というプラカードはもう世間に消費され食い尽くされた。五臨署に関するネタは、二〇一六年の流行歌のようなものだ。新聞の都民版の小さな記事になったのみだ。

碇は肉を咀嚼すると、きっぱりと言った。

「実は誰も来ないんです。俺と都知事の、二人きりです。率直に伺いたい」

鷲尾がにわかに緊張したのがわかった。肉に注いでいた目をぎろりと、碇のほうに向ける。

「有馬礼子がカッパに異動になったことを、ご存知でしたね」

「カッパ？」

「水難救助隊です。最初からそういうシナリオだった、ということですか。彼女は元海技職員だ。彼女は五臨署でこそ活躍できる人材です。いずれ第一水難救助隊が五臨署に移設される——それを上は把握していたからこそ、有馬を第一水難救助隊に配属した。そしてあんたもまた、そのシナリオを知っていた一人なんじゃないのか」

「なんの話だ。私が警視庁の末端の巡査の異動に口出しなど——」

「あんたが黒幕でないことはわかっている」

碇が言葉を遮った以上に、『黒幕』という言葉に鷲尾は嫌悪の反応を示した。

「あんたは都知事選の最中に五臨署廃止を訴えていた。五臨署廃止を謳ったからこそ当選した。だがあんたは豪華客船乗っ取り事件後、その公約を撤回した。五臨署があの事件を解決したことに報いた形なんだろうが――本当は違うんじゃないか」

鷲尾は嘆いた。「なんて言葉遣いだ」と、碇の態度を。

「都知事に向かって、たかだか警視庁の警部補が〝あんた〟を連発するとは」

碇は構わず、続ける。

「五臨署廃止を撤回した本当の理由はこうだ、あんたは都知事の座についたことで初めて、五臨署ができた裏事情を知らされた――内閣情報調査室から」

鷲尾が言い返そうとしたが、碇は容赦なく言葉を重ねた。

「あんたは都知事に当選してからというもの、五臨署廃止公約の撤廃の糸口を探っていたはずだ。するとあの豪華客船乗っ取り事件は、あんたにとっては渡りに船だった、ということになる」

「おい！　口が過ぎるぞ、碇。あの事件のせいで大事な新造客船は座礁し、わがイーグルMS社は数十億円の損害を被《こうむ》ったのだぞ」

「だがあの座礁と離礁作業は日本全国でニュースになり、いい宣伝になったんじゃないか？　セレナ・オリンピア号はいまではツアー発売と同時に全室完売で大盛況だ」

鷲尾はいかにも不愉快だと言わんばかりに、鼻息を荒くした。

「いやな口の利き方だな。ここは取調室か。お前と話していると、容疑者になったような気分になる」

碇は追及の手を緩めなかった。いま、鷲尾はある意味『容疑者』だった。真相がわかるまで、都知事だろうがなんだろうが容赦はしない。

「そもそも、あの豪華客船乗っ取り事件の黒幕はあんたの秘書であり実弟だ。誰よりもあんたに近い人物が起こした事件だ。あれをみすみす見逃したのも、五臨署撤廃公約を覆す口実が欲しかったからじゃないのか」

鷲尾は顔を真っ赤にして、箸を持つ手を震わせた。だが、怒り任せに怒鳴ったり、何かをひっくり返したりするようなことはなかった。笑う。笑顔に怒りをにじませて。

「碇君、おもしろいことを言うねえ。だが確証はあるのかな」

「ありません」

鼻で笑って鷲尾は何か言おうとする。碇は容赦なく遮った。

「なんの証拠もない。だがマスコミはこのネタに飛びつく。内閣情報調査室が、あんたの実弟が集めた五臨署に関する資料を箱ごと奪い去ったとか。そういえば、内閣情報調査室には警察庁警備局や警視庁公安部からの出向組が山ほどいる。五臨署設立には政治的な意図があったということだ。例えば、一ヵ月前の爆炎タンカーの件も。あんたはとっとと自衛隊に治安出動させるべく各省庁に呼びかけたとか」

やり手のビジネスマンが、気が付けば政府の言いなりとは──碇はねちねちと、ビジネスマンとして成功を収めてきた鷲尾のプライドを攻撃した。

「あんたは東京オリンピックを成功させ黒字化すると、いかにもビジネスマンらしい視点で政治を語っていた。それがいまはどうだ。政府とずぶずぶの関係で、あんたの政治家としての個性はすっかり消え失《き う》せた。首都を守る都知事のくせに、霞《かすみ》が関《せき》にへつらいやがって。情けない」

鷲尾は空のビール瓶をテーブルの上に叩きつけた。割れる。ほんの少し残っていた黄色の液体が、泡を吹いて飛び散る。

「いいだろう、碇拓真よ」

ずいぶん仰々しい調子で、鷲尾は前のめりになり言った。

「お前は遅かれ早かれ当事者だ。五臨署の真実を教えてやる。だが知って後悔するのはお前だぞ。真相を暴こうとここまで勇み足でやってきただろうが、帰り道はどうだろうな。知らなきゃよかったと後悔し、悲嘆に暮れ、そして泣きながら恋人を抱きしめることになるぞ」

碇は目を眇めた。

何かが目の前で大きな渦を作り、うねりはじめている——鷲尾はその渦の前で、赤旗を振る警戒船の船長のようだ。だが引き返せない。聞かずには帰れない。

「お前、防衛フェリーの話を知っているか」

あまりに唐突に、鷲尾は尋ねてきた。碇は静かに首を横に振る。

「ナッチャンWorldという新造フェリーが一つのいい例だ。青函《せいかん》トンネルがとっくに開通した青森—函館《はこだて》間に、連絡船をもう一度、ということで大規模フェリーが建造され、定期運航が始まった。それがナッチャンWorldだ。フェリーは地元の子どもたちが考案したデザインが施されている。世界中の子どもたちの笑顔のイラストが躍るフェリーだった。だが採算が取れないという理由で、定期運航は半年で停止。いま、そのナッチャンWorldは何をしていると思う？」

陸上自衛隊の戦車を運んでいる。

鷲尾はその皮肉を笑った。

「最初からコレが目的で新造されたフェリーだというのがもっぱらの噂だ。青函トンネルが開通しているいま、青森—函館間の定期運航船を誰が必要としている？　定期船にするほど客数が見込めるはずもないのに建造に踏み切ったのには、最終的には有事に戦車を運ぶフェリーが欲しかったというお上の思惑が働いた、と見られてもいた
し方ないほど、ナッチャンＷｏｒｌｄの計画はバカげたものだった」

それだけじゃない、と鷲尾は続ける。

「有事の際には民間船船職員を徴用できるように、海技士の免状を持った者を準自衛隊予備官に任命できる法律を、政府は順次、整えていっている」

歴史は繰り返す、と手垢《てあか》のついた言葉を鷲尾は口にした。退屈そうに。

「わがイーグルＭＳ社も戦時中は民間フェリーや商船をいくつお国へ差し出したことか。五十隻は超えるんじゃないか。帰ってきた船はいない。生還できた船員は三分の一くらいだったか」

碇の脳裏に、第五洋魁丸船長の近藤の父の話が浮かぶ。ラバウルの海に沈んでいる、第三洋魁丸。生きて戻ってきたのに、殺した米兵の影に怯《おび》え、妻子を虐待し続けた近藤の父親。終わらない、と言っていた。あれは永遠にずっと、世代を超えて続くのだと――。

なぜこの話に戻ってきたのか？　なぜ戦争の話になるのか？

碇は五臨署と戦争という二つの点を結べぬまま、ただじっと、都知事の次の言葉を

待った。

都知事はまた、話を大きく方向転換した。

「本題に入るぞ、碇。お前は西之島《にしのしま》新島を知っているか」

鷲尾は言いながら、店員呼び出しボタンを押した。

「——西之島は小笠原諸島の一部でしたね。新島は、数年前に西之島近海において海底火山の噴火でできた島だ」

活発な火山活動の末に二つの島は一つになり、いまは西之島と呼ばれている。

店員がやってきた。ナッチャンＷｏｒｌｄや民間船舶員徴用の話は聞かれたくなかったようだが、この話はかまわないのか。鷲尾は店員に割れた瓶ビールを片づけさせ、食べかけの料理もすべて下げるように命令した。

「新島の出現は二〇一三年のことだ。島は形を変え続け、現在火山活動は小康状態、緑が広がり、渡り鳥の休憩地点になっている。だが地底の火山活動が完全に収まったわけじゃない。海上保安庁海洋情報部が調査している最中だが、また同様の噴火が近海で起こり、新島が出現する可能性は十分にある」

鷲尾はそこで、黙り込んだ。割れたガラスや料理を片づけている店員が個室から去るのを、待っているのだ。失礼いたしました、と店員が個室を立ち去る。

鷲尾は続けた。

「新しい島が日本近海にできることは決して悪いことじゃない。日本の排他的経済水域が広がるんだからな。海底資源や漁業の広がりが期待できる。問題は――」

途端に鷲尾は小声になった。これを周囲に聞かれたら絶対にまずい、という空気をひしひしと感じ、碇は呼吸をすることすら気を使い、耳を傾けた。

「問題は、次、小笠原近海で新たに島ができるのを、手ぐすね引いて期待し、待ち構えている連中がいる、ということだ」

碇は眉をひそめた。

「どういうことです?」

「島の領有権を取ろうとしている諸外国の存在がある、ということだ」

碇は即座にどの国か、ピンときた――。

「国際法上、新たに島ができた場合、その島の帰属は近隣国ではない。島の第一発見国であり、その島に初めて上陸し、国旗を建てた国に、帰属権が発生する」

碇は驚愕し、思わず声が裏返った。

「つまり――中国に先をやられたら、小笠原諸島の一部が中国海域になってしまう、ということですか」

鷲尾は、具体的に国名を出した碇を「しーっ」と咎めた。

「さすが東京水上警察署員だな、あの件で、あの国のことだと、ピンときたか」

「二〇一四年のことでしたね。中国の」

「だからそれを口に出すな」

「――先の国の漁船団が二百隻以上、小笠原近海に現れました。あれはサンゴの密猟が目的だったんじゃないですか」

小笠原近海は東京都の一部だ。二百隻もいっきに来られたら第三管区海上保安本部の巡視艇だけでは到底手が足りない。警備艇ふじを伊豆諸島に回すか否かで、湾岸署の水上安全課が揺れた、という話を、礼子から聞いたことがあった。

「サンゴの密猟、確かにそれもあったろうが、あの二百隻の漁船群の中に、漁船を装った某国の公船が十隻以上混ざっていたという話だ」

「新たな海底噴火による新島の可能性を、調査にやってきた。そういうことですか」

「そういうことだろう」

鷲尾は大きく、ため息をついた。

「日本政府としては全管区の巡視艇を西之島新島近海に送り込んで、領海を死守したいところだが、あいにく同国とは尖閣《せんかく》諸島で相変わらず小競り合いがある。あそこを空っぽにするわけにはいかない」

海上自衛隊を動かせないのかと尋ねそうになったが、碇は飲みこんだ。動かせるはずがない。尖閣にすら配備されていないのだ。いたずらに相手を刺激することになり、緊張状態が更に高まる。「海の警察」である海上保安庁頼みになってしまうのは、いたし方ない。

「かといって、海上保安庁も現在、八割近くの巡視艇が耐用年数切れ、もしくは耐用年数が近く、新造の入れ替えが間に合っていない状態だ」

碇は背筋が寒くなった――。

五臨署に異常に注ぎこまれている予算の八割が、警備艇の新造費用だと聞いた。豪華客船乗っ取り事件でスクラップとなってしまった警備艇あおみもまたそうだ。警備艇ふじに次ぐ、十六メートルの大規模艇だった。スクラップの半年後にはすぐ、二代目警備艇あおみが新造され、五臨署に納品された――。

すべては、海保の援護に回されるためだったのか。

鷲尾が残念そうな顔で、碇を斜に見つめる。

「小笠原諸島は我々東京都に帰属する。その海もな。当然、そこで治安を乱す事案が起こった場合、海保が前面に出て日本国の領海を守ることになるが、その手が足りないとなると、次に出るのは同じく〝海の警察〟である、新東京水上警察、ということになる」

碇の全身に、悪寒が走った。怖いわけでも、悲しいわけでも、感動しているわけでもないのに――目玉が濡れる。

「水難救助隊の一部が新東京水上警察に移設されるのは、彼らを最前線の部隊に送り込むためですか」

「殺人捜査の刑事が乗り込んだって仕方ないだろ。某国公船と小競り合いが勃発した際、日々機動隊員として訓練された警察官が最前線に立つのが望ましい」

水難救助隊と言っても、先のような水難の現場に立つことはほとんどなく、礼子も東子も毎日をほかの機動隊と共に、訓練に明け暮れている。出動服に防護用具を身に着け、ポリカーボネートの盾を構えて――。

「碇君、煙草をくれないか。赤マルを吸ってたろ」

碇は背広の内ポケットから赤いマルボロとライターを出した。何もなくなったテーブルの上に、滑らせる。鷲尾は口に煙草を咥え、火を付けた。

「こんな話を――戦場に恋人を送り出すも同然の男に面と向かって言わねばならない私の気持ちも考えてくれよ、碇君、全く……」

濃密な煙を口や鼻からいっきに噴き出し、鷲尾はため息をついた。

「礼子が刑事志望だったのに、機動隊に追いやられたのは、そんな裏事情からですか」

「そんなことを私に聞くな。私に決定権があると思うか。すべては、警視庁人事が決めたことだ。内閣情報調査室に大量の出向者を送り込んでいる、警視庁がね」

まあ誰でもそうしたくなるだろう、と鷲尾は嫌な口調で笑った。

「彼女は海技士の免状もあるから、海技職員が戦死しても代わりに操船ができる。度胸もある。何よりあの美しい見てくれ——シンボリックじゃないか。世論を味方につけやすいし、たきつけやすい。万が一、美しい彼女があの国の攻撃で犠牲になったら、世論は盛り上がるだろう。反撃しろ、海上自衛隊を動かし即座にあの国の艦隊とやり合えと」

戦争を肯定し、国民が支持する方向へ——。

碇も煙草に火をつけた。だが、煙草の味がわからない。強い酩酊感に襲われる。目が回る。礼子が戦場に連れていかれる。碇のような刑事になりたいと熱っぽく語る彼女が、戦争に行く。碇を本土に残し。

「だから聞かぬほうがいいと言ったんだ。ことが起こってから慌ただしく決定され、出陣するのと――ことが起こるずっと前から覚悟を決めていつ赤紙が来るのかじりじりと恐怖を抱き続けるのとでは、後者のほうが辛いに決まっている。碇」

嫌なら辞表を書かせろよ、と鷲尾は大真面目な顔で言った。

「有馬君に辞表を書かせろ。恐らく転属願は聞き入れられない。だが依願退職なら警視庁は止めようがない。それだけの話だ」

「そんなこと言えるはずがない。俺が説得したところで、あの礼子が――拒否するはずがない」

「だろうね。君はそういう男だし、彼女はそういう女だ。先の事件で君は私にこう言ったな、俺はどこへ行っても刑事だと。そんな君を一人の刑事として深く慕う有馬君も、どこへ行っても警視庁警察官だ。いざとなったら命を捨て、都民を守る」

覚悟はできていた。死。この職務につく以上、ましてや所轄署の強行犯係にいる以上、犯人にブスっとやられて死ぬ、そういう日がいつか来るかもしれないと、所轄署を異動するたびにその空を見て、心に誓っていた。

この街の空を命がけで守って見せる、と――。

だが、恋人の命を差し出す覚悟なんか、していない。

碇は煙草を指に挟んでいることも忘れ、髪を掻きむしった。視界が歪む。都心の夜景の青さが目につく。上から降り注ぐ暗闇に反駁《はんばく》するかのように地上のネオンが瞬き、漆黒の空を海底のような藍色に染める。その青が、碇に迫る。意識が海底世界に没していく。

人のトラウマを凝縮し、増幅する異次元空間へ。

碇の代わりに飛行機事故で死んだ少年は、碇ではなく、礼子を連れ去る。

海底で、あるはずもない風船がゆらゆらと揺れる――。

道化師が碇に手招きしている。

こっちへ来い、と。

参考文献

『機動隊パーフェクトブック』 ベストカー編 講談社
『潜水士II』 岡崎久 文芸社
『海のいのちを守る プロ潜水士の夢』 渋谷正信 春秋社
『潜水士試験 徹底研究（改訂3版）』 不動弘幸 オーム社
『1993年7月12日 北海道南西沖地震全記録』 北海道新聞社編 北海道新聞社
『津波に襲われた島で 北海道奥尻高校三年生と担任の記録』 今井雅晴 高文研
『改訂 船体各部名称図』 池田勝 海文堂
『海の男たちはいま 商船船員航海記』 海上の友編集部編 日本海事広報協会
『海難救助のプロフェッショナル 海上保安庁 特殊救難隊』 「海上保安庁 特殊救難隊」編集委員会編 成山堂書店

参考映像

「海上保安庁DVDシリーズ Vol．4 特殊救難隊 36名の Special Rescue Team」 有限会社アートファイブ
「防衛フェリー ～民間船と戦争～」 名古屋テレビ放送株式会社

本書は講談社文庫のために書き下ろされました。

この物語はフィクションです。登場する個人・団体等はフィクションであり、現実とは一切関係がありません。

|著者| 吉川英梨　1977年、埼玉県生まれ。2008年に『私の結婚に関する予言38』で第３回日本ラブストーリー大賞エンタテインメント特別賞を受賞し作家デビュー。旺盛な取材力とエンタメ魂に溢れるミステリー作家として注目を集める。著書には、「原麻希」シリーズ、「警視庁53教場」シリーズ、「十三階」シリーズ、「海蝶」シリーズ、『ハイエナ 警視庁捜査二課 本城仁一』、『雨に消えた向日葵』、『葬送学者R.I.P.』などがある。本書は「新東京水上警察」シリーズの第４作。

海底《かいてい》の道化師《どうけし》　新東京水上警察《しんとうきようすいじようけいさつ》

吉川英梨《よしかわえり》

2018年８月10日第１刷発行
2022年12月15日第３刷発行

発行者――鈴木章一
発行所――株式会社　講談社
東京都文京区音羽2-12-21　〒112-8001
電話　出版（03）5395-3510
　　　販売（03）5395-5817
　　　業務（03）5395-3615

Printed in Japan

講談社文庫
定価はカバーに
表示してあります

KODANSHA

デザイン―菊地信義
本文データ制作―講談社デジタル製作
印刷―――株式会社KPSプロダクツ
製本―――株式会社KPSプロダクツ

ISBN978-4-06-512586-1

講談社文庫刊行の辞

二十一世紀の到来を目睫に望みながら、われわれはいま、人類史上かつて例を見ない巨大な転換期をむかえようとしている。

世界も、日本も、激動の予兆に対する期待とおののきを内に蔵して、未知の時代に歩み入ろうとしている。このときにあたり、創業の人野間清治の「ナショナル・エデュケイター」への志を現代に甦らせようと意図して、われわれはここに古今の文芸作品はいうまでもなく、ひろく人文・社会・自然の諸科学から東西の名著を網羅する、新しい綜合文庫の発刊を決意した。

激動の転換期はまた断絶の時代である。われわれは戦後二十五年間の出版文化のありかたへの深い反省をこめて、この断絶の時代にあえて人間的な持続を求めようとする。いたずらに浮薄な商業主義のあだ花を追い求めることなく、長期にわたって良書に生命をあたえようとつとめるところにしか、今後の出版文化の真の繁栄はあり得ないと信じるからである。

同時にわれわれはこの綜合文庫の刊行を通じて、人文・社会・自然の諸科学が、結局人間の学にほかならないことを立証しようと願っている。かつて知識とは、「汝自身を知る」ことにつきていた。現代社会の瑣末な情報の氾濫のなかから、力強い知識の源泉を掘り起し、技術文明のただなかに、生きた人間の姿を復活させること。それこそわれわれの切なる希求である。

われわれは権威に盲従せず、俗流に媚びることなく、渾然一体となって日本の「草の根」をかたちづくる若く新しい世代の人々に、心をこめてこの新しい綜合文庫をおくり届けたい。それは知識の泉であるとともに感受性のふるさとであり、もっとも有機的に組織され、社会に開かれた万人のための大学をめざしている。大方の支援と協力を衷心より切望してやまない。

一九七一年七月

野間省一

睦月影郎 快楽アクアリウム
向井万起男 渡る世間は「数字」だらけ
村田沙耶香 授乳
村田沙耶香 マウス
村田沙耶香 星が吸う水
村田沙耶香 殺人出産
村瀬秀信 気がつけばチェーン店ばかりでメシを食べている
村瀬秀信 それでも気がつけばチェーン店ばかりでメシを食べている
虫眼鏡 東海オンエアの動画が6.4倍楽しくなる本〈虫眼鏡の概要欄 クロニクル〉
森村誠一 悪道
森村誠一 悪道 西国謀反
森村誠一 悪道 御三家の刺客
森村誠一 悪道 五右衛門の復讐
森村誠一 悪道 最後の密命
森村誠一 ねこの証明
毛利恒之 月光の夏
森 博嗣 すべてがFになる〈THE PERFECT INSIDER〉
森 博嗣 冷たい密室と博士たち〈DOCTORS IN ISOLATED ROOM〉
森 博嗣 笑わない数学者〈MATHEMATICAL GOODBYE〉

森 博嗣 詩的私的ジャック〈JACK THE POETICAL PRIVATE〉
森 博嗣 封印再度〈WHO INSIDE〉
森 博嗣 幻惑の死と使途〈ILLUSION ACTS LIKE MAGIC〉
森 博嗣 夏のレプリカ〈REPLACEABLE SUMMER〉
森 博嗣 今はもうない〈SWITCH BACK〉
森 博嗣 数奇にして模型〈NUMERICAL MODELS〉
森 博嗣 有限と微小のパン〈THE PERFECT OUTSIDER〉
森 博嗣 黒猫の三角〈Delta in the Darkness〉
森 博嗣 人形式モナリザ〈Shape of Things Human〉
森 博嗣 月は幽咽のデバイス〈The Sound Walks When the Moon Talks〉
森 博嗣 夢・出逢い・魔性〈You May Die in My Show〉
森 博嗣 魔剣天翔〈Cockpit on knife Edge〉
森 博嗣 恋恋蓮歩の演習〈A Sea of Deceits〉
森 博嗣 六人の超音波科学者〈Six Supersonic Scientists〉
森 博嗣 捩れ屋敷の利鈍〈The Riddle in Torsional Nest〉
森 博嗣 朽ちる散る落ちる〈Rot off and Drop away〉
森 博嗣 赤緑黒白〈Red Green Black and White〉
森 博嗣 四季 春～冬
森 博嗣 φ《ファイ》は壊れたね〈PATH CONNECTED φ BROKE〉

森 博嗣 θ《シータ》は遊んでくれたよ〈ANOTHER PLAYMATE θ〉
森 博嗣 τ《タウ》になるまで待って〈PLEASE STAY UNTIL τ〉
森 博嗣 ε《イプシロン》に誓って〈SWEARING ON SOLEMN ε〉
森 博嗣 λ《ラムダ》に歯がない〈λ HAS NO TEETH〉
森 博嗣 η《イータ》なのに夢のよう〈DREAMILY IN SPITE OF η〉
森 博嗣 目薬α《アルファ》で殺菌します〈DISINFECTANT α FOR THE EYES〉
森 博嗣 ジグβ《ベータ》は神ですか〈JIG β KNOWS HEAVEN〉
森 博嗣 キウイγ《ガンマ》は時計仕掛け〈KIWI γ IN CLOCKWORK〉
森 博嗣 χ《カイ》の悲劇〈THE TRAGEDY OF χ〉
森 博嗣 ψ《プサイ》の悲劇〈THE TRAGEDY OF ψ〉
森 博嗣 イナイ×イナイ〈PEEKABOO〉
森 博嗣 キラレ×キラレ〈CUTTHROAT〉
森 博嗣 タカイ×タカイ〈CRUCIFIXION〉
森 博嗣 ムカシ×ムカシ〈REMINISCENCE〉
森 博嗣 サイタ×サイタ〈EXPLOSIVE〉
森 博嗣 ダマシ×ダマシ〈SWINDLER〉
森 博嗣 女王の百年密室〈GOD SAVE THE QUEEN〉
森 博嗣 迷宮百年の睡魔〈LABYRINTH IN ARM OF MORPHEUS〉
森 博嗣 赤目姫の潮解〈LADY SCARLET EYES AND HER DELIQUESCENCE〉

森　博嗣　まどろみ消去〈MISSING UNDER THE MISTLETOE〉
森　博嗣　地球儀のスライス〈A SLICE OF TERRESTRIAL GLOBE〉
森　博嗣　レタス・フライ〈Lettuce Fry〉
森　博嗣　僕は秋子に借りがある I'm in Debt to Akiko〈森博嗣自選短編集〉
森　博嗣　どちらかが魔女 Which is the Witch?〈森博嗣シリーズ短編集〉
森　博嗣　喜嶋先生の静かな世界〈The Silent World of Dr.Kishima〉
森　博嗣　そして二人だけになった〈Until Death Do Us Part〉
森　博嗣　つぶやきのクリーム〈The cream of the notes〉
森　博嗣　ツンドラモンスーン〈The cream of the notes 4〉
森　博嗣　つぼみ茸《きのこ》ムース〈The cream of the notes 5〉
森　博嗣　つぶさにミルフィーユ〈The cream of the notes 6〉
森　博嗣　月夜のサラサーテ〈The cream of the notes 7〉
森　博嗣　つんつんブラザーズ〈The cream of the notes 8〉
森　博嗣　ツベルクリンムーチョ〈The cream of the notes 9〉
森　博嗣　追懐のコヨーテ〈The cream of the notes 10〉
森　博嗣　カクレカラクリ〈An Automaton in Long Sleep〉
森　博嗣　DOG&DOLL
森　博嗣　森には森の風が吹く〈My wind blows in my forest〉
森　博嗣　アンチ整理術〈Anti-Organizing Life〉

森　博嗣 原作 萩尾望都　トーマの心臓〈Lost heart for Thoma〉
諸田玲子　森家の討ち入り
森　達也　すべての戦争は自衛から始まる
本谷有希子　腑抜けども、悲しみの愛を見せろ
本谷有希子　江利子と絶対〈本谷有希子文学大全集〉
本谷有希子　あの子の考えることは変
本谷有希子　嵐のピクニック
本谷有希子　自分を好きになる方法
本谷有希子　異類婚姻譚
本谷有希子　静かに、ねぇ、静かに
茂木健一郎　「赤毛のアン」に学ぶ幸福《しあわせ》になる方法
森林原人　セックス幸福論〈偏差値78のAV男優が考える〉
桃戸ハル編・著　5分後に意外な結末〈ベスト・セレクション〉
桃戸ハル編・著　5分後に意外な結末〈ベスト・セレクション　黒の巻・白の巻〉
桃戸ハル編・著　5分後に意外な結末〈ベスト・セレクション　心震える赤の巻〉
桃戸ハル編・著　5分後に意外な結末〈ベスト・セレクション　心弾ける橙の巻〉
森　功　高倉健〈隠し続けた七つの顔と「謎の養女」〉
森　功　地面師〈他人の土地を売り飛ばす闇の詐欺集団〉
望月麻衣　京都船岡山アストロロジー

望月麻衣　京都船岡山アストロロジー2〈星と創作のアンサンブル〉
山田風太郎　甲賀忍法帖〈山田風太郎忍法帖①〉
山田風太郎　伊賀忍法帖〈山田風太郎忍法帖③〉
山田風太郎　忍法八犬伝〈山田風太郎忍法帖④〉
山田風太郎　風来忍法帖〈山田風太郎忍法帖⑪〉
山田風太郎　新装版 戦中派不戦日記
山田正紀　大江戸ミッション・インポッシブル〈顔役を消せ〉
山田正紀　大江戸ミッション・インポッシブル〈幽霊船を奪え〉
山田詠美　晩年の子供
山田詠美　A《エイ》2《トゥ》Z《ズィ》
山田詠美　珠玉の短編
柳家小三治　ま・く・ら
柳家小三治　もひとつま・く・ら
柳家小三治　バ・イ・ク
山口雅也　落語魅《ミ》捨理《ステリ》全集〈坊主の愉しみ〉
山本一力　深川黄表紙掛取り帖
山本一力　牡丹酒〈深川黄表紙掛取り帖(二)〉
山本一力　ジョン・マン1 波濤編
山本一力　ジョン・マン2 大洋編

講談社文庫　目録

2022年 9 月 15 日現在